SCIENCE FICTION

Herausgegeben
von Wolfgang Jeschke

Aus der Serie »Die Abenteuer des Raumschiffs ›Enterprise‹«
in der Reihe HEYNE SCIENCE FICTION & FANTASY
sind bereits erschienen:

Vonda N. McIntyre, *Star Trek II: Der Zorn des Khan* · 06/3971
Vonda N. McIntyre, *Der Entropie-Effekt* · 06/3988
Robert E. Vardeman, *Das Klingonen-Gambit* · 06/4035
Lee Correy, *Hort des Lebens* · 06/4083
Vonda N. McIntyre, *Star Trek III: Auf der Suche nach Mr. Spock* · 06/4181
S. M. Murdock, *Das Netz der Romulaner* · 06/4209
Sonni Cooper, *Schwarzes Feuer* · 06/4270
Robert E. Vardeman, *Meuterei auf der Enterprise* · 06/4285
Howard Weinstein, *Die Macht der Krone* · 06/4342
Sondra Marshak & Myrna Culbreath, *Das Prometheus-Projekt* · 06/4379
Sondra Marshak & Myrna Culbreath, *Tödliches Dreieck* · 06/4411
A. C. Crispin, *Sohn der Vergangenheit* · 06/4431
Diane Duane, *Der verwundete Himmel* · 06/4458
David Dvorkin, *Die Trellisane-Konfrontation* · 06/4474
Vonda N. McIntyre, *Star Trek IV: Zurück in die Gegenwart* · 06/4486
Greg Bear, *Corona* · 06/4499
John M. Ford, *Der letzte Schachzug* · 06/4528
Diane Duane, *Der Feind – mein Verbündeter* · 06/4535
Melinda Snodgrass, *Die Tränen der Sänger* · 06/4551
Jean Lorrah, *Mord an der Vulkan Akademie* · 06/4568
Janet Kagan, *Uhuras Lied* · 06/4605
Laurence Yep, *Herr der Schatten* · 06/4627
Barbara Hambly, *Ishmael* · 06/4662
J. M. Dillard, *Star Trek V: Am Rande des Universums* · 06/4682
Della van Hise, *Zeit zu töten* · 06/4698
Margaret Wander Bonanno, *Geiseln für den Frieden* · 06/4724
Majliss Larson, *Das Faustpfand der Klingonen* · 06/4741
J. M. Dillard, *Bewußtseinsschatten* · 06/4762
Brad Ferguson, *Krise auf Centaurus* · 06/4776

STAR TREK: DIE NÄCHSTE GENERATION:
David Gerrold, *Mission Farpoint* · 06/4589
Gene Deweese, *Die Friedenswächter* · 06/4646
Carmen Carter, *Die Kinder von Hamlin* · 06/4685
Jean Lorrah, *Überlebende* · 06/4705
Peter David, *Planet der Waffen* · 06/4733
Diane Carey, *Gespensterschiff* · 06/4757
Howard Weinstein, *Macht Hunger* · 06/4771
John Vornholt, *Masken* · 06/4787

STAR TREK: DIE ANFÄNGE:
Vonda N. McIntyre, *Die erste Mission* · 06/4619
Margaret Wander Bonanno, *Fremde vom Himmel* · 06/4669
Diane Carey, *Die letzte Grenze* · 06/4714

DAS STAR TREK-HANDBUCH:
von Ralph Sander · 06/4670

Diese Liste ist eine Bibliographie erschienener Titel
KEIN VERZEICHNIS LIEFERBARER BÜCHER!

J. M. DILLARD

BEWUSSTSEINS-SCHATTEN

Ein STAR TREK-Roman

Deutsche Erstausgabe

Science Fiction

WILHELM HEYNE VERLAG
MÜNCHEN

HEYNE SCIENCE FICTION & FANTASY
Band 06/4762

Titel der amerikanischen Originalausgabe
MINDSHADOW
Deutsche Übersetzung von Andreas Brandhorst
Das Umschlagbild schuf Boris Vallejo

Redaktion: Rainer Michael Rahn

Printed in Germany 1990
Umschlaggestaltung: Atelier Ingrid Schütz, München
Satz: Kort Satz GmbH, München
Druck und Bindung: Ebner Ulm

ISBN 3-453-04475-4

KAPITEL 1

Es war später Nachmittag. Die Sonne versank hinter den Bergen, die das Hochland auf allen Seiten säumten, und der Himmel gewann eine dunklere Tönung. Kirk schirmte die Augen ab. Das Glühen des Sonnenuntergangs störte ihn nicht, aber die lebhaften, intensiven Farben übten einen zu starken Reiz auf seine Sehnerven aus, wirkten dadurch fast blendend: purpurnes Strahlen an den Bergen, der Himmel ein funkelndes Blau. Hinzu kam das goldene und rote Schimmern der Weinstöcke. In langen Reihen reichten sie über die Hänge, setzten sich anschließend auf ebenem Gelände fort.

Kirk und seine Begleiter standen auf dem höchsten Plateau im Tal, zwischen den aufragenden Bergen und dem Terrain mehr als hundert Meter weiter unten. Sie beobachteten das schachbrettartige Muster aus sorgfältig bestellten Äckern und Spalierwein, das sich fast bis zum Horizont erstreckte.

Spock winkte stumm, und die Gruppe setzte sich wieder in Bewegung, schritt über einen dicken Teppich aus blaugrüner Vegetation. Die Menschen sahen sich immer wieder um und bewunderten die Landschaft, während der Vulkanier die Anzeigen seines Ortungsinstruments im Auge behielt. Nach einigen Dutzend Metern blieb Kirk stehen und atmete die kühle, feuchte Luft ein. »Riechst du das, Pille?«

McCoy nickte und lächelte. »Ja. Der Geruch erinnert mich an den Jasmin in meiner Heimat...«

»Wann hattest du zum letztenmal Gelegenheit, den Duft wilder Blumen zu genießen?«

McCoy brummte leise und hob den Blick gen Himmel. »Entschuldige bitte, aber ich denke lieber nicht daran.«

»Es ist zu lange her«, seufzte Scott, und seine Stimme

klang ehrfürchtig. Kummervoll schüttelte er den Kopf. »Ich kann mir einfach nicht vorstellen, daß jemandem daran gelegen sein könnte, einen so wundervollen Ort zu verheeren... Ach, dieser Anblick ist wirklich eine Augenweide.«

Spock sah vom Tricorder auf und zeigte das für ihn typische ausdruckslose Gesicht. Er schien die atemberaubende Schönheit der Landschaft überhaupt nicht zur Kenntnis zu nehmen. »Die Atmosphäre hat einen geringfügig höheren Sauerstoffgehalt als der irdische Standard, Captain.« Er zögerte kurz. »Ich verstehe nicht ganz, warum Sie die beiden Begriffe ›Auge‹ und ›Weide‹ miteinander verbinden, Mr. Scott«, fügte er unschuldig hinzu. »Eine Weide dient dazu, Tiere mit Nährstoffen zu versorgen.«

Kirk schnitt eine Grimasse. Sein Erster Offizier neigte dazu, alles wortwörtlich zu nehmen, aber manchmal offenbarte er auch einen ebenso persönlichen wie subtilen Humor.

Der Chefingenieur knurrte etwas und setzte zu seiner Antwort an, aber McCoy kam ihm zuvor. »Er wollte nur sagen, daß ihm die Umgebung gefällt, Spock. Aber solche Einstellungen können Sie natürlich nicht teilen. Ich bin sicher, Ihr Interesse gilt in erster Linie den Anzeigen des Tricorders.«

»Ich weiß Ästhetik durchaus zu schätzen, Doktor«, erwiderte Spock völlig ruhig und gelassen. »Allerdings muß ich zugeben, daß ich gewisse ermittelte Daten faszinierend finde. Die Konzentration bestimmter Mineralien im Boden...«

»Verschieben Sie Ihren Bericht auf später«, sagte Kirk hastig und winkte. Er klammerte sich an den Zauber des Planeten, wollte ihn nicht von Spock zerstören lassen. »Wie lange ist es her, seit ich zum letztenmal auf einer solchen Welt gewesen bin, in der Nähe von Blumen und Tieren...?«

»Seit unserem letzten Landurlaub sind genau vier Komma sieben Monate vergangen«, sagte der Vulkanier.

»Und das ist eindeutig zuviel Zeit«, murmelte McCoy mehr zu sich selbst.

»Nach dem Abschluß dieser Mission gönnen wir uns doch einen Urlaub, nicht wahr, Sir?« fragte Scott in einem klagenden, weinerlichen Tonfall.

»Wenn Starfleet nicht im letzten Augenblick einen Notruf an uns weiterleitet.« Kirk lächelte zuversichtlich. »Hoffen wir das Beste.«

Es wurde allmählich dunkler, und schließlich erreichte die Gruppe einen gut gepflegten Weinberg. Spock aktivierte seinen Tricorder. »Eine Lebensform vor uns, Captain. Humanoid.«

Hinter den goldenen Reben erhob sich eine kleine Hütte aus Zweigen und getrocknetem Lehm. Im Vergleich mit der prächtigen Landschaft wirkte sie eher schlicht und unscheinbar. Aber das davor stehende Wesen war ebenso eindrucksvoll und bunt wie die Umgebung. Es handelte sich um eine Frau: gelbe Haut, Augen so purpurn wie die Berge, steil nach oben gewölbte Brauen. Silbergraues Haar fiel bis auf den Rücken herab und bildete einen auffallenden Kontrast zu dem himmelblauen Umhang. Sie war alt, sehr alt, und ihr Gebaren deutete darauf hin, daß ihr die anderen, jüngeren Bewohner mit Respekt begegneten.

Als Kirk und seine Begleiter näherkamen, richtete sie sich zu ihrer vollen Größe von rund hundertzwanzig Zentimetern auf und musterte sie eingehend. Sie sprach langsam, blieb ernst und verzichtete auf einen Gruß. »Ich bin Natahia, die Repräsentantin der Pflanzer von Aritani.«

Kirk neigte kurz den Kopf und hoffte, damit das richtige Maß an Ehrerbietung zum Ausdruck zu bringen. »Ich bin Captain Kirk, Gesandter der Föderation der Vereinten Planeten. Mein Stellvertreter Commander Spock. Erster Medo-Offizier Dr. Leonhard McCoy. Chefingenieur Lieutenant Commander Montgomery Scott.«

Natahia reagierte nicht auf das höfliche Nicken der übrigen Männer. »Was für einen Schutz stellt uns die Föderation in Aussicht? Wir würden gern auf die Hilfe von Außenweltlern verzichten, aber es sind bereits zu viele Pflanzer gestorben.«

Kirk beschloß, ihr mit der gleichen Offenheit zu begegnen. »Wir bieten Ihnen einen energetischen Schild an, der von einem entsprechenden Generator erzeugt wird und den die Raumschiffe der Angreifer nicht durchdringen können. Mr. Spock und Mr. Scott installieren die Anlage für Sie und zeigen Ihnen, wie man damit umgeht. Dr. McCoy ist hier, um Ihre Verletzten zu behandeln.«

Natahia schwieg und dachte einige Sekunden lang nach. Als sie antwortete, vibrierten Stolz und Niedergeschlagenheit in ihrer Stimme. »Wir ziehen ein einfaches, schlichtes Leben vor, Captain. Wir verachten Technik und die Folgen ihrer Anwendung. Dafür gibt es einen guten Grund: Unsere Vorfahren entwickelten einst eine technische Zivilisation wie Sie – und fielen ihr zum Opfer. Wir haben gelernt, uns mit den Dingen zu begnügen, die uns das Land schenkt. Aber jetzt sind wir gezwungen, Ihre Technologie zu verwenden, um uns selbst und unser Land zu schützen. Bitte haben Sie Verständnis dafür, daß wir Sie nur widerstrebend willkommen heißen.« Natahia maß Kirk mit einem durchdringenden Blick. »Welche Gegenleistung verlangt die Föderation für ihren Dienst?«

»Überhaupt keine. Sie können sich mit uns verbünden, wenn Sie möchten.«

Die alte Frau hob argwöhnisch die Brauen. »Welchen Nutzen hätten wir davon?«

»Die Föderation besteht aus vielen Planeten, und die mächtigeren Mitglieder genießen keine Vorrangstellung. Alle Welten haben eine Stimme. Der Völkerbund entstand aus dem Wunsch, gemeinsam stärker zu sein. Wenn sich Aritani uns anschließt, können Sie über die Angelegenheiten der Föderation mitbestimmen und genießen gleichzeitig ihren Schutz.«

»Die Angelegenheiten der Föderation spielen keine Rolle für uns«, entgegnete Natahia kühl. »Welche Nachteile ergeben sich, wenn wir zwar Ihren Schutz in Anspruch nehmen, jedoch darauf verzichten, Mitglied des Völkerbunds zu werden?«

»Keine«, sagte Kirk. »Ganz gleich, wie Sie sich entscheiden: Wir bieten uns in jedem Fall an, Sie zu schützen.«

»Nun gut. Aritani akzeptiert Ihr Angebot, Captain Kirk. Lassen Sie uns die Vorzüge der Föderation erörtern, wenn mein Volk nicht mehr von Angriffen bedroht wird.«

Kirk widerstand der Versuchung, in einem ebenso eisigen Tonfall zu antworten. »In Ordnung«, gab er höflich zurück. »Wir beamen die für den Schild notwendigen Ausrüstungsgegenstände herunter. Mr. Scott und Mr. Spock blieben hier, um den Generator zu montieren und Ihnen seine Funktion zu erklären.«

»Wenn Sie mich jetzt zu den Verletzten führen könnten, Ma'am...«, sagte McCoy und trat einen Schritt vor.

»Es gibt nur einen Überlebenden des letzten Überfalls. Die Schiffe erscheinen ganz plötzlich am Himmel, wie aus dem Nichts. Wer zum betreffenden Zeitpunkt auf den Feldern arbeitet, hat keine Zeit mehr, sich in Sicherheit zu bringen. Heute morgen starben fünf Pflanzer, und ihre Äcker sind völlig zerstört.« Natahia senkte den Kopf. »Vernichtetes Land... Wie entsetzlich!«

Kirk und McCoy wechselten einen kurzen Blick. Spock schien nicht zu bemerken, daß sich die alte Frau mehr um das Land sorgte als um ihr Volk.

»Tarnvorrichtungen, Captain«, sagte er. »Vielleicht haben wir deshalb keine fremden Schiffe in der Nähe geortet.«

Kirk nickte. »Wie lange kann sich ein kleines Raumschiff mit der Tarnvorrichtung abschirmen, ohne die Erg-Zellen zu erneuern, Spock? Ist eine derartige Berechnung möglich?«

»Selbstverständlich, Captain. Das Tarnfeld verbraucht eine Menge Energie. Es kommt natürlich auf die Art des Schiffes an, aber die maximale Zeitspanne dürfte nicht über sieben Komma vier zwei Stunden hinausgehen. Nun, es handelt sich um eine grobe Schätzung, und sie basiert auf den Daten, die der Geheimdienst Starfleets ermitteln konnte. Die Informationen betreffen verschiedene Typen von Kampfgleitern sowie...«

»Danke«, warf Kirk ein. »Diese Angaben genügen mir.«

»Sir... Beabsichtigen Sie, zumindest ein Piratenschiff unter dem Schild einzuschließen?«

Der Captain lächelte. »Genau das habe ich vor, Mr. Spock.«

»Was hat es mit dem ›Schild‹ auf sich?« fragte Natahia.

Der Vulkanier wandte sich ihr zu. »Er besteht aus einem elektromagnetischen Kraftfeld, das alle physischen Objekte abstößt, die damit in Berührung kommen. Die Piratenschiffe können es nicht durchdringen und somit keine weiteren Angriffe durchführen. Wenn sich zum Zeitpunkt der Aktivierung gegnerische Einheiten diesseits des Schildes befinden, so ist ihre Flucht ausgeschlossen.«

Kirk nickte. »Wenn es uns gelingt, einen Piraten zu stellen und ihn zu verhören, können wir vielleicht die feindliche Basis lokalisieren. Vermutlich befindet sie sich auf einem nahen Planeten. Denkbar wäre auch ein großes Raumschiff.«

»Natahia...«, sagte Spock. »Haben Sie irgendeine Erklärung dafür, warum die Piraten Ihre Welt angreifen?«

Die Repräsentantin der Pflanzer sah unsicher zu ihm auf. »Der Boden enthält viele Dinge, die für uns ohne jeden Wert sind. Vielleicht hat es der Gegner darauf abgesehen.«

Spocks linke Braue wölbte sich kaum merklich. »Ja, vielleicht.«

Natahia beobachtete die untergehende Sonne, und Sorge zeigte sich in ihren Zügen. »Es wird bald völlig dunkel sein, und dann ist es draußen zu gefährlich. Bitte begleiten Sie mich in mein Heim. Dr. McCoy kann sich dort um den Verletzten kümmern.« Sie streckte die Hand aus und deutete zur Hütte. Ihre Stimme klang nicht mehr ganz so kühl und distanziert, als sie hinzufügte: »Ich biete Ihnen ebenfalls etwas an — meine Gastfreundschaft.«

Irgend etwas an der alten Aritanierin gefiel Kirk. Er lächelte. »Vielen Dank.«

Spock sah den Captain an, als sie sich dem niedrigen Zugang näherten. »Ich möchte noch einige Untersuchungen mit dem Tricorder vornehmen, wenn Sie nichts dagegen haben. Die bisherigen Anzeigen waren recht interessant, soweit sie die Berge betreffen.« Er hob das kleine Ortungsinstrument.

Kirk richtete seinen Blick auf Natahia. »Wenn Sie gestatten...«

»Er sollte nicht zu lange im Freien bleiben. Nach dem Sonnenuntergang gehen die nachtaktiven Tiere auf Jagd, und von ihnen droht erhebliche Gefahr.«

»Ich kann mich selbst in der Dunkelheit orientieren, und mein gut ausgeprägtes Gehör wird mich rechtzeitig auf eventuelle Raubtiere hinweisen«, erwiderte der Vulkanier. »Außerdem bleibe ich nicht sehr lange draußen.«

»Fünf Minuten«, sagte Kirk.

»Das sollte genügen, Captain.« Spock ging fort.

»Denken Sie daran, daß Sie bald ins Bett müssen«, sagte McCoy im Tonfall eines gutmütigen Vaters. »Wenn Sie zuviel Zeit vergeuden, müssen Sie auf Ihre Gutenachtgeschichte verzichten.«

Kirk und Scott schmunzelten. Spock runzelte die Stirn und setzte zu einer Antwort an, überlegte es sich dann aber anders. Offenbar begriff er im letzten Augenblick, daß der Bemerkung des Arztes ein Phänomen namens Humor zugrunde lag. »Mit Ihrer Erlaubnis, Captain.« Steifbeinig schritt er übers Plateau und konzentrierte seine Aufmerksamkeit auf die fernen, inzwischen pechschwarzen Berge.

Es wurde tatsächlich schnell dunkel. Die glänzenden Farben trübten sich zu einem vagen Grau, als die Nacht den Tag verdrängte. In Natahias Hütte brannte ein wärmendes Feuer, und aufgrund des hohen Sauerstoffgehalts der Atmosphäre wirkten die Flammen besonders hell. Ihr roter und orangefarbener Schein tanzte unstet über die Wände. Kirk sah sich neugierig um. Die Möbel bestanden aus handbearbeitetem Holz, waren einfach, schlicht und primitiv. Natahia bedeutete ihm und Scott, auf dem Boden neben der Feuerstelle Platz zu nehmen, zog dann einen Vorhang aus grobem Stoff beiseite und führte McCoy ins Nebenzimmer.

Der Captain genoß die Stille, und eine gewisse Melancholie erfaßte ihn, als er an die *Enterprise* dachte. Das beständige Summen der Triebwerke, das leise Zischen des Turbolifts, die Sprachprozessorstimme des Computers... Als er jetzt in der Hüte saß und dem Knistern brennender Holzscheite lauschte, wurde ihm plötzlich klar, wie laut es in seiner von Technik bestimmten Welt zuging.

Natahias Philosophie war nicht ohne einen gewissen Reiz.

»Was für eine Schande«, brummte Scott und starrte ins Feuer. Sein Gesicht glänzte, und die Stille in der Hütte schien ihn ebenfalls zu hypnotisieren.

»Wie meinen Sie das?«

»Ich finde es eigentlich unvorstellbar, daß irgend jemand dieses Volk angreift. Die Aritanier bedrohen niemanden, und ihre Welt kommt einem Paradies gleich.«

»Ich kann mich nicht daran erinnern, jemals eine schönere Welt gesehen zu haben«, murmelte Kirk.

Scott seufzte. »Der Aufenthalt hier entschädigt fast für einen Landurlaub.«

»Ja, *fast*«, pflichtete ihm der Captain bei. »Ich sag' Ihnen was, Scotty. Wenn Sie und Spock den Schild aktiviert haben, wenn sich die unter dem Schirmfeld gefangenen Piraten im Arrestbereich der *Enterprise* befinden... Vielleicht gibt uns Starfleet dann die Erlaubnis, zwei Fliegen mit einer Klappe zu schlagen und zumindest einen Teil der Besatzung hierherzuschicken. Wir sind schon viel zu lange im All.«

»Das wäre wirklich wünschenswert, Captain. Ich hoffe nur, Natahia erhebt keine Einwände. Sie scheint nicht viel von Außenweltlern zu halten...« Scott unterbrach sich, als die alte Frau hinter dem Vorhang hervortrat.

Sie sah Kirk an. »Dr. McCoy meint, Sie könnten Pflanzer Mahali einige Fragen stellen.« Sie wich zur Seite, folgte dem Captain ins Nebenzimmer und blieb schweigend in einer Ecke stehen.

Ganz offensichtlich war sie nicht bereit, Fremden zu vertrauen.

Das einzige Licht in der kleinen Kammer stammte von einer Fackel an der gegenüberliegenden Wand. McCoy hockte neben einer zierlichen, von Schatten umschmiegten Gestalt. Kirk konnte die Wunden kaum erkennen, aber entsetzt nahm er den starken Geruch von verkohltem Fleisch wahr.

»Brandphaser«, knurrte McCoy fassungslos.

»Ich dachte, solche Waffen seien inzwischen überall geächtet.«

»Das stimmt auch. Aber Renegaten scheren sich einen Dreck um die moralischen Gebote zivilisierter Völker. Ich glaube, nicht einmal Klingonen wären zu einer solchen Schandtat fähig.« Der Injektor zischte, und McCoy erhob sich, starrte auf den Verletzten herab. »Er kommt jetzt zu sich, Jim. Er ist schwerverwundet und leidet noch immer unter den Nachwirkungen des Schocks, aber ich nehme an, er kann einige Fragen beantworten. Natahia nannte seinen Namen: Mahali.«

Der goldhäutige Mann bewegte sich und stöhnte. Kirk kniete vor ihm und spürte, wie Übelkeit in ihm emporquoll, als der Gestank von verbranntem Fleisch noch stärker wurde. »Mahali... Was haben Sie bei dem Angriff heute morgen gesehen?«

Die hohe Stimme des Aritaniers klang brüchig. »Silberne Dreiecke am Himmel... Licht zuckte von ihnen herab. Licht und Hitze. Das Getreide auf den Feldern verbrannte.«

»Wie viele Raumschiffe nahmen an dem Angriff teil?«

»Zwei. Es blieb nicht mehr genug Zeit, fortzulaufen und irgendwo in Deckung zu gehen...« Mahali schluchzte. »Meine Söhne... Meine Söhne...«

»Kampfgleiter«, brummte Kirk.

»Eine solche Bezeichnung höre ich zum erstenmal«, sagte Natahia. Sie stand noch immer in der Ecke.

»Kleine Raumschiffe, die von einigen Feinden der Föderation verwendet werden. Und von abtrünnigen Piraten.«

Die alte Frau wandte sich an McCoy. »Können Sie ihm helfen, Doktor?«

»Er wird überleben, Natahia. Aber es dürfte eine Weile dauern, bis er sich ganz erholt hat.«

Die Repräsentantin nickte fast dankbar und führte Kirk in den Hauptraum zurück. Der Captain atmete erleichtert auf, als er dem Brandgeruch entkam.

»Heute morgen hatte Pflanzer Mahali fünf Söhne«, sagte die alte Frau leise. »Jetzt sind sie alle tot.«

Scott stand auf. »Es ist schrecklich, was der unbekannte Gegner hier anrichtet. Sie leben auf einer wundervollen Welt, und ich begreife einfach nicht, warum man Sie angreift und Ihnen solches Leid beschert. Aber Sie können Captain Kirk glauben, wenn er Ihnen versichert, daß wir dem ein Ende machen werden.«

»Hoffentlich haben Sie recht. Ich weiß ebensowenig wie Sie, worum es den Angreifern geht. Sie stehlen nichts. Sie kommen nur mit der Absicht, die Pflanzer zu töten, unsere Anbauflächen zu vernichten und das Land zu verheeren. An dem Getreide liegt ihnen gar nichts. Was für eine grauenhafte Verschwendung.«

»Haben Sie irgendwelche Maßnahmen ergriffen, um sich zu schützen?« fragte Kirk. »Sie können sich zusammenschließen und ...«

»Pflanzer schließen sich nicht zusammen, weder zum Kampf noch zu anderen Zwecken. Jede Familie kümmert sich um ihre eigenen Angelegenheiten — wir legen großen Wert auf Unabhängigkeit und Autonomie. Uns stehen keine Waffen zur Verfügung, und daher sind wir den Piraten wehrlos ausgeliefert.«

»Auf diesem Planeten gibt es etwas, das sich die Unbekannten aneignen wollen. Andernfalls käme es wohl kaum zu wiederholten Überfällen. Selbst Renegaten haben einen guten Grund dafür, längere Zeit in einem Raumsektor zu bleiben, um zu zerstören und zu töten. Vielleicht kann uns Mr. Spock einen Hinweis auf die Motive der Piraten geben.«

Natahia ging zur Tür und sah in die inzwischen stockfinstere Nacht. »Er hätte längst zurückkehren sollen. Es ist sehr gefährlich, während der Finsternis allein draußen zu sein. Raubtiere streifen umher, und wenn man am Rande des Plateaus den Halt verliert und in die Tiefe stürzt...«

Kirk blickte an ihr vorbei, doch es bot sich ihm nur gestaltlose Schwärze dar. »Es sind mehr als fünf Minuten vergangen, nicht wahr? Für gewöhnlich ist Spock sehr pünktlich. Wir sollten feststellen, was ihn aufgehalten hat.«

»Warten Sie bis morgen früh. Gehen Sie kein Risiko ein...«

»Wir haben Waffen und Lampen. Nun, Spock kommt auch gut allein zurecht, aber es sieht ihm gar nicht ähnlich, ein Zeitlimit zu mißachten. Scotty...«

»In Ordnung, Sir.«

»Natahia, bitte sagen Sie Dr. McCoy, er soll die *Enterprise* benachrichtigen, wenn wir in fünfzehn Minuten nicht zurück sind.«

Die alte Frau nickte besorgt. »Ich hoffe, Sie finden Ihren Gefährten, Captain.«

»Daran zweifle ich nicht«, erwiderte Kirk zuversichtlich.

Sie fanden den Vulkanier.

Zuerst suchten Kirk und Scott auf dem Plateau, zwischen den Feldern und Weinstöcken. Aufmerksam sahen sie sich um, und als sie keine Spur von dem Vulkanier fanden, schlug der Chefingenieur vor, die Lichtkegel der Lampen auf den Talgrund zu richten. Er ging dicht am Abhang entlang, und Kirk setzte die Suche einige Dutzend Meter entfernt fort. Schwindel erfaßte ihn, als er in die Tiefe starrte und beobachtete, wie sich der Lampenschein in konturloser Finsternis verlor.

Er spielte bereits mit dem Gedanken, sich mit der *Enterprise* in Verbindung zu setzen und Chekov zu bitten, die Sensoren einzusetzen, als er plötzlich bemerkte, wie Scott zusammenzuckte. Kirk reagierte sofort, lief los und sah die Blässe im Gesicht des Ingenieurs. Er griff nach seinem Arm, senkte langsam den Kopf und starrte herab. »Lieber Himmel, Spock...«

Der Vulkanier lag auf der linken Seite in einem roten Dornbusch und rührte sich nicht.

In McCoys Wangen mahlten die Muskeln, als er sich in der Krankenstation an die Wand lehnte. »Spock wird es überstehen, Jim.«

Kirk schloß die Augen und seufzte erleichtert. Er hatte bereits die Hoffnung aufgegeben.

»Ich habe alle Kopfverletzungen behandelt und die gebrochenen Knochen gerichtet. Ein Lungenflügel ist perforiert. Doch in dieser Beziehung besteht kein Anlaß zur Sorge.« McCoy zögerte.

»Und?« Kirk versteifte sich unwillkürlich. Er kannte diesen Tonfall des Arztes – das Schlimmste kam erst noch.

»Die linke Hemisphäre des Gehirns wurde stark in Mitleidenschaft gezogen.«

Der Captain wischte sich einen dünnen Schweißfilm von der Stirn und musterte McCoy. »Was soll das heißen? Welche Konsequenzen ergeben sich daraus für Spock?«

»Das läßt sich noch nicht genau bestimmen, Jim. Ich muß umfangreiche Untersuchungen vornehmen, um festzustellen, welche Hirnsektoren betroffen sind.«

Kirk klang fast empört, als er fragte: »Du kannst ihm doch helfen, oder?«

McCoy holte tief Luft. »Ich habe alles für ihn getan, Jim. Wir behandeln ihn mit Alpha-Dextran, um die Nachwirkungen der Ischämie* zu lindern; viele Nervenzellen überlebten zwar, wurden jedoch eine Zeitlang nicht mit Blut

---

* Blutleere bei Unterbrechung der arteriellen Durchblutung; Anm. d. Red.

versorgt. Leider sehe ich mich außerstande, abgestorbenes Hirngewebe zu revitalisieren, und Klonen kommt ebenfalls nicht in Frage: Die Zellstruktur ist viel zu komplex. Ich halte es für ziemlich wahrscheinlich, daß einige Funktionen des Gehirns beeinträchtigt sind, aber welche, das weiß ich jetzt noch nicht. Wie dem auch sei: Wenn man Neuronen richtig stimuliert, sind sie recht anpassungsfähig. Vielleicht ›lernen‹ die gesunden Zellkonglomerate, die Lücken im mentalen Fähigkeitsspektrum auszufüllen.

Die Tatsache, daß Spock keine Heiltrance eingeleitet hat, gibt einen weiteren Hinweis auf den Ernst seines Zustands. Hinzu kommt: Er schirmt sich nicht vor den Schmerzen ab, und deshalb bekommt er entsprechende Medikamente. Angesichts der betroffenen Hirnsektoren müssen wir unter anderem damit rechnen, daß sein Sprechvermögen eingeschränkt ist. Aber das sind bisher nur Vermutungen. Bei uns Menschen gibt es eine klare Funktionstrennung zwischen der linken und rechten Gehirnhälfte, aber das ist bei Vulkaniern nicht der Fall. Im vulkanischen Hirn existieren Sprachzentren in *beiden* Hemisphären, und das ermöglicht eine weitgehende Kompensation. Man kann es sich als eine Art Reservesystem vorstellen, das zu einer ausgeprägten Beidhändigkeit führt. Da keine Hemisphäre Dominanz gewinnt, sind beide Körperhälften ›gleichberechtigt‹.«

»Aber Spock ist Rechtshänder«, wandte Kirk ein.

»Das stimmt. Es liegt an den mütterlichen — menschlichen — Genen. Dieser Umstand läßt den Schluß zu, daß auch andere Funktionskomplexe wie bei uns der rechten oder linken Hälfte zuzuordnen sind. Wenn Zellbereiche geschädigt wurden, für die es in der anderen Hemisphäre keine Entsprechung gibt, braucht Spock sicher eine Therapie, um die verlorenen Fähigkeiten noch einmal zu erlernen. Aber sein Fall ist einzigartig. Wenn er ganz Vulkanier *oder* Mensch wäre, könnte ich ihn den Standardtests unterziehen und eine genaue Diagnose erstellen.«

»Hör mal, Pille ... Ich wollte dir eben keine Vorwürfe machen ...«

McCoy nickte, und ein müdes Lächeln umspielte seine Lippen. »Schon gut, Jim. Ich bedaure sehr, dir nicht mehr sagen zu können. Ich muß ebenfalls abwarten und mich in Geduld fassen. Übrigens: Ich habe einen vulkanischen Neurologen angefordert.«

»Gib dich bloß keinen falschen Hoffnungen hin«, murmelte Kirk. Was solche Angelegenheiten betraf, reagierte Starfleet ausgesprochen langsam.

»Ja, ich weiß.« McCoys Miene verfinsterte sich. »Und das gilt auch für dich, Jim. Er wird nicht sterben, aber es kann lange dauern, bis er wieder der alte Spock ist.« *Und wenn er sich nicht vollständig erholt?* dachte der Arzt. Er behielt seine Zweifel für sich.

Der Captain sah an McCoy vorbei und blickte in die halbdunkle Intensivstation. Das Licht der Kontrollfläche mit den Lebensindikatoren glitt über eine reglose Gestalt. Spock lag jetzt auf dem Rücken, und sein Gesicht wirkte so friedlich wie vor einer knappen Stunde, als Kirk und Scott ihn am Steilhang gefunden hatten. Doch jetzt war auch die verletzte linke Seite zu sehen. Kirk unterdrückte ein Schaudern. Zusammen mit McCoy hatte er in der aritanischen Nacht darauf gewartet, mit dem Vulkanier an Bord gebeamt zu werden. Das eigentliche Entsetzen begann erst im hellen Transporterraum, als Spocks Wunden deutlich sichtbar wurden: McCoy und ein medizinischer Assistent drehten den Bewußtlosen vorsichtig um, und in Kirk krampfte sich etwas zusammen, als er auf die linke Kopfhälfte des Ersten Offiziers starrte.

Kein anderer Anblick hatte ihn jemals so sehr erschüttert.

McCoy begann sofort mit der Behandlung und brachte die zerschmetterte Schläfe in Ordnung, doch im Gesicht des Vulkaniers zeigten sich noch immer dunkelgrüne Flekken, und das linke Auge war fast ganz zugeschwollen.

»Jim ...«, sagte der Bordarzt leise, als er Betroffenheit

und Kummer in den Zügen seines Freundes sah. »Ich glaube, du brauchst dringend Ruhe. Wann hast du zum letztenmal geschlafen?«

Kirk murmelte etwas Unverständliches.

»Wenn du möchtest, gebe ich dir ein Beruhigungsmittel.«

»Nein, danke, Pille. Ich möchte noch ein bißchen auf den Beinen bleiben...« Er sah McCoy scharf an. »Auch du wirkst ziemlich erschöpft.«

»Nun, äh, ich kann mich jetzt nicht hinlegen. Ich muß mich um Spock kümmern...«

Kirk schloß kurz die Augen und verdrängte die Erinnerungen an den Vulkanier im Transporterraum. »Ich bin auf der Brücke. Gib mir Bescheid, wenn er zu sich kommt. Ich brauche dringend Antworten auf bestimmte Fragen.«

Kirk mied die Blicke der Brückenoffiziere, ging zum Befehlsstand und sah auf den großen Wandschirm. Aritani drehte sich langsam im Zentrum des Projektionsfelds.

»Captain, Mr. Scott meldet sich gerade von der Planetenoberfläche«, sagte Uhura. In ihrer Stimme erklang ein seltsamer Unterton, eine unausgesprochene Frage. Kirk drehte sich zu ihr um, und sein Ärger verflog sofort, als er die Sorge in ihren Augen sah. Die anderen Personen im Kontrollraum empfanden sicher ebenso. Sie wußten, was auf Aritani geschehen war, und die grimmige Miene des Captains kam für sie einer unheilvollen Botschaft gleich.

»Mr. Spock... schwebt nicht in Lebensgefahr«, sagte Kirk. Uhura entspannte sich sichtlich, und Chekov seufzte leise.

»Audio-Kanal geöffnet.« Uhura lächelte.

Kirk nahm im Kommandosessel Platz. »Wie steht's bei Ihnen, Mr. Scott?«

»Der Schild ist aktiviert und stabil, Captain. Ich möchte darauf hinweisen, daß mir Fähnrich Lanz geholfen und gute Arbeit geleistet hatte.«

»Zur Kenntnis genommen.«

»Wie geht es Mr. Spock?«

»Er lebt«, sagte Kirk.

»Gott sei Dank. Ich dachte schon ...«

»Haben Sie eine vollständige Tricorder-Analyse durchgeführt?«

»Aye, Captain. Mr. Spocks Interesse war durchaus gerechtfertigt. Die Berge und Plateaus enthalten Uritanium und Dilithium, ganz zu schweigen von wertvollen Metallen.«

Kirk nickte langsam.»Uritanium und Dilithium ... Kein Wunder, daß die Aritanier Besuch bekommen haben.«

»Aye, Sir. Man braucht nicht einmal modernes Berggerät, um hier unten ein Vermögen zu machen.«

»Na schön, Scotty. In acht Stunden beamen wir die ersten Besatzungsmitglieder zu einem Landurlaub auf den Planeten. In der Zwischenzeit dürfte sich herausstellen, ob uns Ihr Schild ...«

»... bei dem mir Fähnrich Lanz geholfen hat ...«

»... ob uns Ihr und Fähnrich Lanz' Schild die Möglichkeit gibt, den einen oder anderen Piraten zu lokalisieren und in Gewahrsam zu nehmen.«

»Nun, Sir, wenn Sie mich fragen: Hier bei uns ist alles ganz friedlich. Nichts deutet darauf hin, daß uns irgendwelche Schwierigkeiten bevorstehen.« Scott legte eine kurze Pause ein und fügte dann wie beiläufig hinzu: »Fähnrich Lanz und ich könnten gleich mit dem Urlaub beginnen ...«

»Das kommt nicht in Frage, Chefingenieur. Zumindest acht Stunden lang bleiben wir auf der Hut. Spock meinte, der hohe Energieverbrauch beschränke die Aktivitätsphase der Tarnvorrichtungen auf maximal siebeneinhalb Stunden, und ich gebe dem unbekannten Gegner einen Spielraum von zusätzlichen dreißig Minuten. Ich möchte nicht riskieren, daß meine Leute von Piraten angegriffen werden, die unter dem Schirmfeld festsitzen.«

Scott seufzte enttäuscht. »Aye, Captain. Wir beamen uns an Bord.«

CAPTAINS LOGBUCH: STERNZEIT 7003.4

Wir sind nach Aritani beordert worden, um herauszufinden, wer die Bevölkerung angreift. Inzwischen haben wir festgestellt, daß es auf dem Planeten große Vorkommen an Uritanium, Dilithium und kostbaren Metallen gibt. Ich vermute, die Unbekannten wollen die Bewohner einschüchtern, um anschließend einen permanenten Stützpunkt zu errichten und mit dem Abbau der natürlichen Ressourcen zu beginnen.

Leider konnten wir bisher noch keinen Aufschluß über die Operationsbasis der Fremden gewinnen. Wir vermuten jedoch, daß sie Tarnvorrichtungen verwenden. Chefingenieur Scott und Fähnrich Lanz haben einen Schutzschild geschaffen, der den ganzen Planeten umhüllt und verhindert, daß irgendwelche Raumschiffe in die Atmosphäre eindringen. Gleichzeitig sorgt er dafür, daß eventuell darunter gefangene Einheiten nicht ins All zurückkehren können. Mr. Spock wies uns darauf hin, daß die von den Piraten verwendeten Kampfgleiter ihre Erg-Zellen nach siebeneinhalb Stunden erneuern müssen – vorausgesetzt, sie benutzen eine Standardausführung der Tarnvorrichtung. Nach Ablauf dieser Frist sollten wir in der Lage sein, sie mit unseren Sensoren zu orten. Ich hoffe, daß wir wenigstens einen Angreifer fassen und verhören können.

Sobald auf der Planetenoberfläche keine Gefahr mehr besteht, bekommt ein Teil der Besatzung Landurlaub.

Commander Spock wurde während seiner Pflichterfüllung auf Aritani schwer verletzt. Ich schlage ihn hiermit für eine Auszeichnung vor.

Kirk gähnte und strich sich mit der Hand durchs Gesicht, als wolle er sich auf diese Weise vom Gespinst der Benommenheit befreien. Die letzte Doppelschicht lag schon lange zurück – Körper und Geist waren einfach nicht mehr daran gewöhnt. Trotzdem sah er keinen Sinn darin, sein Quartier aufzusuchen. Wahrscheinlich hätte er dort nur auf der Koje gelegen und an die Decke gestarrt.

Seit einigen Stunden ging es auf der Brücke recht still zu, und die einzige Abwechselung bestand darin, daß andere Personen an den Konsolen Platz nahmen. Der Wandschirm zeigte noch immer den Planeten Aritani, der sich langsam um die eigene Achse drehte. Nichts deutete auf die von den Piraten angerichteten Verheerungen hin. Kirk betrachtete das Bild eine Zeitlang, und schließlich kehrten seine Gedanken erneut zu Spock zurück. McCoy hatte noch immer nichts von sich hören lassen.

Nach einer Weile beugte sich der Captain vor und schaltete das Interkom in der Armlehne des Sessels ein. »Kirk an Krankenstation.«

Die Stimme des Arztes klang so hohl und müde, wie sich Jim fühlte. »Was ist los?«

»Wie geht's Spock? Irgendwelche Veränderungen?«

»Nun, nicht in dem Sinne...«

Als McCoy zögerte, bildeten sich dünne Falten in Kirks Stirn. »Was bedeutet ›nicht in dem Sinne‹, Pille? Hat er das Bewußtsein wiedererlangt?«

»Äh, ja und nein. Aufgrund der Medikamente ist er noch immer sehr benommen...«

»Ich habe dich ausdrücklich aufgefordert, mir sofort Bescheid zu geben.« Kirk machte sich nicht die Mühe, seinen Ärger zu verbergen. »Das war ein direkter Befehl, ob du's begriffen hast oder nicht.«

»He, warte mal, Jim...«, protestierte McCoy.

»Nein, *du* wartest, Pille. Ich bin gleich bei dir. Kirk Ende.«

Er unterbrach die Verbindung, bevor der Bordarzt Antwort geben konnte.

McCoy wartete vor der Intensivstation, verschränkte die Arme und schob trotzig das Kinn vor. Er gab Kirk keine Gelegenheit, ihm einen Vortrag über Disziplin zu halten.

»Wir sind beide ziemlich erschöpft und mit den Nerven runter«, begann er und versuchte, möglichst ruhig zu sprechen. »Das erklärt unsere Gereiztheit. Trotzdem, Jim: Ich werde nicht zulassen, daß du den Raum dort betrittst, bevor ich dich auf einige Dinge hingewiesen habe. Es geht dabei nicht um meinen beruflichen Stolz, sondern einzig und allein um den Patienten. Meiner Ansicht nach bestand kein Anlaß, dich zu verständigen. Spock ist nicht bei vollem Bewußtsein und kann kaum auf seine Umwelt reagieren...«

»Ich habe dir einen Befehl gegeben«, warf Kirk kühl ein. »Persönliche Ansichten spielen dabei keine Rolle. Ist er noch immer wach?«

»Ja, verdammt! Aber du kannst nichts von ihm in Erfahrung bringen...«

»Das wird sich gleich herausstellen.« Kirk schob sich an McCoy vorbei. Der Bordarzt preßte zornig die Lippen zusammen und folgte ihm.

Als Kirk den Vulkanier sah, verschwand sofort der Ärger aus seinen Zügen. Spock lag im Schatten des nur matt erhellten Zimmers, atmete erschreckend unregelmäßig und mühsam. Ganz offensichtlich hatte er heftige Schmerzen. Der Blick seiner dunklen Augen richtete sich auf den Captain, blieb jedoch trüb und stumpf.

Kirk spürte, wie es ihm vor Furcht kalt über den Rücken lief.

»Was ist auf Aritani geschehen, Spock?«

Der Erste Offizier schloß langsam die Augen, und als er sie öffnete, zeigte sich kein Erkennen in ihnen.

»Er kann nicht sprechen, Jim.« McCoys Worte verstärkten das Unbehagen. »Wahrscheinlich erinnert er sich nicht einmal an dich. Es hat keinen Sinn, ihn noch mehr zu belasten.«

Kirk ignorierte ihn. »Können Sie mich hören, Spock? Zwinkern Sie, wenn Sie mich verstehen.«

Der Vulkanier zögerte einige entsetzliche Sekunden lang, senkte die Lider und hob sie wieder.

Der Captain bedachte McCoy mit einem triumphierenden Na-bitte-Blick. »Zwinkern Sie noch einmal, wenn Sie wissen, wer ich bin.«

Stille folgte. Spock keuchte und schnaufte, kämpfte gegen seine Schmerzen und die Wirkung der Betäubungsmittel an, als er versuchte, sich zu erinnern.

»Erkennen Sie mich nicht?«

»Hör auf, Jim! Das reicht jetzt.« McCoy trat auf Kirk zu, um ihn beiseite zu drängen, verharrte jedoch, als er den Gesichtsausdruck des Captains bemerkte.

Sie kennen mich, dachte Kirk und sah den Vulkanier an. *Sie kennen mich besser als sonst jemand. Hundertmal haben Sie mein Bewußtsein berührt. Das mentale Band zwischen uns darf nicht zerreißen.*

Es hatte keinen Sinn – Kirk war kein Telepath. Und selbst wenn es ihm gelungen wäre, einen Kontakt zu Spocks Geistessphäre herzustellen... Wie sollte der Vulkanier antworten? Langsam wandte sich Jim ab.

Spock zwinkerte erneut und schloß dann die Augen, als sei die Anstrengung zu groß für ihn. Kirk glaubte, einen wichtigen Sieg errungen zu haben.

»Benachrichtige mich sofort, wenn er irgend etwas sagt oder sich sein Zustand verändert«, wies er McCoy an, während sein Blick auf Spock gerichtet blieb. Als er zur Tür ging, fiel ihm etwas ein, und er drehte sich noch einmal zu dem Arzt um. »Das ist ein Befehl.«

McCoy biß sich auf die Zunge, um keine böse Antwort zu geben.

Kirk trat aus dem Turbolift und sah erneut Aritani auf dem Wandschirm – ein Anblick, der keine angenehmen Empfindungen mehr weckte, sondern zu einer Herausforderung wurde.

»Hat sich etwas Neues ergeben?« fragte er, als Sulu den Befehlsstand räumte.

Der Steuermann beobachtete, wie Kirk mit nur geringem Erfolg versuchte, ein Gähnen zu unterdrücken. Inzwischen war der Captain schon seit vierundzwanzig Stunden im Dienst, und Sulu bezweifelte, ob er in dem bequemen Kommandosessel längere Zeit wach bleiben konnte. Er überlegte, ob er ihm raten sollte, sich in sein Quartier zurückzuziehen und auszuruhen, entschied sich dann aber dagegen. Kirk war wie ein wandelndes Pulverfaß, und Sulu wollte keineswegs die Lunte entzünden. Er brauchte gar nicht in der Krankenstation nachzufragen, um in Erfahrung zu bringen, wie es Spock ging. Das Gesicht des Captains wies deutlich auf den kritischen Zustand des Ersten Offiziers hin.

»Nein, Sir«, antwortete Sulu. »Es ist alles ruhig. Wir haben keine Raumschiffe geortet. Offenbar herrscht in diesem Sektor nur wenig Verkehr.«

Kirk schien enttäuscht zu sein. »Von den Piraten fehlt noch immer jede Spur?«

»Captain...«, sagte Uhura, die an der Kommunikationskonsole saß. »Mr. Scott weist gerade darauf hin, daß acht Stunden vergangen sind.«

»Acht Stunden...«, wiederholte Kirk verwirrt. Dann: »Oh, ja. Es ist also soweit, nicht wahr? Ich möchte selbst mit ihm reden.«

Kurz darauf erklang Scotts Stimme aus dem Interkom-Lautsprecher.

»Ja, Sir?«

»Wäre es möglich, daß sich die Piratenschiffe länger als acht Stunden lang mit der Tarnvorrichtung abschirmen können?« fragte Kirk.

»Das halte ich für ausgeschlossen, Sir. Ich bin natürlich kein Fachmann auf diesem Gebiet. Sie müßten Ihre Frage eigentlich an Spock richten — aber ich fürchte, derzeit ist er nicht in der Lage, Ihnen Antwort zu heben.«

Kirk schwieg.

»Er hat eine maximale Zeitspanne von siebeneinhalb Stunden genannt, und für gewöhnlich können wir uns auf Spocks Angaben verlassen. Sie haben noch einmal dreißig

Minuten hinzugegeben, um ganz sicher zu sein. Ich kenne kein Raumschiff, das eine Tarnvorrichtung so lange in Betrieb halten könnte.«

Kirk seufzte. »Schade. Ich hatte gehofft, wenigstens ein Schiff der Angreifer unter dem Schild festzuhalten. Dann wäre es uns wesentlich leichter gefallen, die Operationsbasis zu finden.«

»Aye, da haben Sie recht, Sir.«

»Ich schätze, im Transporterraum wartet man bereits auf die Anweisung, die ersten Gruppen auf den Planeten zu beamen.«

Kirk hörte einen gedämpften Schrei und runzelte die Stirn.

»Was war das Scotty?«

»Oh, nichts, Sir«, erwiderte der Chefingenieur verlegen. »Einer meiner Techniker im Maschinenraum jubelt bereits über den bevorstehenden Urlaub.«

Kirk schmunzelte. »Es wird höchste Zeit, nicht wahr? Die Besatzung hat es verdient, ein wenig auszuspannen.«

»Das gilt auch für Sie, Sir.«

Kirk konnte Scotts Feststellung nicht widersprechen, aber es stimmte ihn keineswegs fröhlich, daß der Computer ihn gleich der ersten Landegruppe zuteilte. Er bot dem Chefingenieur seinen Platz an, und Scotty bedankte sich fast überschwenglich – Kirks Verzicht gab ihm die Möglichkeit, Fähnrich Lanz zu begleiten.

Der Captain betätigte den Türmelder an McCoys Kabine, und das Schott glitt sofort beiseite. Er hatte angenommen, daß auch McCoy keine Ruhe fand, und jetzt sah er seine Vermutung bestätigt. Der Bordarzt saß am Tisch, griff nach einer Flasche Bourbon und genehmigte sich einen Drink, offenbar nicht den ersten. Er starrte in sein Glas. »Ich schätze, du kommst wegen Spock.«

Kirk blieb unsicher in der Tür stehen. »Ich habe bereits in der Krankenstation nachgefragt. Und dort erfuhr ich, daß du hier bist.«

McCoy schnitt eine Grimasse. »Meine Assistenten sollten eigentlich glauben, ich sei für einen Kurzurlaub auf Aritani...«

»Christine konntest du nicht hinters Licht führen. Sie meinte, du wolltest schlafen. Oder dich betrinken.«

»Erinnere mich daran, sie zu entlassen. Sie kennt mich bereits viel zu gut. Nun, wenn du in der Krankenstation gewesen bist, weißt du sicher, daß sich Dr. M'Benga um Spock kümmert. Er hat versprochen, mir sofort Bescheid zu geben, wenn der Vulkanier irgendein Geräusch von sich gibt.«

»Pille...«, sagte Kirk plötzlich. »Es tut mir leid.«

McCoy versuchte zunächst, die Entschuldigung mit einem gleichmütigen Achselzucken zu akzeptieren, aber dann seufzte er und schüttelte den Kopf. »Dich trifft keine Schuld, Jim. Ist dir eigentlich klar, daß wir seit mehr als zwei Schichten nicht mehr geschlafen haben? Kein Wunder, daß bei uns die Sicherung durchbrennt. Himmel, die Sache mit Spock geht uns allen an die Nieren...« Er ließ kurz den Kopf hängen, und als er ihn wieder hob, ließ sich Verzweiflung in seiner Stimme vernehmen. »Aber denk daran, Jim: Es gibt einige Dinge, denen ich machtlos gegenüberstehe. Ich bin Arzt, kein Zauberer...«

»Ich weiß«, erwiderte Kirk beschwichtigend. »Ich habe die Beherrschung verloren, und das bedaure ich sehr. Du hast bei Spock wirklich gute Arbeit geleistet. Ohne dich hätte er keine Chance gehabt.«

»Nun...« McCoy rang sich ein Lächeln ab. »Du stehst unter großem Streß, Jim. Ich nehme deine Entschuldigung an.« Er deutete auf die Flasche in Kirks Hand. »Wie ich sehe, verwendest du die gleiche Medizin wie ich. Komm, setz dich. Ich hole dir ein Glas.«

Kirk nahm Platz. »Ich komme einfach nicht zur Ruhe, Pille«, sagte er leise. »Gib mir einen Rat. Wie kann ich endlich wieder schlafen?«

»Was hast du mitgebracht? Saurianischen Brandy? Trink ein paar Gläser davon, Jim. Ich bin sicher, daß du anschließend tief und fest schlummerst. Da wir gerade dabei sind... Wie wär's, wenn du es mit meiner Arznei versuchst? Bourbon aus Kentucky, zwölf Jahre lang in einem Eichenfaß gelagert...«

»Ich bleibe bei meinem Gift, danke.«

»Es ist deine Leber.« McCoy reichte Kirk das Glas. »Hör mal, Jim... Wann *hast* du zum letztenmal Urlaub gemacht?«

»Keine Ahnung. Zur gleichen Zeit wie du, glaube ich.«

»Und das ist entschieden zu lange her«, brummte McCoy. »Wenn man außerdem die jüngsten Ereignisse berücksichtigt... Es überrascht mich nicht, daß du ab und zu ein wenig Dampf ablassen möchtest. Die ärztliche Anweisung lautet: Kipp dir einen hinter die Binde. Prost.«

»Danke.« Kirk griff nach dem Glas, setzte es an die Lippen und zögerte. »Ich weiß nicht einmal mehr, ob ich mich an meinen letzten Landurlaub *erinnere*.«

McCoy grinste anzüglich und beugte sich vor. »Ich schon«, entgegnete er in einem verschwörerischen Tonfall. »Regla Kanete. Na, fällt der Groschen? Die kleine Bar, wo die erotischsten aller Tänze stattfinden. Man läuft dabei Gefahr, daß einem die Augen aus dem Kopf fallen...«

Kirk lachte leise. »Ja, du hast recht... Ein besonderer Tanz der Eingeborenen, und er basiert auf irgendeiner uralten Religion...«

McCoy schürzte die Lippen. »In meiner Heimat haben solche Tänze nichts mit Religion zu tun. Wenn ich mich recht entsinne, hast du mit der besten und hübschesten Tänzerin Freundschaft geschlossen. Wie hieß sie doch gleich...?«

Kirks Lächeln wuchs in die Breite. »Lolama. Lolama... Den Nachnamen habe ich vergessen.«

»Er ist auch nicht weiter wichtig. Nun, du wolltest dich gerade mit ihr zurückziehen, als ihr Verlobter auftauchte.«

»Zum Glück gibt's Transporter.« Kirk trank noch einen Schluck Brandy und fühlte sich allmählich besser. »Ich fürchte, diesmal verbringe ich meinen Urlaub an Bord der *Enterprise*.«

»Als zuständiger Arzt lege ich dir nahe, deine Entscheidung noch einmal zu überdenken. Du hast selbst gesagt, wie sehr du dich nach einem Ort sehnst, wo es Tiere, Bäume und Blumen gibt. Wenn man sich zu lange in einem Raumschiff aufhält, kriegt man irgendwann einen Koller.«

Kirk antwortete nicht sofort. »Ich bleibe lieber hier. Übrigens: Du scheinst nicht besonders versessen darauf zu sein, Aritani einen Besuch abzustatten und dich dort zu entspannen.«

McCoy wurde schlagartig ernst. »Ich werde hier gebraucht.«

»Mit anderen Worten: Du willst Spock nicht allein lassen. Vielleicht ergeht es mir ähnlich. Vielleicht ist er der Grund, warum mir derzeit nichts an einem Urlaub auf dem Planeten liegt.«

»Weil er dort unten verletzt wurde?« fragte McCoy ruhig.

Kirk schwieg.

»*Deshalb* sind wir so sauer«, fuhr McCoy fort. »Es war ein so verdammt dummer Unfall... so unfair, gerade gegenüber Spock.«

»Wie meinst du das?« Kirk spürte, wie sich in seiner Magengrube ein dicker Knoten bildete.

»Er hat einen geradezu unglaublich logischen Verstand, und die Hirnschäden in der linken Hemisphäre...«

Kirk starrte den Arzt an und wartete.

»Denk an deine Akademiezeit zurück, Jim. Erinnerst du dich daran, welche Funktionen von der linken Gehirnhälfte kontrolliert werden?«

Kirks anatomische Kenntnisse waren eher beschränkt. »Sprache?«

»Ja. Außerdem: bestimmte Erinnerungen, Mathematik, Analyse und — Logik.«

Einige Sekunden lang saß Kirk wie erstarrt. »Worauf willst du hinaus, Pille? Wird Spock all das verlieren?«

»Nicht unbedingt. Aber in den genannten Bereichen könnte es zu Beeinträchtigungen seiner Fähigkeiten kommen. Die linke Hemisphäre erlitt ein beträchtliches Trauma. Das Alpha-Dextran wirkt ausschließlich bei Zellen, die nicht physisch zerstört wurden, sondern nur eine Zeitlang von der Sauerstoffversorgung abgeschnitten waren. Wahrscheinlich kann Spock einige der betreffenden Funktionen bewahren oder sie neu erlernen, aber erst in ein oder zwei Tagen wissen wir, welche permanenten Folgen sich aus seinen Verletzungen ergeben.«

»Anders ausgedrückt: Du weißt gar nicht genau, wie es um ihn steht.«

»Das ist einer der Gründe dafür, warum ich einen Spezialisten angefordert habe.«

»Es könnte eine halbe Ewigkeit dauern, bis uns Starfleet einen Experten schickt. Was machen wir in der Zwischenzeit?«

»Wir warten«, sagte McCoy.

Schmerz. Ein brennendes Stechen in der linken Körperhälfte, eine gräßliche Leere im Kopf. Übelkeit und ein seltsames Schwindelgefühl, das ihn von der Liege zu zerren schien, ihn durch völlige Finsternis stürzen ließ... Offenbar hatte er so starke Betäubungsmittel erhalten, daß er weder klar denken noch sich auf die Gedankenregeln konzentrieren konnte, um die Pein zu besiegen. Aber warum? Die Menschen wußten doch, daß schmerzstillende Substanzen einen dichten Benommenheitsnebel hinter seiner Stirn schufen...

Erneut suchte er nach den Gedankenregeln, drang in abgelegene Winkel seines Bewußtseins vor, forschte in staubigen mentalen Archiven. Einige Sekunden lang glaubte er tatsächlich, Erfolg zu haben. Doch der psychische Schatz wich fort, schien ihn mit seinem verlockenden Glanz zu verspotten, bevor er in irgendeinem finsteren Ich-Gewölbe verschwand. Spock seufzte enttäuscht und drehte den Kopf zur Seite – ein Fehler. Mit der rechten Hand hielt er sich am Bett fest, als sich einmal mehr alles zu drehen begann.

Er hatte nicht nur die Gedankenregeln verloren. Es gab andere Dinge, die sich vor seinem bewußten Selbst verbargen – bedeutungsvolle Worte, die möglichst rasch ausgesprochen werden mußten. Aber an wen sollte er sie richten? Und warum waren sie so wichtig?

Eine schattenhafte Gestalt beugte sich über ihn, gewann keine klaren Konturen. Spock senkte langsam die Lider und spürte neuerlichen Schmerz, diesmal am zugeschwollenen linken Augen. Als er sich wieder auf die externe Welt konzentrierte, sah er jemanden, der einen blauen Uniformpulli trug. Er kannte den Mann, konnte sich jedoch nicht an seinen Namen entsinnen.

»Fühlen Sie sich besser?« fragte der vertraute Fremde sanft. »Es tut mir leid, daß wir Sie mit Betäubungsmitteln behandeln mußten, aber derzeit sind Sie nicht imstande, die Schmerzen zu kontrollieren. Versuchen Sie, sich zu entspannen.«

Spock beschloß den Rat zu beherzigen. Er musterte den Mann im matten Licht: dunkle Haut, humanoid, ausgeprägter Akzent. Wahrscheinlich ein Terraner. Die blaue Farbe symbolisierte etwas, erinnerte ihn an einen anderen Menschen, der zuvor bei ihm gewesen war. Ein Arzt, ja. Die dringende Botschaft galt nicht ihm, sondern dem Mann im goldgelben Pulli – jener Person, die ihm Fragen gestellt hatte. Er sammelte seine ganze Kraft und schnitt eine Grimasse, als er danach trachtete, den Namen des Mannes zu nennen.

Als es ihm endlich gelang, spürte Spock tiefe Erleichterung und glaubte, eine enorme Leistung vollbracht zu haben.

»Jim«, flüsterte er.

M'Benga hielt sein Versprechen. Einige Minuten später trafen Kirk und McCoy in der Krankenstation ein.

»Bitte entschuldigen Sie, daß ich Sie beide geweckt habe«, sagte M'Benga. »Spock ist noch immer nicht voll bei Bewußtsein, aber er kämpft gegen die Benommenheit an. Offenbar legt er großen Wert darauf, mit Ihnen zu sprechen, Captain.«

Kirk hatte genug Brandy getrunken, um einige Stunden lang tief und fest zu schlafen, und es fiel ihm schwer, die Reste der Müdigkeit von sich abzustreifen. »Ich bin Ihnen sehr dankbar dafür, daß Sie uns benachrichtigt haben, Doktor.«

Spock schien wieder das Bewußtsein verloren zu haben, aber als der Captain eintrat, schlug er die Augen auf und sah ihn an. Diesmal erkannte er Kirk sofort wieder.

»Was möchten Sie mir sagen, Spock?«

Der Vulkanier schauderte, und seine Stimme war kaum mehr als ein rauhes Flüstern. »Ich ... muß Ihnen mitteilen, was ich auf ... Aritani gesehen ...« Er brach ab, und sein Gesicht zeigte qualvolle Verwirrung.

»Es hat keine Eile«, erwiderte Kirk ruhig. »Versuchen Sie sich zu erinnern.«

Spock knirschte mit den Zähnen. »Ich ... kann nicht.«

Die drei Menschen wechselten einen kurzen Blick. »Wir haben Ihnen starke schmerzstillende Mittel gegeben«, sagte McCoy. »Sie beeinträchtigen Ihr Konzentrationsvermögen.«

»Es ist ... wichtig.« Spock verzog erneut das Gesicht, als sich das Brennen in ihm wiederholte. Kirk konnte den Anblick nicht ertragen und drehte den Kopf zur Seite.

»Schon gut, Spock. Wir wissen, was Ihr Tricorder anzeigte: unter anderem Uritanium und Dilithium. Wir haben die Analyse vervollständigt. Keine Sorge, wir kümmern uns um alles. Ruhen Sie sich aus.«

Der Vulkanier starrte ins Leere. Ging es bei seiner Botschaft wirklich nur um die natürlichen Ressourcen des Planeten? Das Sprechen hatte ihn so sehr angestrengt, daß er wieder die Augen schloß.

Kirk folgte McCoy nach draußen und lehnte sich an die Wand. »Er erinnert sich nicht, Pille. Liegt es wirklich nur an den Medikamenten?«

Der Arzt sah eine Zeitlang auf seine Stiefelspitzen, bevor

er die Schultern straffte und seinen Freund musterte. »Nein, Jim. Nein, das glaube ich nicht.«

Ein naher Interkom-Anschluß summte. Der Captain hielt den Blick auf McCoy gerichtet, als er die Aktivierungstaste betätigte. »Hier Kirk.«

Uhura klang ungewöhnlich nervös. »Eine wichtige Nachricht von Mr. Scott auf Aritani. Die Piraten haben es irgendwie geschafft, den Schild zu durchdringen. Und sie greifen unsere Leute an!«

KAPITEL 2

»Lieber Himmel!« platzte es aus McCoy heraus. »Dort unten befinden sich mehr als hundert Besatzungsmitglieder!«

Kirk antwortete ihm nicht, aber das Blitzen in seinen Augen wies darauf hin, daß er an die Männer und Frauen seiner Crew dachte. »Ich bin auf dem Weg zur Brücke«, sagte er knapp und unterbrach die Verbindung.

Ein unbeteiligter Beobachter hätte vielleicht angenommen, daß überhaupt kein Notfall existierte – die Brückenoffiziere waren viel zu diszipliniert, um ihre Aufregung deutlich zu zeigen. Aber als Kirk aus dem Turbolift trat, spürte er sofort die allgemeine Anspannung, und mehrere erwartungsvolle Blicke richteten sich auf ihn.

Sulu gab den Befehlsstand für ihn frei und nahm wieder an den Navigationskontrollen Platz.

»Uhura, stellen Sie einen Kontakt mit Scott her«, sagte der Captain. »Mr. Chekov, Statusbericht über das Schirmfeld.«

Chekov ging zur wissenschaftlichen Station und sah in den Sichtschlitz des Scanners. Ein blasser, kobaltblauer Glanz spiegelte sich auf seinen Wangen wider. »Keine Veränderungen, Sir.«

Kirk wandte sich ruckartig zu ihm zu. »Der Schild ist noch immer stabil?«

Chekov versuchte nicht, seine Überraschung zu verbergen. »Ja, Sir. Nichts deutet auf irgendwelche Strukturlükken hin. Wir müssen den Schirm desaktivieren, wenn wir unsere Leute an Bord beamen wollen.«

»Genau das habe ich vor, Fähnrich. Sondieren Sie unterdessen die Planetenoberfläche und halten Sie nach Piratenschiffen Ausschau. Die Unbekannten müssen ihre Tarnvorrichtungen abschalten, bevor sie angreifen. Sulu, seien Sie bereit, den Traktorstrahl einzusetzen.«

»Ich habe Mr. Scott erreicht, Captain«, warf Uhura ein. »Audio-Kanal.«

Kirk dankte ihr stumm dafür, keine visuelle Verbindung hergestellt zu haben. Die aus dem Lautsprecher dringenden Schreie, untermalt vom Zischen und Fauchen energetischer Entladungen, waren entsetzlich genug.

»Hier Scott, Captain«, sagte der Chefingenieur gepreßt. »Die Piraten sind in unmittelbarer Nähe. Ich fürchte, im Augenblick geht es hier nicht gerade zu wie in einem Urlaubsparadies.«

»Können Sie die Kontrollen für das Schirmfeld erreichen, Scotty? Wir müssen den Schild senken, um Sie und die anderen an Bord zu holen.«

»Aye, Captain. Die Hütte ist nicht weit entfernt. Ich müßte es eigentlich schaffen.«

»Halten Sie es für möglich, daß der Schirm für einige Sekunden destabil wurde?«

»Nein, Sir, das ist völlig ausgeschlossen. Ich verstehe mein Handwerk. Als ich den Generator vor einer knappen Stunde überprüft habe, war alles in Ordnung. Ich weiß beim besten Willen nicht, wie es den verdammten Mistkerlen gelungen ist, die Barriere zu durchdringen.« Das Fauchen und Zischen wurde lauter, übertönte die Stimme des Chefingenieurs. Kirk hörte ein unheilverkündendes Prasseln und Knistern.

»Scotty? Sind Sie noch da?«

»Aye, Captain. Die Lage spitzt sich immer mehr zu. Ich mache mich jetzt auf den Weg und desaktiviere das Schirmfeld.«

Ein donnerndes Krachen ertönte, und Kirk zuckte unwillkürlich zusammen. Stille folgte.

»Scott?« fragte der Captain besorgt. »Können Sie mich hören?«

Die Brückenoffiziere wagten kaum mehr zu atmen.

»Aye, Sir. McCoy sollte seine Medo-Assistenten in den

Transporterraum schicken. Wir haben hier einige Verletzte.«

Kirk preßte kurz die Lippen zusammen. »Ich gebe ihm Bescheid. Viel Glück, Scotty.«

Chekov versteifte sich, als er von dem Scanner aufsah. Captain, ich habe einen der Angreifer lokalisiert.«

»Traktorstrahl, Mr. Sulu.«

»Der Schild ist noch nicht gesenkt«, erwiderte Sulu kummervoll. »Ich bekomme keinen klaren Fokus.«

»Verlieren Sie das Schiff nicht aus der Erfassung, Mr. Chekov.«

»Bestätigung, Sir.«

»Schirmfeld noch immer stabil, Captain«, berichtete Sulu.

Chekov fluchte leise. »Ich habe den Angreifer verloren, Sir. Er hat die Tarnvorrichtung reaktiviert — vielleicht rechnete er mit unserem Versuch, einen Traktorstrahl auf ihn zu richten ...«

»Schild gesenkt, Captain«, sagte Sulu.

Kirk schob das Kinn vor. »Setzen Sie weiterhin den Scanner ein, Fähnrich. Versuchen Sie noch einmal, eins der fremden Raumschiffe zu orten. Sulu, sorgen Sie dafür, daß unsere Leute an Bord gebeamt werden. Und halten Sie den Traktorstrahl bereit. Wir schnappen uns einen Piraten. Ist das klar?«

»Aye, Sir«, antworteten die beiden Männer.

»Sie haben das Kommando, Sulu. Lassen Sie sich an den Navigationskontrollen vertreten. Wenn Sie mich brauchen ... Ich bin in der Krankenstation.«

Chekov wartete, bis sich die Doppeltür des Turbolifts hinter dem Captain geschlossen hatte.

»Wie dumm von mir«, sagte er niedergeschlagen. »Ich hätte den Kurs des Angreifers berechnen sollen. Dann wäre er uns nicht durch die Lappen gegangen.«

»Sie haben sich alle Mühe gegeben«, tröstete ihn Sulu. »Beim nächsten Mal erwischen wir ihn, Pavel. Ganz bestimmt.«

Die Evakuierung verlief ohne irgendeinen Zwischenfall. Einhundertdrei Besatzungsmitglieder wurden in einzelnen Gruppen an Bord gebeamt, ohne daß irgend jemand in Panik geriet. Die besonders schwer verletzten Männer und Frauen hatten absoluten Vorrang, und zum Schluß kamen die Toten. Wie durch ein Wunder waren nur sechs Personen getötet und achtunddreißig verwundet worden.

Kirk sah darin dennoch eine Katastrophe. Eine viel zu deutliche Spur des Entsetzens reichte vom Transporterraum bis zur Krankenstation. Als sich die Tür des Turbolifts öffnete, nahm der Captain sofort den Brandgeruch wahr. Wer sich ohne Hilfe auf den Beinen halten konnte, stand im Korridor vor der Krankenstation und ließ sich dort behandeln. McCoy und M'Benga kümmerten sich um die dringenden Fälle und begannen mit ersten Operationen.

Scott gehörte zu den Leuten im Gang. Er hielt die Arme ausgestreckt, wie ein vorzeitlicher Chirurg, der darauf wartete, daß man ihm Gummihandschuhe überstreifte. Er hatte sich verletzt, als er den erhitzten Schirmfeldgenerator ausschaltete: Die Ärmel des Uniformpullis waren verbrannt, und die Haut darunter wies rote und graue Blasen auf. Kirk zwang sich dazu, nicht den Blick abzuwenden, als ein Medo-Assistent kühlendes Gel auftrug, um die gesunden Zellen zu schützen. Anschließend fügte er ein Regenerationsmittel hinzu, das einen ersten Heilprozeß einleitete – bis die Gewebekulturen in der Krankenstation genügend künstliche Haut zur Verfügung stellen konnten. Kirk musterte die Besatzungsmitglieder. Einige von ihnen wirkten verwirrt, schienen noch gar nicht zu begreifen, was auf Aritani geschehen war. Sie hatten sich einige ruhige Tage erhofft, eine Gelegenheit, etwas auszuspannen ...

»Haben Sie die Schiffe der Angreifer gesehen, Scotty?«

Ein Injektor zischte leise, und der Chefingenieur seufzte, als die Schmerzen nachließen. »Aye, Captain. Romulanische Kampfgleiter. Insgesamt sechs oder sieben. Aber niemand von uns kam nahe genug heran, um einen Blick auf die Insassen zu werfen. Haben Sie einen Piraten erwischt?«

»Nein. Chekov setzt weiterhin die Scanner ein. Leider wissen wir noch immer nicht, wo sich die Operationsbasis befindet.«

»Sie kann nicht allzuweit entfernt sein. Die energetische Autonomie der kleinen Raumschiffe ist begrenzt.«

»Ja. Ich frage mich nur: Wie kamen die verdammten Gleiter durch den Schild?«

»Wie ich schon sagte, Sir: Solche Kampfeinheiten können nicht viel Treibstoff aufnehmen, und wir wissen, daß die Tarnvorrichtung eine Menge Energie verbraucht. Ich halte es für völlig ausgeschlossen, daß sich die Angreifer so lange in unmittelbarer Nähe der Planetenoberfläche verbargen. Ich vermute vielmehr, daß sie über Schirmfeld-Neutralisatoren verfügen.«

»Soll das ein Witz sein, Scotty? Die Romulaner versuchen schon seit Jahren, ein derartiges Gerät zu entwickeln, aber bisher hatten sie keinen Erfolg.«

»Können wir da wirklich ganz sicher sein, Sir?« Der Chefingenieur schwankte kurz.

»Nun, wenn wir schon bei Spekulationen sind... Vielleicht verwenden die Romulaner eine neue Tarnvorrichtung, die weniger Energie verschlingt.« Kirk runzelte die Stirn – der Schotte war auffallend blaß. »Offiziell sind Sie noch immer in Urlaub, Mr. Scott. Ich schlage vor, Sie ziehen sich in Ihr Quartier zurück.«

Scott wollte widersprechen, aber Kirk unterbrach ihn sofort. »Das ist ein Befehl. Wir setzen unser Gespräch später fort.«

»Wie Sie meinen, Sir. Äh, dürfte ich Sie um einen Gefallen bitten?«

»Selbstverständlich.«

»Ich wäre Ihnen sehr dankbar, wenn Sie sich nach Fähnrich Lanz erkundigen würden.« Scott deutete zum Eingang der Krankenstation. »Sie wurde schwer verletzt, und ich glaube, man operiert sie gerade. Ach, Captain, sie ist noch so jung, kommt frisch von der Akademie...«

Kirk spürte Unbehagen, aber er rang sich ein Lächeln

ab. »Ich erkundige mich nach ihr, Scotty. Bei McCoy ist sie bestimmt gut aufgehoben. Gehen Sie jetzt.«

»Ich warte noch ein oder zwei Minuten, wenn Sie nichts dagegen haben, Sir...«

»Ich *habe* etwas dagegen, Scotty. Der Captain verordnet Ihnen hiermit Bettruhe.« Er winkte den Chefingenieur fort und lächelte erneut, aber als sich Scott umdrehte und davonschlurfte, wurde Kirk sofort wieder ernst.

In der Krankenstation wehte ihm ein übelkeiterregender Geruch entgegen. An den Wänden standen zusätzliche Betten, und auf ihren Polstern lagen verletzte, leise stöhnende Männer und Frauen. Kirk wartete eine Zeitlang und glaubte schon, den Gestank nicht mehr ertragen zu können, als sich schließlich die Tür des Operationssaals öffnete.

McCoy sank erschöpft auf den nächsten Stuhl und wischte sich Schweiß von der Stirn. »Wenn's nach mir ginge... Ich würde es den Angreifern mit gleicher Münze heimzahlen. Das wäre genau die richtige Strafe für sie. Sieh dich nur um, Jim. Diese Menschen haben niemandem etwas zuleide getan, und doch wurden sie Opfer eines ebenso grausamen wie heimtückischen Überfalls.« Der Arzt ließ die Schultern hängen und schloß die Augen. »Wahrscheinlich kann man es noch auf der Brücke riechen.«

»Wie viele Leute haben wir verloren, Pille?«

»Acht. Sechs starben auf Aritani, und zwei weitere erlagen hier ihren Verletzungen. Die Verbrennungen waren so stark, daß ihre Körper einfach aufgaben. Verdammt! Es sind keine Piraten, sondern *Bestien*...«

In Kirks Wangen zuckte es. »Ich hätte der Crew nicht erlauben dürfen, sich auf den Planeten zu beamen.«

McCoy öffnete ein Auge. »Mach dir keine Vorwürfe, Jim. Vielleicht hätte ich die beiden Verwundeten am Leben erhalten können, wenn ich rechtzeitig zur Stelle gewesen wäre. Wenn, wenn... Nachher ist man immer klüger.«

»Ich hätte noch länger warten sollen. Zwei oder drei zusätzliche Stunden, um jedes Risiko für die Besatzung auszuschließen...«

»Es hat keinen Sinn, mit dem Unmöglichen zu rechnen. Und es *war* unmöglich, daß sich Kampfgleiter unter dem Schild befanden. Scotty hat dich ausdrücklich darauf hingewiesen. Und auch Spock. Du *mußtest* davon ausgehen, daß keine Gefahr drohte.«

»Ich weiß nicht...«, murmelte Kirk. Das Gefühl der Schuld fraß sich in ihm fest. »Wie dem auch sei: Scotty möchte wissen, wie es um Fähnrich Lanz steht. Wie geht es ihr?«

Ein Schatten huschte über McCoys Züge und verschwand so schnell, daß ihn jemand anders sicher übersehen hätte. Aber Kirk kannte den Arzt viel zu gut und ahnte die Antwort.

»Tut mir leid, Jim. Sie war eine der beiden Verletzten, denen ich nicht helfen konnte.«

Scott reagierte nicht, als Kirk den Türmelder betätigte, aber das Schott war nicht verriegelt. Der Captain starrte in eine stockfinstere Kabine.

»Scotty?«

Irgend etwas bewegte sich in der Dunkelheit.

»Sir?« brachte der Chefingenieur undeutlich hervor. »Offenbar bin ich eingeschlafen. Man gab mir eine Injektion gegen die Schmerzen...« Kirk hörte, wie sich Scott aufsetzte. »Sie sind wegen Fähnrich Lanz gekommen, nicht wahr?«

»Ja«, erwiderte der Captain leise.

Kurze Stille schloß sich an. »Ist sie tot?«

Kirk war dankbar dafür, daß sein Gesicht im Schatten verborgen blieb. »Ja. Es tut mir leid, Scotty.«

Einige Sekunden lang hörte Kirk nur das schwere Atmen des Chefingenieurs. »Sie war eine verdammt gute Technikerin«, sagte Scott schließlich. Es klang bestürzt und erschüttert. »Gerade erst fünfundzwanzig Jahre alt...« Er schnaufte. »Wenn ich einen der verdammten Piraten erwische... Ich bringe ihn auf der Stelle um, das schwöre ich!«

»Damit holen Sie Fähnrich Lanz nicht ins Leben zurück«, erwiderte Kirk leise.

»Warum sollte irgend jemand daran gelegen sein, sie zu töten? Was geht nur in den Köpfen der Piraten vor?«

»Ich weiß es nicht«, sagte Kirk. »Aber eins steht fest: Wir werden sie zur Rechenschaft ziehen.«

Er ließ Scott allein in der Dunkelheit zurück.

Ein vager Geruch von verbrannter Haut hing im Korridor, obgleich die Klimaanlage für einen ständigen Austausch der Luft sorgte. Viele Besatzungsmitglieder, die sich der Krankenstation näherten, beklagten den abscheulichen Gestank, und einige Spezialisten aus der Wartungsabteilung versuchten, ihn ganz zu vertreiben. Aber selbst die besten desodorierenden Mittel versagten: Schwache Geruchsspuren hafteten an den Wänden fest und erinnerten an den Schrecken.

Lieutenant Nyota Uhura war fest entschlossen, sich nicht davon stören zu lassen. Sie hatte einen besonders starken Willen, und wenn sie sich irgend etwas vornahm, hielt sie eisern an ihren Absichten fest. Sie straffte die Schultern, als sie die Krankenstation betrat, und ihre Erwartungen erfüllten sich: Der Geruch wurde tatsächlich stärker. Uhura schenkte ihm keine Beachtung.

Doch den Anblick, den die Verletzten boten, konnte sie nicht so einfach ignorieren. Zum erstenmal sah sie nun die gräßlichen, von den Brandphasern der Piraten verursachten Wunden. Uhura senkte den Kopf und trachtete danach, sich nichts anmerken zu lassen.

Trotzdem bemerkte Leonard McCoy das Entsetzen in ihren Zügen und begegnete ihr mit übertriebener Fröhlichkeit. Er wirkte erschöpfter als jemals zuvor, und Uhura war versucht, ihm zu sagen, daß er ebenfalls ins Bett gehörte.

»Oh, Miß Uhura«, begann McCoy und betonte dabei seinen Südstaatenakzent. »Sind Sie gekommen, um Sonnenschein in unsere düstere Höhle zu tragen?«

»Woher *wissen* Sie das, Doktor?« erwiderte sie und lächelte.

»Wer ist der Glückliche, den Sie besuchen möchten? Ich hoffe, Ehre und Freude werden mir zuteil.«

»Nun, eigentlich gilt mein Interesse Ihren Patienten, aber Sie erwecken den Eindruck, als könnten Sie ebenfalls Zuspruch vertragen.«

»Dem Himmel sei Dank.« McCoy strahlte. »Jemand erkennt mich als Mensch. Jemand nimmt Anteil.«

»Um ganz ehrlich zu sein: Ich möchte mit einem ganz bestimmten Mann sprechen. Er liegt dort drüben.«

Mohammed Jahma grinste so breit, wie es die Verletzungen im Gesicht und am Hals erlaubten. Hier und dort zeigten sich rote Flecken auf der dunklen Haut, und an anderen Stellen glänzten dünne Schichten aus Heil-Gel. Uhura ließ sich auf die Bettkante sinken und versuchte, die Wunden zu übersehen.

»Manche Leute sind vom Schicksal begünstigt«, ächzte McCoy theatralisch und begann mit einer routinemäßigen Visite.

»*Kef'halik?* Wie geht es dir?« fragte Uhura auf Arabisch. Sie und Moh waren alte Freunde, und ihre Beziehung wurde von subtilem Humor und einem Hauch Erotik geprägt. Uhura wußte nicht, ob Mohammed ernste Absichten verfolgte, aber sie verschwendete kaum einen Gedanken daran, beschränkte sich darauf, die Freundschaft als solche zu genießen. Sie waren auf dem gleichen irdischen Kontinent geboren — Moh stammte aus Nordafrika — und brachten sich gegenseitig ihre Muttersprache bei. Es erfüllte Uhura nach wie vor mit Verlegenheit, daß sie nie Arabisch gelernt hatte, die zweitwichtigste Sprache der Vereinigten Staaten von Afrika, und Moh befaßte sich erst jetzt mit Kisuaheli.

»Schon besser, Schönheit«, erwiderte er und fügte auf Englisch hinzu:

»Eigentlich gar nicht übel. Ich warte nur noch auf einige kosmetische Korrekturen; dann bin ich wieder so gut wie neu. Ich fürchte, wir halten die Ärzte ganz schön in Trab.«

»Wann wirst du entlassen?«

»Morgen. Wenn ich mich gut betrage.«

»Was dir sehr schwerfallen dürfte.« Uhura drehte den

Kopf und ließ ihren Blick durch die Krankenstation schweifen. Einige Bekannte, die nicht zu schwach waren, lächelten freundlich, und sie winkte kurz. »Es ist schrecklich«, sagte sie leise. »Ich kenne mindestens die Hälfte der Personen in diesem Zimmer.«

»Das ist noch gar nichts. In der Intensivstation liegen zwei wirklich kritische Fälle.«

»Sie sind *noch* schlimmer dran als die Leute hier?« brachte Uhura fassungslos hervor und dachte an die grauenhaften Wunden, die sie bereits gesehen hatte.

»Im Vergleich mit einigen anderen sind meine Verletzungen kaum der Rede wert.« Mohammeds Miene verdüsterte sich. »Wir haben zwei Techniker aus dem Maschinenraum verloren: Giorgo Mikahlis und Rachel Lanz.«

»Rachel? O Gott! Sie war so jung...«

Sie schwiegen eine Zeitlang, und nach einer Weile nickte Moh in Richtung Intensivstation. »Es heißt, dort drüben wird auch Commander Spock behandelt.«

»Wie geht es ihm? Was ihn betrifft, ist der Captain ziemlich wortkarg.«

»Nicht nur er. M'Benga und McCoy gehen immer wieder zu ihm, und sie kehren sehr ernst zurück. Offenbar steht es mit dem Vulkanier nicht gerade zum besten.«

»Kann er Besucher empfangen?«

»Das bezweifle ich. Nur die Ärzte sehen nach ihm. Und der Captain.«

»Ich werde Dr. McCoy fragen. Wenn es dem Vulkanier wirklich so schlecht geht, kann er sicher eine Aufmunterung vertragen.« Uhura zögerte kurz. »Aber da ich in erster Linie wegen dir gekommen bin... Du hast einen Wunsch frei. Vorausgesetzt, du bleibst im Rahmen des Vernünftigen.«

Mohammed lächelte erneut. »Ein Lied. Seit ich hier bin, träume ich davon, daß du für mich singst.«

»Moh, ich kann hier nicht singen. Ich würde die anderen Patienten stören.«

»Doktor!« rief Mohammed. »Was halten Sie davon, wenn Uhura ein Lied vorträgt?«

McCoy stand zwei Betten entfernt und sah von dem Knie auf, das er gerade mit künstlicher Haut behandelte. »Wenn sie laut genug singt, daß wir es alle hören, habe ich nichts dagegen einzuwenden. Unter den gegebenen Umständen ist ein Lied genau die richtige Medizin – für die Patienten ebenso wie für mich und meine Mitarbeiter. Was sich dafür eignet, Blumen wachsen zu lassen, kann bei kranken Menschen sicher nicht schaden.«

»Blumen?« wiederholte Mohammed leise. »He, Schönheit, ich glaube, du stimulierst McCoys dichterische Phantasie.«

Uhura schnitt eine Grimasse. »Hast du irgendein bestimmtes Lied im Sinn?«

»Es sollte etwas Afrikanisches sein.«

Uhura dachte kurz nach und sang ein Wiegenlied, das sie als Kind gelernt hatte.

Christine Chapel stand in der Intensivstation und überprüfte Spocks Zustand, als Uhura zu singen begann. Die Knochenbrüche des Vulkaniers verheilten recht schnell, aber ansonsten machte er kaum Fortschritte. Seit dem kurzem Gespräch mit Kirk hatte er kein einziges Wort gesagt. Christine beugte sich vor und sah auf die Anzeigen des Monitors, blickte dann auf das unbewegte Gesicht herab. An der linken Seite zeigten sich noch immer dunkelgrüne Flecken. Instinktiv streckte Chapel die Hand aus, und ihre Finger verharrten einen Zentimeter über der Haut des Vulkaniers.

Plötzlich hob Spock die Lider, und fast erschrocken zog Christine die Hand zurück. »Hallo, Mr. Spock«, sagte sie und faßte sich wieder. »Wie fühlen Sie sich?«

Es war eine rhetorische Frage. Aber selbst wenn der betreffende Patient nicht antworten konnte: Chapel hielt es in jedem Fall für angebracht, ihn so anzusprechen, als sei er in der Lage, sie zu verstehen. Sie rechnete nicht mit einer Reaktion.

»Uhura«, sagte Spock klar und deutlich.

Christine zögerte und vermutete zunächst, daß der Vulkanier sie mit dem Kommunikationsoffizier verwechselte. Die Tür der Intensivstation war geschlossen, aber nicht schalldicht — ein eventueller Alarm der Lebensindikatoren mußte auch in den anderen Zimmern zu hören sein, damit das medizinische Personal sofort eingreifen konnte. Chapel vernahm Uhuras leise, melodische Stimme und nickte.

»Ja«, bestätigte sie. »Sie haben recht. Uhura singt gerade. Sie ist drüben bei den anderen Patienten. Möchten Sie, daß sie hierherkommt?«

Spock zwinkerte einmal.

»In Ordnung, ich hole sie.« Christine versuchte, sich nicht von ihrer Aufregung überwältigen zu lassen.

In der Intensivstation herrschten Stille und Dunkelheit. Zwei der drei dort untergebrachten Besatzungsmitglieder hatten am ganzen Körper Verbrennungen erlitten, und angesichts der dicken Schichten aus künstlicher Haut erkannte Uhura sie nicht wieder. Nur der dritte Patient — Spock — war bei Bewußtsein.

Seine äußeren Wunden schienen nicht annähernd so ernst zu sein wie die der beiden anderen Männer, aber der trübe, qualvolle Blick des Vulkaniers kündete von einem Schmerz, der Uhura zutiefst erschütterte.

»Hallo, Sir«, begann sie und wußte nicht genau, ob er sie verstand. »Wir vermissen Sie auf der Brücke.«

»Wofür mein Herz schlägt...«, sagte Spock abrupt.

Chapel wirkte ein wenig verlegen, als sie die verblüffend rührselige Bemerkung hörte. »Ich verstehe durchaus, daß Sie zur Brücke zurückkehren möchten, Mr. Spock...«

Uhura lachte leise. »Nein, Christine... Er meint ein Lied.«

»›Jenseits von Antares‹«, erklärte Spock.

»Oh«, machte Chapel. »Ich dachte...« Sie brach ab.

»Wir haben die Melodie oft zusammen gespielt. Möchten Sie, daß ich das Lied für Sie singe, Mr. Spock?«

Der Vulkanier zwinkerte.

»Das bedeutet ›ja‹«, sagte Christine.

Spock schloß die Augen wieder, als Uhura sang. McCoy

hörte ihre Stimme und kam ebenfalls herein. »Ein wundervolles Lied, Uhura.«

»Danke. Spock und ich kennen es gut. Er begleitete mich häufig auf der Harfe. Nicht wahr, Spock?«

Der Vulkanier antwortete nicht und schien eingeschlafen zu sein.

»Er bekommt starke Sedative«, meinte McCoy. »Obgleich Sie mit Ihrer wundervollen Stimme jeden in den Schlaf singen könnten...«

»Danke für das Kompliment, Doktor. Eins verstehe ich nicht: Spock konnte eine Zeile aus dem Text des Liedes zitieren, aber er zwinkerte, anstatt schlicht und einfach ›ja‹ zu sagen.«

»In der linken Gehirnhälfte, im Sprachzentrum, kam es zu Gewebeschäden. Die rechte Seite hingegen blieb unversehrt, und sie kontrolliert die Erinnerungen an Musik, Poesie und so weiter.«

»Das stimmt schon, Doktor«, bestätigte Chapel. »Doch er nannte auch Uhuras Namen, als er sie bei den anderen Patienten singen hörte. Seine Stimme war völlig klar und nicht annähernd so verzerrt wie vorher.«

McCoy seufzte erleichtert. »Nun, das deutet auf eine Verbesserung seines Zustands hin. Vielleicht wirkt das Alpha-Dextran endlich.«

»Wird er bald wieder normal sprechen können?« fragte Uhura.

»Das hoffen wir.« Selbst im matten Licht wirkte McCoys Gesicht hohlwangig und ausgezehrt. »Singen Sie weitere Lieder. Dadurch ermutigen Sie ihn.«

Uhura lächelte. »Ich habe eine noch bessere Idee.«

Kirk lag auf seiner Koje und starrte an die Decke. Die Leselampe im Nebenzimmer brannte noch immer, aber er hatte sich nicht auf den Text konzentrieren können. Einmal mehr mußte er feststellen, daß er keine Ruhe fand. Hinter seiner Stirn herrschte ein unentwirrbares Durcheinander aus Gedanken, die den Schlaf von ihm fernhielten. Immer wieder dachte er an Fähnrich Lanz und die sieben anderen Toten, an Spock, an die verbrannten Felder auf dem Planeten...

Und an die Schiffe, die sich unter dem Schild befanden, obwohl das Kraftfeld absoluten Schutz gewähren sollte. Für den neuerlichen Angriff gab es nur zwei Erklärungen, und beide erschienen dem Captain absurd. Die Romulaner teilten den vulkanischen Erfindungsreichtum, wenn es um elektromagnetische Physik ging, aber sie konnten unmöglich den von Scott vermuteten Schirmfeld-Neutralisator entwickelt haben. Die Geheimdienste der Föderation hätten sicher davon erfahren, ebenso von einer Verbesserung der Tarnvorrichtung.

Kirk seufzte und legte den Arm über die Augen. In ihm verdichtete sich die Ahnung, daß Spock in der Lage gewesen wäre, das Erscheinen der Piratenschiffe zu erklären. Aber jene Informationen verbargen sich irgendwo in seinem ramponierten Gedächtnis. Die wichtige Mitteilung, die der Vulkanier vergessen hatte? Nun, vielleicht betraf sie nur die Uritanium- und Dilithium-Vorkommen — einen natürlichen Schatz, durch den Aritani eine ganz neue Bedeutung gewann...

Aber Kirk glaubte, daß es in Spocks Botschaft um weitaus mehr ging.

Er war gerade aufgestanden und wanderte unruhig durch die Kabine, als das Interkom summte. Das runde, von blondem Haar umrahmte Gesicht Lieutenant Krelidzes erschien auf dem Monitor.

»Gerade ist eine Antwort von Admiral Komack eingetroffen, Sir«, sagte sie und hob andeutungsweise die Brauen, bevor sie hinzufügte: »Codiert.«

»Übermitteln Sie die Nachricht, Lieutenant.«

Codiert. Offenbar vertrat man bei Starfleet die Ansicht, daß nicht nur eine kleine Renegatengruppe hinter den Angriffen auf Aritani steckte. Kirk bereute es nun, seinen Bericht nicht ebenfalls verschlüsselt zu haben.

In Komacks Antwort fehlten brauchbare Hinweise.

Dem Geheimdienst der Flotte liegen keine Informationen über einen Schirmfeld-Neutralisator vor. Die Romulaner verwenden eine verbesserte Tarnvorrichtung, die jedoch viel Energie verbraucht.

Die Enterprise *wird hiermit angewiesen, im betreffenden Raumsektor zu bleiben und Aritani den größtmöglichen Schutz zu gewähren. Derzeit findet eine umfassende Situationsanalyse statt. Sie werden sofort verständigt, wenn sich neue Informationen ergeben.*

James H. Komack, Admiral

Kirks Gesichtsausdruck verhärtete sich, als er den dechiffrierten Text las. Größtmöglicher Schutz. Mit anderen Worten: Die Entscheidung lag bei ihm. Er setzte sich mit der Brücke in Verbindung.

»Stellen Sie einen Kontakt zur aritanischen Repräsentantin her«, wies er Krelidze an.

In den vorher so würdevollen Zügen Natahias glühte nun unverhohlener Zorn. Kirk beobachtete die Landschaft hinter der alten Frau: Die Felder und Wiesen hatten sich in eine schwarze, verkohlte Wunde in der prächtigen, bunten Landschaft verwandelt. Die kühle Brise trug nicht mehr den Duft wilder Blumen mit sich, sondern den Gestank von Zerstörung und Tod. Der Captain dachte an Feuer, das Hütten und Spalierwein verbrannte, Kleidung, Haar, lebendes Fleisch ...

Natahia starrte ihn an, das goldene Gesicht blaß, die violetten Augen gerötet. Sie zitterte am ganzen Leib. Vor Wut? Aus Kummer?

»Ich möchte betonen, wie sehr ich die jüngsten Ereignisse auf Ihrer Welt bedauere«, sagte Kirk.

Natahia antwortete mit kühler, distanzierter Höflichkeit, und der Captain begriff sofort, daß er keine Kooperationsbereitschaft mehr erwarten durfte. »Unglücklicherweise fielen dem Angriff auch einige Mitglieder Ihrer Besatzung zum Opfer.«

»Normalerweise stellt der Schild eine völlig undurchdringliche Barriere dar...«

»Wenn Sie davon nicht überzeugt wären, hätten Sie wohl kaum Ihre Leute hierhergeschickt.«

»Bisher gab es keine technische Möglichkeit, einen derartigen Angriff durchzuführen. Starfleet hat Ermittlungen eingeleitet. Die *Enterprise* bleibt unterdessen in der Umlaufbahn. Wir setzen unsere Bemühungen fort, zumindest einen Piraten zu fassen und ihn zu verhören. Die Tarnvorrichtungen können nicht immer aktiv bleiben, und wenn sie ausgeschaltet werden, reagieren unsere Scanner und Sensoren. Dann haben wir die Möglichkeit...«

»Nein, Captain. Weitere Interventionen Ihrerseits haben keinen Sinn. Sie brächten nur Ihre Leute in Gefahr.«

»Wenn wir einen Piraten fassen, erfahren wir vielleicht, wo sich die Operationsbasis befindet. Dann stellen wir fest, wer Sie angreift und welche Absichten die Fremden verfolgen. Möchten Sie nicht ebenfalls Bescheid wissen, Natahia?«

»Sie setzen sicher Ihr technisches Potential ein, um das angestrebte Ziel zu erreichen. Können Sie mir einen Erfolg garantieren? Können Sie ganz sicher sein, daß keine weiteren Mitglieder Ihrer Mannschaft sterben?

Wir Aritanier haben feste Grundsätze und Prinzipien, Captain. Vor vielen tausend Jahren hätte die Technologie fast zum Untergang unseres Volkes geführt. Trotz Ihrer Waffen und Apparaturen haben Sie es nicht geschafft, ein einziges Leben zu retten. Zwischen Ihnen und den Piraten findet eine Art geistiges Kräftemessen statt, das derjenige für sich entscheidet, der über die neuesten Kriegsmaschinen verfügt. Woraus sich die Frage ergibt: Wer von Ihnen ist zivilisierter?

Unsere Entscheidung hat Sie hierhergebracht, Captain Kirk, und im Namen der Pflanzer danke ich Ihnen für Ihre Bemühungen. Es betrübt uns sehr, daß Sie Freunde und Gefährten verloren haben. Wir dürfen nicht zulassen, daß Sie noch länger bleiben und sich weiteren Gefahren aussetzen. Ihre Technik hat versagt, und es wird Zeit, daß wir uns wieder auf die Gebote unserer Philosophie besinnen. Wir werden uns so gut wie möglich schützen – ohne irgendwelche Geräte oder Waffen.«

»Und wenn Sie alle ums Leben kommen?« fragte Kirk geradeheraus. »Wenn die Angreifer Ihren ganzen Planeten verheeren?« So etwas wie Verzweiflung regte sich in ihm.

Natahia sah ihn scharf an. »Es deutet alles darauf hin, daß Sie so etwas nicht verhindern können. Wir Pflanzer haben eine Entscheidung getroffen, und dabei bleibt es. Ich werde dieses Kommunikationsinstrument nicht noch einmal benutzen.«

Das Bild flimmerte kurz, und Kirk glaubte, Trauer in Natahias Gesicht zu erkennen, bevor sie die Verbindung unterbrach.

Der Captain starrte einige Sekunden lang auf die graue Schirmfläche, bevor er einen Kom-Kanal zum Kontrollraum öffnete. Scott meldete sich.

»Zum Teufel auch, Scotty, was machen Sie auf der Brücke?«

»Nun, Sir, da ich der dienstälteste Kommando-Offizier bin...«

»Warum ruhen Sie sich nicht in Ihrer Kabine aus?«

Kirk stellte sich den beleidigten Blick des Chefingenieurs vor. »Captain, Sir, ich fühle mich wirklich gut, das versichere ich Ihnen. Ich bin in der Krankenstation gewesen, und dort hat man mir neue Haut aufgetragen. Meine Hände sind wieder völlig in Ordnung, und McCoy erklärte mich für diensttauglich. Sir.«

»Na schön, Scotty«, gab Kirk nach. »Ich möchte mit Chekov sprechen.«

»Er ist nicht hier, Sir.«

»Er ist nicht da?« entfuhr es Kirk. Er atmete tief durch, bevor er etwas schärfer hinzufügte: »Ich habe ihm gesagt, er soll seinen Posten nicht verlassen.«

»Er ging schon vor einigen Stunden, Sir. Fähnrich O'Connor vertritt ihn, Captain. Mr. Chekov hat sie aufgefordert, den Scanner nicht aus den Augen zu lassen. Sie kennt sich mit der wissenschaftlichen Station bestens aus, Sir.«

»Ja, natürlich«, sagte Kirk schnell. »Sorgen Sie dafür, daß sie nach ihrer Schicht abgelöst wird. Es muß ständig jemand an der Konsole sitzen, klar?«

»Verstanden, Sir.« Scotts Stimme veränderte sich, klang seltsam rollend. »Glauben Sie mir, Captain: Ich möchte die Piraten ebensogern erwischen wie Sie. Und ich werde nicht eher ruhen, bis wir uns einen der verdammten Mistkerle geschnappt haben. Scott Ende.«

Kirk nahm an seinem Schreibtisch Platz, winkelte die Arme an und stützte das Kinn auf die Hände. Was hätte sein Erster Offizier von der Entscheidung gehalten, im Orbit von Aritani zu bleiben?

»Damit mißachten Sie den ausdrücklich erklärten Willen der Pflanzer, Captain. Haben Sie vergessen, daß jedes Volk das Recht auf Selbstbestimmung hat?«

Ja, er ignorierte den Beschluß der Pflanzer — daran bestand kein Zweifel. Er konnte sich einfach nicht dazu durchringen, den kulturellen Selbstmord der Aritanier hinzunehmen. Spätestens dann, wenn sie als Rasse nicht mehr existierten, hatte die Frage der Selbstbestimmung nur noch akademische Bedeutung. *Wenn sich irgend jemand einmischt, so sind es die Piraten, nicht wir,* dachte Kirk. *Zum Teufel mit dem ›erklärten Willen‹ der Pflanzer. Ich werde nicht zulassen, daß man ihre wundervolle Welt zerstört.*

Er hob den Kopf und spürte, daß ihm eine weitere schlaflose Nacht bevorstand. *Himmel, ich muß dringend neue Kraft schöpfen, wenn ich nicht endgültig ausrasten will. Ich verliere allmählich das Zeitgefühl, und Scott gegenüber habe ich bereits kurz die Beherrschung verloren. So etwas darf nicht noch einmal geschehen.*

Und er durfte nicht zulassen, daß die Piraten den Sieg errangen.

Er stand auf und verließ seine Kabine, um McCoy einen Besuch abzustatten.

Uhura sah sich unsicher um. Während der simulierten Nacht herrschte ein diffuses Halbdunkel in der Krankenstation, und alle Patienten schienen zu schlafen. Hinter der Tür des Laboratoriums brannte Licht, aber niemand kam, um festzustellen, wer das Empfangszimmer betreten hatte. Uhura durchquerte die einzelnen Räume und begab sich zur Intensivstation.

Als das Schott beiseite glitt, sah sie Commander Spock, der auf dem Bett saß und den Rücken ans hochgeklappte Kopfende lehnte. Offenbar war er nicht mehr an den Tag-Nacht-Rhythmus an Bord der *Enterprise* gewöhnt. Uhura wich überrascht und auch ein wenig verlegen zurück; sie hatte dem Vulkanier einen heimlichen Besuch abstatten wollen. Zunächst rührte sich Spock nicht, und Uhura spielte mit dem Gedanken, die Kammer auf leisen Sohlen zu verlassen, als der Mann auf der Liege den Kopf drehte. Aus trüben Augen sah er sie an, betrachtete dann das Instrument. Uhura lächelte entschuldigend und reichte es ihm.

»Bitte verzeihen Sie, daß ich mir die Freiheit genommen habe«, sagte sie leise. »Die Tür Ihrer Kabine war nicht abgeschlossen, und ich dachte, vielleicht können Sie das hier gebrauchen.«

Mit der rechten Hand nahm Spock die Harfe entgegen und stützte sie an der Hüfte ab. Als er seinen Blick erneut auf Uhura richtete, verschwand der graue Schleier aus seinen dunklen Augen.

»Es gibt keinen Grund für Sie, mich um Verzeihung zu bitten«, sagte er stockend. »Ganz im Gegenteil – ich bin Ihnen sehr dankbar.«

Ganz leise, um die anderen Patienten nicht zu wecken, zupfte er an den Saiten.

Er wollte nur feststellen, ob das Instrument noch immer richtig gestimmt war, aber es klang trotzdem wie herrliche Musik.

Langsam kamen McCoys Lider herab. Auf dem Computerschirm vor ihm glühte eine Liste von Artikeln, die Gewebeschäden in der linken Gehirnhälfte von Menschen und Vulkaniern behandelten. Seine Suche nach medizinischen Studien in Hinsicht auf Hybriden blieb erfolglos. Zwischen den beiden Völkern kam es nur selten zu Partnerschaftsbindungen, und deshalb konnten kaum entsprechende Untersuchungen stattfinden. Vermutlich gab es in der ganzen Galaxis weniger als zehn Personen, in deren Adern sowohl menschliches als auch vulkanisches Blut floß, und der Arzt zweifelte nicht daran, daß nur eine davon an den Folgen einer Hirnverletzung litt.

McCoy riß die Augen auf, als er begriff, daß er fast eingeschlafen wäre. Bestimmt lag es an der langweiligen Lektüre: Artikel aus medizinischen Fachzeitschriften wirkten manchmal besser als ein starkes Sedativ. Es wurde Zeit, daraus einen Vorteil zu ziehen. Er verabscheute es, Tabletten zu nehmen, obwohl ihn die Schlaflosigkeit während der vergangenen Nächte in große Versuchung geführt hatte. Zu viele Ärzte neigten dazu, sich Beruhigungsmittel zu verschreiben — und erneuerten das Rezept immer wieder.

Er stand auf und wollte die Leselampe ausschalten, als der Türmelder summte. Vermutlich Jim, der sich vor einer weiteren ruhelosen Nacht fürchtete. »Du möchtest ein Mittel gegen Schlaflosigkeit, nicht wahr?« fragte McCoy, als das Schott aufglitt.

»Nicht unbedingt«, erwiderte das Mädchen — oder war es eine Frau? Die zarte Statur und eine Größe von nur hundertfünfzig Zentimetern führten dazu, daß man zunächst einen falschen Eindruck von ihr gewann.

»Dr. McCoy? Ich bin Emma Saenz.« Sie streckte eine warme, schmale Hand aus. Der Arzt griff verwirrt danach und spürte überrascht, wie fest die Besucherin zudrückte.

»Ja?« fragte McCoy. Auch ihre Stimme verblüffte ihn. Sie klang fest und selbstbewußt, bildete somit einen auffallenden Kontrast zu ihrem Erscheinungsbild und bot einen weitaus besseren Anhaltspunkt, um ihr Alter zu schätzen.

»Starfleet hat mich geschickt«, sagte sie schlicht, als genüge das völlig, um ihre Präsenz in McCoys Kabine zu erklären.

»Das ist offensichtlich«, erwiderte der Arzt und deutete auf den blauen Pulli. Saenz gehörte vermutlich zu dem neuen Personal, das zur *Enterprise* versetzt worden war, aber McCoy hatte keine Mitteilung erhalten, und ihr Name bedeutete ihm nichts. Er musterte sie eingehender und bewunderte insgeheim ihre gute Figur. *Nein, ein Mädchen ist sie bestimmt nicht.*

Saenz räusperte sich, und McCoy sah schuldbewußt auf. In den dunklen Augen der jungen Frau glänzte es humorvoll.

»*Doktor* Emma Saenz, Neuropsychologin. Sie haben eine entsprechende Anfrage an Starfleet gerichtet, nicht wahr?« Sie runzelte die Stirn. »Man hat Sie doch benachrichtigt, oder?«

»Nein, leider nicht.«

Saenz seufzte. »Typisch.«

McCoy vermutete, daß der Personalabteilung ein Fehler unterlaufen war. »Eigentlich habe ich einen *vulkanischen* Neurologen angefordert.«

»Ach?« Saenz blickte ihn groß an, wirkte dadurch wieder mädchenhaft.

»Nun, äh ... Wie soll ich mich ausdrücken? Ihre Ohren sind nicht spitz genug für den Job.«

Die junge Frau lachte, und McCoy stimmte mit ein, obgleich ein Rest von Unbehagen in ihm verblieb.

»Wen benötigen Sie, Doktor? Einen Neurologen *für* Vulkanier? Oder einen *vulkanischen* Neurologen?«

»Sie haben völlig recht: Ich brauche jemanden, der sich mit den Besonderheiten des vulkanischen Gehirns auskennt«, entgegnete McCoy und kam sich wie ein Narr vor. »Ich habe nur damit gerechnet, daß der Spezialist von Vulkan stammt.«

»Ich verstehe. Nun, ich *bin* vulkanische Neurologin, auch wenn meine Ohren mißraten sind, wie Sie meinen.«

»Eins zu null für Sie. Ich bitte um Entschuldigung. Es lag mir fern, an Ihren Qualifikationen zu zweifeln. Äh, möchten Sie, daß ich Sie zu Ihrem Quartier begleite? Oder soll ich Ihnen die Krankenstation zeigen?«

»Nein, danke. Tut mir leid. Ich habe es versäumt, mich über die hiesige Diensteinteilung zu informieren. Offenbar ist es bereits recht spät für Sie. Ich sehe mir den Patienten morgen an.« Saenz lächelte erneut. »Sagen Sie mir nur, wo ich mir etwas zu trinken besorgen kann.«

»Wenn Sie Bier oder Wein möchten... Auf dem Freizeitdeck.«

Sie rümpfte die Nase. »Was anderes gibt's nicht?«

McCoy dachte kurz nach. »Mögen Sie Bourbon?«

McCoy saß zusammen mit Emma Saenz im Freizeitraum und füllte ihre Gläser mit bernsteinfarbener Flüssigkeit. Er wußte, daß er den versäumten Schlaf am nächsten Tag bedauern würde, aber er verdrängte diesen Gedanken — die junge Frau faszinierte ihn viel zu sehr.

Das Universum war riesig, endlos, aber manchmal konnte es auch erstaunlich winzig sein. Während des Gesprächs erfuhr McCoy, daß Emma die gleiche medizinische Schule besucht hatte wie seine Tochter.

»Ich war zwei Klassen über Joanna. Nun, ich will nicht behaupten, daß wir uns gut kannten, aber ich bin ihr begegnet.« Betont ernst fügte sie hinzu: »Natürlich bin ich damals *viel* älter als sie gewesen.«

»Sehr taktvoll von Ihnen.« McCoy lächelte und griff erneut nach der Flasche. »Sind Sie noch immer älter als Joanna?«

Emma schmunzelte und trank einen Schluck. »An solchen Dingen ändert sich nichts, oder? Welches Fachgebiet hat Ihre Tochter gewählt?«

»Das gleiche wie ich: Allgemeinmedizin.«

»Vermutlich haben Sie großen Einfluß auf Joanna.«

»Ich fürchte, da irren Sie sich.« McCoy blickte in sein Glas und spürte einen Hauch Melancholie. »Ihre Mutter und ich ließen uns scheiden, als sie noch klein war. Anschließend begann ich mit dem Dienst in Starfleet und konnte mich nicht mehr um meine Tochter kümmern. Oh, wir besuchen uns ab und zu, aber in letzter Zeit sind wir beide viel zu sehr beschäftigt. Zum letztenmal sahen wir uns vor drei Jahren.«

»Trotzdem müssen Sie eine zentrale Rolle in ihrem Leben gespielt haben. Darauf sind Sie sicher stolz.«

»Ja.«

»Haben Sie nicht noch einmal geheiratet?« Emma zeigte keine Neugier in dem Sinne, eher Anteilnahme.

McCoy leerte sein Glas. »Angeblich gibt es Leute, die ihre berufliche Laufbahn bei Starfleet mit einem glücklichen Eheleben verbunden haben. Aber es ist mir ein Rätsel, wie so etwas möglich ist.«

»Ich weiß, was Sie meinen«, sagte Emma. Ein Schatten fiel auf ihre Züge.

»Ein deprimierendes Thema«, stellte McCoy fest. »Nun, ich will nicht unbedingt davon ablenken, aber... Möchten Sie etwas über den Patienten erfahren?«

Emmas Miene erhellte sich wieder. »Ja. Ich habe es noch nie mit einem vulkanisch-menschlichen Hybriden zu tun bekommen, und ich freue mich schon auf die Gelegenheit, Spocks Gehirnstruktur zu untersuchen. Es dürfte recht interessant sein herauszufinden, welche funktionellen Unterschiede zwischen den beiden Hemisphären bestehen.«

»Seltsam, daß Sie ausgerechnet darauf zu sprechen kommen«, murmelte McCoy so leise, daß ihn Emma nicht verstand. Er ignorierte ihren fragenden Blick und fuhr fort: »Durch den Unfall auf Aritani kam es zu einem ernsten Trauma der linken Hirnhälfte. Ich habe ihn sofort mit Alpha-Dextran behandelt, aber der Patient leidet noch immer an ausgeprägter Aphasie und retrograder Amnesie. Vor einigen Stunden teilte man mir mit, daß Spock einige Sätze gesprochen hat – mit der für ihn charakteristischen Ausdrucksweise. Was die Aphasie betrifft, scheint sich langsam eine Besserung abzuzeichnen, doch sie ist noch unbeständig. Ich habe Spock mehrmals Fragen gestellt, und er gab nur selten Antwort. Tja, ich weiß nicht, was ich davon halten soll.«

Emma wirkte zuversichtlich. »Es ist ein gutes Zeichen, daß er überhaupt etwas sagt. Vielleicht überwindet er die Aphasie bald. Und seine Amnesie?«

»Unverändert.«

»Gibt es sonst Anzeichen für Funktionsstörungen des Gehirns?«

»Ich habe einige Untersuchungen vorgenommen, bin mir jedoch nicht sicher, ob der Scanner richtig justiert ist. Deshalb sind die Analyseergebnisse mit Vorsicht zu genießen. Ich rechne mit einer Beeinträchtigung der mathematischen Fähigkeiten.«

Das sanfte Lächeln verschwand von Emmas Lippen und wich besorgter Nachdenklichkeit. »Um ganz ehrlich zu sein: Ich traue den Apparaten nicht. Oh, ich weiß natürlich, daß moderne Geräte sehr nützlich sind, um Hirnschäden festzustellen und ihre Bedeutung zu beurteilen. Aber bei meiner Diagnose möchte ich mich nicht ausschließlich auf derartige Instrumente verlassen. Himmel, sie sind nicht *absolut* zuverlässig. Selbst ein kleiner Justierungsfehler führt manchmal zu völlig falschen Daten.«

»Amen!« platzte es aus McCoy heraus. »Mehr als einmal habe ich solche Erfahrungen gemacht. Ich brauche die Geräte, ja, aber ich vertraue ihnen nicht. Und bei Spock...«

»Ich kann Ihnen dabei helfen, die richtigen Einstellungen zu finden, und außerdem gehört ein vulkanischer Scanner zu meinem Gepäck. Damit lassen sich die Hirnfunktionen messen. Trotzdem bin ich fest entschlossen, eigene Untersuchungen durchzuführen. Ich habe eine ziemlich gute medizinische Intuition.«

McCoy spürte, wie er Emmas Gesellschaft zu genießen begann, und er fühlte sich wie beschwipst – es lag sicher nicht am Alkohol, eher an der Erschöpfung. Er grinste plötzlich. »Verraten Sie Spock nichts davon. Die Vorstellung, daß Ihre Diagnose auf menschlicher Intuition beruht, wäre sicher unerträglich für ihn.«

Emma lächelte und strich sich eine Strähne aus der Stirn. Ihr Haar war ziemlich kurz und ebenso dunkel wie die Augen. Allem Anschein nach legte sie kaum Wert auf eine sorgfältige Frisur und benutzte kein Make-up. Sie konnte auch darauf verzichten, fand McCoy. Ihre natürliche Schönheit genügte völlig, und hinzu kam ihr ungezwungenes Gebaren. Auf den ersten Blick betrachtet, mochte man sie für unscheinbar halten; aber wenn man genauer hinsah, erkannte man ihre Attraktivität.

McCoy empfand eine seltsame, prickelnde Wärme.

»Dann sollten wir ihm nichts davon sagen, Leonard«, erwiderte die junge Frau. »Nun, Intuition ist ein wertvolles Hilfsmittel, aber es wäre dumm, sich allein darauf zu beschränken. Einige elaborierte Tests sind sehr wichtig – um das Ausmaß der Persönlichkeitsveränderungen festzustellen.«

Daraufhin runzelte McCoy die Stirn. »Veränderungen der Persönlichkeit? Wir haben es mit einem Vulkanier zu tun...«

Emma wurde schlagartig ernst. »Gewisse Vorurteile sind unausrottbar. Spock mag Vulkanier und in einer emotionsneutralen Gesellschaft aufgewachsen sein, aber das heißt noch lange nicht, daß seine Persönlichkeit statisch ist. Chemische Modifikationen der Neurotransmitter* und Rezeptoren können erheblichen Einfluß auf die Persönlichkeitsstruktur haben und zu starken Verhaltensstörungen führen. Es ist eine Frage der *Chemie* und hat nichts mit emotionaler Kontrolle zu tun. Selbst die logischen Vulkanier sind nicht davor gefeit – obgleich sie nicht gern zuge-

* Neurotransmitter sind chemische Substanzen, die an den Synapsen im Zentralnervensystem und der peripheren Nerven eine Erregung weiterleiten. Sie werden in den Vesikeln der präsynaptischen Nervenendigung gespeichert und durch ein sogenanntes Aktionspotential freigesetzt. Nach Diffusion durch den synaptischen Spalt bewirken sie an der postsynaptischen Membran eine Permeabilität- und Potentialänderung. – Anmerkung des Übersetzers

ben, daß auch Angehörige ihres Volkes an Geisteskrankheiten leiden.«

»Welche Veränderungen halten Sie für möglich?« fragte McCoy.

»Nun, bei traumatischen Verletzungen eines menschlichen oder vulkanischen Gehirns müssen wir damit rechnen, daß der Patient zu Depressionen und Gereiztheit neigt. In besonders schweren Fällen kann es sogar zu starken Psychosen kommen. Ich möchte Sie keineswegs beunruhigen, Leonard – ich nenne nur die Möglichkeiten. Es sind Spekulationen, weiter nichts. Bevor keine genauen Untersuchungen durchgeführt wurden...«

»Schon gut. Ich weiß Ihre Offenheit zu schätzen.« McCoy lächelte schief. »Was hielten die Vulkanier von Ihrer Intuition und den Hinweisen auf die chemischen Aspekte von Emotionen und Bewußtsein?«

Emma schmunzelte. »Nicht viel. Ich habe sie häufig... verwirrt. Anscheinend wußten sie nicht so recht, was sie mit meiner Aufrichtigkeit anfangen sollten.«

»Kann ich mir denken. Nun, *ich* bin dankbar dafür.« McCoys Lächeln wuchs in die Breite, als er sich vorbeugte – und plötzlich feststellte, daß ihm die Neuropsychologin gar nicht zuhörte. Irgend etwas lenkte Emma ab, und sie blickte an dem Arzt vorbei. McCoy drehte sich um.

Emmas Aufmerksamkeit galt James Kirk.

Der Captain litt tatsächlich an Schlaflosigkeit, aber sie schien ihn jetzt nicht mehr zu belasten. Er gab sich charmant, als er an den Tisch herantrat.

»Darf ich mich zu euch setzen?« fragte er.

McCoy spürte einen Anflug von Ärger. Wenn Emma nicht bei ihm gewesen wäre, hätte Kirk sicher nur einen knappen Gruß gebrummt. Sein viel zu zuvorkommendes, geradezu salbungsvolles Gebaren Frauen gegenüber ging McCoy auf die Nerven, und er nahm sich vor, Jim darauf anzusprechen. Später.

»Wir haben uns noch nicht kennengelernt, oder?« wandte sich Kirk an Emma und lächelte gewinnend. Es gelang ihm fast, über seine Erschöpfung hinwegzutäuschen. »Ich bin Captain James Kirk.«

»Emma Saenz«, stellte sich die junge Frau vor und streckte die Hand aus.

»*Doktor* Saenz ist neu an Bord«, sagte McCoy kühl. »Als Neuropsychologin soll sie bei Spocks Behandlung helfen.«

»Nehmen Sie Platz und trinken Sie ein Glas mit uns, Captain.« Emma erwiderte Jims Lächeln.

»Soll das heißen, Starfleet hat wirklich auf deine Anfrage reagiert, Pille? So schnell?« Kirk setzte sich neben Emma und musterte sie mit einem Blick, der McCoys Unruhe verstärkte. »Nun, ich will nicht lange stören, und auf den Drink verzichte ich besser. Es freut mich sehr, daß Sie gekommen sind. Vielleicht hat Ihnen Dr. McCoy bereits gesagt, wie wichtig Spock für uns ist.«

»Wahrscheinlich kann ich kaum etwas für ihn tun«, sagte Emma.

»Wie meinen Sie das?« Kirks Lächeln verflüchtigte sich.

»Nun, eine Diagnose dürfte nicht weiter schwer sein. Dr. McCoy hat Spock bereits sehr geholfen, indem er ihm rechtzeitig Alpha-Dextran verabreichte, aber der Rest liegt beim Patienten. Er muß neunzig Prozent der Arbeit leisten. In solchen Fällen kommt es in erster Linie auf die Motivation an — sie wird über das Ausmaß von Spocks Rekonvaleszenz entscheiden. In dieser Hinsicht braucht er auch Ihre Hilfe, Captain.«

Kirk sah sie ernst an. »Ich bin nicht sicher, ob ich Sie verstehe.«

»Seien Sie Spocks Freund. Lassen Sie nichts unversucht, um ihn zu ermutigen. Zeigen Sie ihm, daß Sie ihn brauchen. Leonard sagte mir, daß er durch das Hirntrauma an retrograder Amnesie leidet. Mit anderen Worten: Es belastet ihn sicher, wenn man ihn nach Ereignissen fragt, an die er sich nicht erinnern kann.«

Kirk nickte langsam und ignorierte die finstere Miene

McCoys. »Ich nehme an, Sie behandeln nicht zum erstenmal einen Vulkanier, oder?«

»Ich bin ein Jahr lang auf Vulkan gewesen, um mich dort mit neurologischen und psychologischen Funktionsstörungen zu befassen. Vorher habe ich sechs Jahre lang in entsprechenden terranischen Instituten gearbeitet. Das dürfte der Grund sein, warum mich Starfleet hierhergeschickt hat.«

»Also ist Spock bei Ihnen in guten Händen.« Das liebenswürdige Lächeln kehrte auf Kirks Lippen zurück. »Wir brauchen ihn auf der Brücke. Und ich vermisse ihn auch in der Sporthalle.«

McCoy seufzte. »Vielleicht solltest du dich auf eine Sportart besinnen, bei der du keinen Partner brauchst: Jogging, Schwimmen, Gymnastik...«

»Ich weiß. Dann bliebe ich in Form, ohne ständig den Dienstplan einer anderen Person berücksichtigen zu müssen.« Kirk schnitt eine Grimasse. »Danke für den Hinweis, Pille. Aber die Kampfkunst ist mir lieber.«

Emma beugte sich interessiert vor. »Brauchen Sie einen neuen Partner?«

Kirk zögerte. Die junge Frau war so zart gebaut...

»Ich weiß, was Sie denken, Captain«, fügte Saenz hinzu und schmunzelte. »Ich schlage vor, wir treten morgen gegeneinander an. Ich brauche Bewegung — und Sie die Gelegenheit, einen Eindruck von meinen Fähigkeiten zu gewinnen.«

»Na schön.« Es klang nicht sonderlich überzeugt. »Um welche Zeit?«

»Sieben Uhr?«

»Einverstanden. Nun, bevor ich gehe... Ich würde gern wissen, wann ich meinen Ersten Offizier zurückerwarten darf.«

Emma drehte sich auf dem Stuhl um und musterte Kirk. »Sie haben doch jemanden angefordert, der Spocks Platz einnehmen soll, oder?« Als sie die Überraschung in Kirks Gesicht sah, richtete sie ihren Blick auf McCoy, der den

Kopf senkte. »Vielleicht wissen Sie noch nicht, wie ernst es um Spock steht.«

»Soll das heißen, er bleibt dienstuntauglich?« Kirk biß so fest die Zähne zusammen, daß die Kiefer schmerzten.

Emma sah ihn voller Mitgefühl an. »Das wäre durchaus möglich«, sagte sie offen. »Aber selbst im besten Fall dauert es Monate, bevor Spock erneut seine Pflichten als Erster Offizier wahrnehmen kann.«

KAPITEL 3

Emma wandte sich plötzlich an McCoy. »Sie *haben* ihn doch darauf hingewiesen, oder?«

Der Arzt wich verlegen ihrem Blick aus. »In meinem Bericht hieß es, Spocks Rekonvaleszenz könne einige Zeit in Anspruch nehmen.«

Kirk faßte sich wieder. »Ich wußte nicht, daß damit ... mehrere Monate gemeint sind.«

»Falls es zu keinen Komplikationen kommt«, sagte Emma. »Darüber kann ich erst nach einer gründlichen Untersuchung Auskunft geben. Andererseits: Ich kenne mich mit solchen Verletzungen aus und weiß daher, daß der Heilprozeß recht lange dauert. Damit sich an Bord keine Schwierigkeiten ergeben, empfehle ich Ihnen, Spock zumindest zeitweise vertreten zu lassen.«

»Ja, Sie haben recht.« Kirks Gesicht war ausdruckslos. »Es ist völlig logisch.«

Emma lehnte sich zurück und nippte an ihrem Glas Bourbon. »Ich möchte nicht gefühllos erscheinen. Wissen Sie, ich bin daran gewöhnt, ganz offen zu sprechen, und ich halte es für meine Pflicht, in bezug auf Spocks Zustand kein Blatt vor den Mund zu nehmen. Es hat keinen Sinn, falsche Hoffnungen zu wecken.«

Kirk hatte sofort Gefallen an Emma gefunden, aber er wäre nicht bereit gewesen, sie als ›reizend‹ zu bezeichnen — bis er sie sprechen hörte. Die direkte, unverblümte Ehrlichkeit verlieh ihr zusätzliche Attraktivität.

»Da bin ich ganz Ihrer Meinung, Doktor«, sagte er.

»Ich verspreche Ihnen, daß ich Spock morgen früh sofort untersuche und Sie anschließend von meiner Diagnose informiere.«

»Nach unserer Verabredung in der Sporthalle?« »Ja.«

Kirk stand auf. »Wenn Sie mich jetzt bitte entschuldigen würden... Da ich morgen zeitig aufstehen muß, sollte ich mich jetzt besser in mein Quartier zurückziehen.« Er rang sich nicht dazu durch, McCoy in Emmas Gegenwart um ein Schlafmittel zu bitten.

»Ich werde pünktlich zur Stelle sein.« Die Neuropsychologin bedachte den Captain mit einem herzlichen Lächeln, und sie wechselten einen Blick, das das Unbehagen in McCoy verdichtete.

Emma sah Kirk nach. »Er macht sich große Sorgen um seinen Ersten Offizier, nicht wahr?«

»Ja. Sie sind gute Freunde.«

Die junge Frau drehte den Kopf und hob die Brauen. »Gute Freunde? Ein Mensch und ein Vulkanier?«

»Erscheint Ihnen das so seltsam, nachdem Sie ein Jahr auf Vulkan verbracht haben?«

»Gerade *weil* ich ein Jahr lang auf Vulkan gewesen bin.«

McCoy lachte, als er Emmas gequälten Gesichtsausdruck sah. »Offenbar halten Sie nicht viel von Vulkaniern.«

»Es geht nicht darum, was ich von ihnen halte. Ich falle ihnen auf die Nerven. Deshalb beschloß ich nach zwölf Monaten, die Spitzohren von mir zu befreien und den Planeten zu verlassen.«

»Sie werden mir immer sympathischer«, brummte McCoy zufrieden. »Aber es stimmt: Jim und Spock stehen sich wirklich sehr nahe, auf eine besondere Art und Weise. Spock zeichnet sich nicht gerade durch übertriebene Emotionalität aus, und Jim hat keineswegs die Angewohnheit, dauernd von seinen Gefühlen zu sprechen, aber sie haben sich gegenseitig häufig das Leben gerettet, und das verbindet sie. Ich finde Spocks verdammte Logik unerträglich, doch ich stelle ihn mir gern als Freund vor.«

»Ich verstehe.« Emma leerte ihr Glas. »Bei diesem Patienten kann ich mir keine Behandlungsfehler leisten, oder?«

Die Sporthalle war ziemlich groß, und holographische Projektoren sorgten dafür, daß die Decke wie eine kristallene Kuppel wirkte, die hellen Sonnenschein filterte. Auf der einen Seite glänzte das Wasser eines großen Wellenbads, und auf den dicken Matten traten bereits einige Besatzungsmitglieder gegeneinander an. Sie übten verschiedene Kampftechniken, die sie während ihrer Ausbildung an der Starfleet-Akademie erlernt hatten. Die Bewegungsmuster gingen nicht nur auf irdische Nahkampfmethoden zurück, sondern verwendeten auch Disziplinen anderer Völker und Kulturen. Das Ergebnis wirkte wie ein eleganter, anmutiger und exotischer Tanz.

Emma wartete in einer Ecke des Saals; sie trug einen weißen Umhang und darunter eine weite Hose. Die vom Computer synthetisierte Kleidung schien eine Nummer zu groß zu sein – als sei das Elektronengehirn sicher, sie wüchse mit der Zeit hinein. An der Taille zeigte sich ein schwarzer Gürtel.

Die Neuropsychologin wirkte so klein und hilflos, daß Kirk sofort bedauerte, ihre Einladung angenommen zu haben. Für gewöhnlich machte es ihm nichts aus, mit einem schwächeren Partner zu trainieren, aber heute brauchte er eine Herausforderung, die völlige Konzentration verlangte und alle Sorgen aus ihm verdrängte. Wahrscheinlich mußte er darauf achten, die junge Frau zu schonen, und diese Vorstellung behagte ihm ganz und gar nicht.

Emma Saenz streckte sich auf der Matte, als Kirk die Umkleidekabine aufsuchte. Kurze Zeit später verließ er diese wieder und trug ähnliche Kleidung wie Emma. Sein Gürtel war ebenfalls schwarz.

»Haben Sie gut geschlafen, Captain?« fragte die junge Frau fröhlich. Sie konnte kaum länger geruht haben als er – höchstens drei oder vier Stunden –, und ihre Lebhaftigkeit erstaunte ihn.

»Ja, danke«, erwiderte er geistesabwesend.

»Sie sind ein schlechter Lügner, Captain. Sie scheinen sehr müde zu sein.«

Kirk verzog das Gesicht. »Sie nehmen das Prinzip der Offenheit sehr ernst, nicht wahr?«

»Ja. Ich verabscheue es zu lügen – selbst bei banalen Dingen.«

»Dann werde ich versuchen, Ihnen von jetzt an mit der gleichen Aufrichtigkeit zu begegnen, Doktor«, erwiderte Kirk gutmütig. »Haben *Sie* gut geschlafen?«

»Eigentlich nicht. Wenn man versetzt wird, braucht man eine Weile, um sich einzugewöhnen. Ich bin fest entschlossen, mich sehr anzustrengen – damit mir heute abend sofort die Augen zufallen. Ich schlage vor, Sie folgen meinem Beispiel.«

Kirk fragte sich, welche Anstrengungen Emma von ihm erwartete.

»Gibt es irgendeinen besonderen Grund dafür, warum Sie schlecht geschlafen haben?« fragte Emma wie beiläufig.

»Ah, jetzt kommt die Psychologin zum Vorschein«, erwiderte Kirk.

»Ich möchte Ihnen keineswegs zu nahe treten, Captain. Ich glaube nur, daß Sie unter ziemlichem Streß stehen. Dr. McCoy hat mir mitgeteilt, Sie und Spock seien gute Freunde, und hinzu kommt die kritische Lage auf Aritani.«

»Danke für Ihr Mitgefühl, aber was Spock betrifft, habe ich nicht viel zu sagen. Die Lage auf Aritani wird derzeit von Starfleet untersucht. Ich fürchte, darüber darf ich nicht mit Ihnen sprechen, solange mir keine Informationen über Ihre Sicherheitseinstufung vorliegen.« Er betonte die letzten Worte so, als seien sie scherzhaft gemeint.

»Sie könnte weitaus höher sein, als Sie glauben, Captain«, entgegnete Emma ironisch. »Wir sollten jetzt beginnen, wenn Ihnen nicht nach einem Gespräch zumute ist. Uns bleibt nicht viel Zeit. In einer Stunde beginnt mein Dienst.«

»Das gilt auch für mich«, sagte Kirk. Sie verneigten sich voreinander, wie es die Tradition verlangte.

Sie begannen langsam, um die Muskeln zu lockern, und

Kirk glaubte seine Vermutungen schon nach kurzer Zeit bestätigt: Er war tatsächlich stärker. Doch dann geschah etwas Seltsames. Er schickte Emma einige Male zu Boden, und aus reiner Höflichkeit ließ er sich ebenfalls auf die Matratze werfen, aber einige Minuten später landete er noch einmal auf dem Rücken, ohne daß er sich eine absichtliche Blöße gegeben hatte. Als Kirk zum drittenmal fiel, begriff er, daß er die Situation nicht mehr kontrollierte. Emma hatte ihn zunächst in der Überzeugung bestärkt, ihr überlegen zu sein, und dadurch ließ er sich zu Fehlern hinreißen, die ihr einen Vorteil gaben.

Schließlich spürte Kirk so etwas wie Erleichterung: Er brauchte sich nicht länger zurückzuhalten, konnte von seinem ganzen Geschick Gebrauch machen. Er ließ dem Ärger freien Lauf, der sich seit Tagen in ihm angestaut hatte, und als er mehr Kraft einsetzte, wurde auch Emma energischer. Sie schien doppelt so stark zu sein wie eine normale Frau ihrer Größe, und ihre kleine Statur machte sie flinker und agiler. Elegant wich sie Kirk aus, griff zu und brachte Kirk erneut zu Fall. Er rollte sich über die Schulter ab.

»So etwas lernt man nicht bei einem Medizinstudium«, brachte er hervor, schnappte nach Luft und blieb schwitzend auf dem Deck sitzen. »Sie sind alles andere als ein Amateur. Ich bin sicher, Sie üben schon seit Jahren.«

»Jeder braucht eine Möglichkeit, sich abzureagieren.« Emma nahm das Kompliment des Captains mit einem kurzen Achselzucken entgegen.

»Sie haben eine gefunden und zur Meisterschaft entwikkelt, Doktor. Ein guter Trick, dem Gegner das Gefühl zu geben, überlegen zu sein.«

»Strategie.«

»Nennen Sie es, wie Sie wollen. Außerdem: Sie sind ziemlich stark.«

»Für eine Frau meiner Größe«, fügte sie lächelnd hinzu.

»Wenn Sie auf Ehrlichkeit bestehen: ja. Eine solche Kraft bekommt man nicht, wenn man über Anatomiebüchern hockt.«

»Ich habe ein Jahr auf Vulkan verbracht, Captain. Die höhere Gravitation beeinflußt schon nach kurzer Zeit Wachstum und Dichte der Muskeln. Als ich den Planeten verließ, achtete ich darauf, meine neue Stärke zu bewahren.«

»Was Ihnen zweifellos gelungen ist. Hören Sie, ich würde gern noch einmal gegen Sie antreten und einige Ihrer Tricks lernen...«

»Strategien«, berichtigte Emma. »Im Grunde genommen geht es darum, den Gegner zu falschen Annahmen zu veranlassen und ihn dann zu überraschen.«

»Diese Kunst beherrschen Sie gut.«

In den Mundwinkeln der jungen Frau zuckte es kurz. »Danke.«

Sie zogen sich um, und als sie die Sporthalle verließen, fragte Emma noch einmal nach den Aritaniern.

»Die Piraten setzen ihre Angriffe fort«, sagte Kirk. »Entweder können sie das von uns errichtete Schirmfeld durchdringen, oder sie setzen verbesserte Tarnvorrichtungen ein.«

»Und die Bewohner des Planeten?«

»Sie sind der Grund, warum ich seit einiger Zeit keine Ruhe mehr finde. Die aritanische Repräsentantin hat uns im Namen ihres Volkes aufgefordert, auf weitere Interventionen zu verzichten.«

Emma riß entsetzt die Augen auf. »Aber dann sind die Aritanier den Piraten wehrlos ausgeliefert! Das lassen Sie doch nicht zu, oder?«

Zufrieden stellte Kirk fest, daß jemand seine Ansicht teilte. »Nein. Die *Enterprise* bleibt in der Nähe, und wir versuchen, eine Katastrophe zu verhindern.«

»Wie?«

»Wir hoffen auf die Gelegenheit, einen der Angreifer zu fassen, um ihre Operationsbasis ausfindig zu machen.« Kirk seufzte bitter. »Ansonsten sind uns praktisch die Hände gebunden.«

»Besteht nicht die Gefahr, daß Starfleet disziplinarische

Maßnahmen gegen Sie einleitet, weil Sie die Entscheidung der Aritanier ignorieren?«

»Starfleet hat mich angewiesen, alles zu unternehmen, um die Bevölkerung des Planeten zu schützen. Wie ich die Sache sehe, halte ich mich nur an meine Befehle.« Kirk senkte die Stimme. »Ich kann Natahia und ihr Volk nicht einfach so im Stich lassen...«

Emmas Züge verhärteten sich, und in ihren dunklen Augen entstand ein sonderbares Glühen. »Ich hoffe um der Aritanier willen, daß es Ihnen gelingt, einen Piraten gefangenzunehmen. Es wird höchste Zeit, daß man der Mörderbande das Handwerk legt und sie für ihre gräßlichen Verbrechen zur Rechenschaft zieht.«

Sie beugte sich vor, und ihre Pupillen leuchteten noch intensiver. Die schwarzen Brauen bildeten dichte Bögen über den großen Augen, und von dem jetzt gar nicht mehr so sanft wirkenden Gesicht ging eine eigentümliche Faszination aus. Kirk kam zu dem Schluß, daß die Neuropsychologin nicht nur attraktiv war, sondern schön. Ihre Unbefangenheit beeindruckte ihn zutiefst.

Beide bemerkten gleichzeitig, daß er sie anstarrte. Kirk senkte kurz den Kopf und räusperte sich. »Geben Sie mir Bescheid, wenn Sie eine Diagnose erstellt haben, Doktor. Dann komme ich sofort in die Krankenstation, um den Fall persönlich mit Ihnen zu erörtern.«

»Wie Sie meinen, Captain«, antwortete Emma und mied Kirks Blick. »Ich benachrichtige Sie, sobald ich die Ergebnisse der Untersuchungen mit Leo... mit Dr. McCoy besprochen habe.«

»Danke, Dr. Saenz«, sagte Kirk förmlich. »Sie erreichen mich auf der Brücke.«

Die ersten Resultate lagen vor, und Emma Saenz drehte das Licht in der Intensivstation herunter. Sie betrachtete noch einmal die bunte Folie, die Einzelheiten von Spocks Hirnstruktur zeigte. Unter den farbigen Darstellungen standen einige handschriftliche Anmerkungen. Nach einer

Weile legte sie das Blatt aufs Bett neben der Liege des Vulkaniers — die beiden anderen Besatzungsmitglieder hatten sich inzwischen gut erholt und waren in ein anderes Zimmer verlegt worden. Der Thermostat zeigte fast vierzig Grad an — eine für Vulkanier recht angenehme Temperatur. Viele Menschen hätten die Hitze als unerträglich empfunden, aber Emma schwitzte nicht einmal. Jenseits der geschlossenen Tür begann Christine Chapel mit einer routinemäßigen Visite; McCoy befand sich noch immer in seiner Kabine.

Emma Saenz war mit Spock allein.

Er saß auf dem Bett, lehnte den Rücken an die hochgeklappte Kopfstütze und beobachtete die Neuropsychologin, als sie auf der Nebenliege Platz nahm und dem Scanner-Ausdruck einige weitere Notizen hinzufügte. Diese Person unterschied sich von den übrigen Menschen, die dann und wann zu ihm kamen. Er fürchtete Berührungen, weil er nicht mehr die Fähigkeit besaß, sich vor anderen Ich-Sphären abzuschirmen, sein Selbst vor fremden Gedanken und Gefühlen zu schützen.

Diese Frau war anders. Sie schien seine Schwierigkeiten zu spüren, denn ihre Berührungen konfrontierten ihn nicht mit chaotischen Gedankenfetzen und wirren Emotionen. Ein perfekter mentaler Schild — einmalig bei einem Menschen.

Emma ließ die Folie erneut sinken und stand auf. Sogar im Halbdunkel schienen ihre Augen seltsam zu glitzern, und sie fingen Spocks Blick ein. Mit langsamen, gleichmäßigen Schritten trat sie ans Bett heran.

»Ich bitte Sie, mir zu vertrauen, Spock«, sagte die Frau so leise, daß nur ein Vulkanier sie hören konnte.

Spock gab keine Antwort, sah sie weiterhin an. Er konnte seinen Blick nicht mehr von ihr abwenden.

Emma kam noch etwas näher, beugte sich über die Liege. Fasziniert beobachtete Spock das dunkle Gesicht der Frau und wich nicht zurück. Ihre unmittelbare Präsenz weckte keinen Abscheu in ihm, denn die mentalen Barrieren blieben stabil.

Wie in Zeitlupe streckte Emma die Hand nach der Schläfe des Vulkaniers aus. »Sie müssen mir vertrauen.« Ihre Stimme klang fast hypnotisch.

Entsetzen flackerte in Spocks Pupillen, und er hob den Arm, um Emmas Hand beiseite zu stoßen. Aber es war bereits zu spät. Die Fingerspitzen strichen über seine Schläfen, und plötzliche Benommenheit erfaßte ihn.

»Nein«, sagte Emma streng, als Spock versuchte, Widerstand zu leisten. »Kämpfen Sie nicht dagegen an. Dadurch wird es nur schlimmer für Sie.«

Der Vulkanier schauderte, als sich die Bewußtseinssphäre der Frau erweiterte und ihm entgegenwuchs. Er konnte nichts vor ihr verbergen, denn er hatte keine Möglichkeit mehr, sein Ich in einen mentalen Kokon zu hüllen. Spock erzitterte innerlich. Das Verhalten der Frau war so empörend, daß tiefe Bestürzung die Grundfesten seines Selbst erschütterte. Sie verletzte alle Regeln des Anstands... Wer auf Vulkan die Disziplin der Gedankenverschmelzung lernte, mußte feierlich schwören, unter keinen Umständen die geistige Privatsphäre einer anderen Person zu verletzen. Psychische Kontakte durften nur erfolgen, wenn sich beide Seiten einverstanden erklärten.

Spock sah nur noch das dunkle Gesicht, und der Blick großer, glühender Augen bohrte sich in sein Innerstes, während die Pupillen mit der Iris zu verschmelzen schienen.

»Ich öffne mein Bewußtsein für Sie...«

Emma mußte ihren mentalen Schild senken, um in die tiefen Ich-Gewölbe des Vulkaniers vorzustoßen. Spock schnappte nach Luft und versuchte, die Hände der Frau von seinen Schläfen zu lösen.

»Nein«, sagte sie rasch. »Denken Sie nicht an mich. Ich bin nicht wichtig. Denken Sie statt dessen an Aritani. An was entsinnen Sie sich, Spock? Wenn Sie es klug anstellen, können Sie dafür sorgen, daß die Geräte falsche Daten liefern. Aber mich halten Sie nicht zum Narren. Ich muß wissen, woran Sie sich erinnern.«

Ihre Stirn glättete sich wieder, als sie die gesuchen Informationen fand. Dennoch hielt Emma die Verbindung aufrecht.

»Sie kennen mich nun«, sagte sie leise, während in Spock Aufruhr herrschte. »Vergessen Sie, was Sie gerade in Erfahrung gebracht haben.«

Als sie diese Worte aussprach, reichte Spocks Blick ins Leere, und seine Augen verloren ihren Glanz. Der Widerstandswille erlahmte und verschwand.

Die Tür der Krankenstation glitt auf, und Emma zuckte heftig zusammen, drehte sich um.

»Oh, ich wollte Sie nicht erschrecken. Lieber Himmel, hier drin ist es heißer als in der Hölle. Ich begreife nicht, wie Sie eine so hohe Temperatur aushalten. Außerdem: Wie können Sie sich Notizen machen, obgleich fast völlige Dunkelheit herrscht?« McCoy schaltete das Licht ein. »Sie sind noch nicht fertig, oder?«

»Falsch getippt, Leonard.« Emma lächelte und griff nach der Folie. »Ich habe gerade die letzte Untersuchung beendet.«

»Oh.« Der Arzt versuchte nicht, seine Enttäuschung zu verbergen. »Ich hoffte, ein oder zwei Dinge von Ihnen zu lernen.« Sein Gesichtsausdruck veränderte sich, als er Spock sah. Der Vulkanier lehnte schlaff an den Kissen und atmete so schwer, als habe er gerade einen Schock erlitten. »Meine Güte, was ist denn mit Spock los? Hat sich sein Zustand verschlechtert?«

»Nein, keine Sorge. Die verbalen Tests können physisch und emotional recht anstrengend sein. Ich schätze, er braucht jetzt ein wenig Ruhe.«

McCoy musterte den Vulkanier unsicher. »Nun, wahrscheinlich haben Sie recht, Doktor.«

Niemand hielt sich im Laboratorium auf, und McCoy schloß die Tür hinter ihnen. Emma nahm an einem Tisch Platz und deutete auf die Folie.

»Na schön, zuerst die Diagnose, Leonard. Sehen Sie sich das an. Rechte und linke Hemisphäre... Die Verletzung betrifft den linken Abschnitt des Großhirns, und Sie kennen die Folgen bereits: retrograde Amnesie und nominelle Aphasie. Der Intellekt an sich ist nicht betroffen, sieht man einmal von einer geringfügigen Beeinträchtigung der mathematischen Fähigkeiten ab, die mit einer entsprechenden Therapie leicht wiedergewonnen werden können. Mit der Aphasie wird es langsam besser, was wir in erster Linie der rechtzeitigen Behandlung mit Alpha-Dextran verdanken. Doch die Amnesie blieb bisher unverändert. Spock hat sogar die vulkanischen Gedankenregeln vergessen.«

»Alle?« fragte McCoy.

»Ich glaube schon.«

»Und die Genesungsaussichten?«

»Diese Art von Amnesie ist nur selten dauerhaft, aber es läßt sich unmöglich bestimmen, wie lange die Rekonvaleszenz dauern wird.«

»Monate?«

»Oder Jahre.« Emma sah zu McCoy auf. »Vielleicht sind seine Erinnerungen sogar für immer verloren.«

Der Arzt dachte einige Sekunden lang darüber nach. »Wie lautet Ihr Rat, Doktor?«

»Behalten Sie ihn eine Zeitlang in der Krankenstation, bis sich zumindest sein physischer Zustand deutlich verbessert. Die Aphasie dürfte bald vorbei sein, und wir können beobachten, inwieweit die Symptome der Amnesie nachlassen. Selbst wenn sich die Erinnerungslücken nicht schließen: Ein vulkanischer Lehrer müßte eigentlich in der Lage sein, ihn erneut mit den Gedankenregeln vertraut zu machen.«

McCoy nickte. »Selbst wenn er sich nicht daran erinnert, was ihm auf Aritani zustieß — er kann seine Arbeit als Erster Offizier fortsetzen.«

Emma setzte zu einer Erwiderung an, überlegte es sich dann aber anders und schwieg.

»Sind Sie anderer Meinung?« fragte McCoy. »Das ist noch nicht alles, oder?«

»Nein«, bestätigte die junge Frau. »Die Gewebeschäden

haben auch gewisse Neurorezeptoren in Mitleidenschaft gezogen.« Sie deutete auf die Folie. »Hier und hier. Bei einem Vulkanier könnte das zu ausgesprochen psychotischen Verhaltensmustern führen. Vielleicht bleiben solche Folgen bei Spock aus – immerhin fließt in seinen Adern auch menschliches Blut –, aber die Möglichkeit existiert, und Sie sollten darauf vorbereitet sein. Ich empfehle, den Patienten ständig unter Beobachtung zu halten. Es wäre sogar angebracht, zusätzliche Sicherheitsmaßnahmen zu ergreifen.«

McCoy schüttelte ruckartig den Kopf. »Die Entscheidung treffe ich erst, wenn mir keine andere Wahl bleibt.«

»Ich verstehe Sie, Leonard, aber denken Sie daran: Durch den Verlust der Gedankenregeln stieg Spocks PSI-Quotient. Bei Menschen und Vulkaniern wird die Telepathie von der rechten Hemisphäre kontrolliert, und die ist in Spocks Fall völlig unversehrt. Ohne die Gedankenregeln kann er sich nicht vor anderen Telepathen abschirmen und empfängt ständig die Gedanken und Gefühle der Personen in seiner Nähe.«

»Sie meinen... er spürt ganz genau, was andere Leute empfinden?« vergewisserte sich McCoy. »Und er ist imstande, ihre Gedanken zu lesen?«

»Ja, ohne daß er es will – eine ziemlich unangenehme Sache für jemanden, der von Vulkan stammt. Sie sollten diesen Umstand berücksichtigen.«

»Wenn Spock... Wenn es bei ihm tatsächlich Anzeichen für Verhaltensstörungen gibt – können wir ihm irgendwie helfen?«

»Ich kenne da ein spezielles Medikament, aber es ist noch immer im Experimentierstadium. Ich möchte erst noch abwarten; vielleicht brauchen wir es gar nicht einzusetzen.« Emma beugte sich vor und legte McCoy die Hand auf den Arm. »Wissen Sie, Leonard... Ich habe einige wirklich schlimme Fälle gesehen, und im Vergleich mit ihnen ist die Prognose für Spock recht gut. Doch es gibt noch ein anderes Problem.«

McCoy versteifte sich unwillkürlich. »Ja?«

»Ich weiß nicht, wie ich den Ersten Medo-Offizier der *Enterprise* ein wenig aufmuntern soll.«

»Oh, das ist ganz einfach«, erwiderte der Arzt, überrascht von seiner eigenen Antwort. »Leisten Sie mir heute abend beim Essen Gesellschaft.«

»Möchten Sie dabei die Einzelheiten der Diagnose besprechen?« fragte Emma und lächelte herausfordernd.

»Nein, das ganz sicher nicht.«

Dr. Saenz hatte angerufen, und Kirk wollte gerade den Turbolift betreten, als Chekovs aufgeregte Stimme von der wissenschaftlichen Station erklang.

»Captain! Ich orte zwei Piratenschiffe mit desaktivierter Tarnvorrichtung!«

Kirks Puls raste plötzlich. Er kehrte zum Befehlsstand zurück, setzte sich jedoch nicht in den Kommandosessel.

»Sie schweben dicht über der Planetenoberfläche.« Chekov sah in den Sichtschlitz des Scanners. »In unmittelbarer Nähe des Bereichs, von dem aus Sie an Bord gebeamt wurden.«

Am Steilhang, dort, wo Spock in die Tiefe gestürzt war. »Mr. Chekov, berechnen Sie den Kurs der beiden Einheiten. Was geschähe, wenn wir uns die Piloten ›ausliehen‹?«

»Die Kampfgleiter würden am nächsten Berg zerschellen.« Der Russe richtete sich auf. »Keine Gefahr für die Bevölkerung.«

Kirk ging zu den Navigationskontrollen. »Richten Sie einen Traktorstrahl aus, Mr. Sulu.« Er beugte sich über die Schulter des Steuermanns und spürte, wie seine Unruhe immer mehr zunahm. Diesmal durften die Renegaten nicht entkommen.

»Traktorstrahl ausgerichtet und stabil, Sir.«

Kirk mußte sich dazu zwingen, im Kommandosessel Platz zu nehmen und eine Kom-Verbindung zum Transporterraum herzustellen.

»Hier Lyle, Sir.«

»Beamen Sie zwei Personen vom Planeten an Bord, Mr. Lyle. Chekov nennt Ihnen die Koordinaten.«

»Captain«, sagte Sulu. »Einer der Piraten beschleunigt.«

»Haben Sie den Traktorfokus auf die Größe der beiden Kampfgleiter justiert?« Sofort bereute Kirk seine Frage – auf Sulu war in jeder Hinsicht Verlaß.

»Ja, Sir. Einer der beiden Piloten versucht, das Fesselfeld zu verlassen.«

Der Captain betätigte erneut eine Taste. »Kirk an Sicherheitsabteilung.«

»Hier Tomson.«

»Lieutenant, schicken Sie sofort vier Ihrer Leute in den Transporterraum. Zwei Gefangene müssen zum Arrestbereich eskortiert werden.«

»Verstanden, Sir.«

»Energie, Mr. Lyle«, wandte sich Kirk an den Transporterchef.

Der Lautsprecher übertrug ein helles Sirren, und unmittelbar darauf hörte Kirk, wie Lyle nach Luft schnappte. »Was ist los? Sind die Gefangenen an Bord?«

»Ja, Captain«, erwiderte Lyle. Es klang erstickt. »Bitte benachrichtigen Sie die Krankenstation. Einer der beiden Männer wurde nur halb vom Transferstrahl erfaßt.«

»Und der andere?«

»Befindet sich auf dem Weg zur Arrestzelle.«

»Captain«, warf Chekov ein. »Die Kampfgleiter sind an den Berghang geprallt. Der eine wurde vollständig zerstört, aber der zweite ist nicht annähernd so stark beschädigt.«

Kirk lächelte zufrieden und triumphierte innerlich. Endlich hatten sie einen Piraten erwischt – und konnten seinen Gleiter untersuchen. Er öffnete einen Kom-Kanal zum Maschinenraum.

»Scotty, auf der Planetenoberfläche liegt ein abgestürztes Renegatenschiff, das demontiert und an Bord gebeamt werden soll. Eine nicht ungefährliche Aufgabe. Ich brauche einige Freiwillige.«

»Kein Problem, Sir«, erwiderte der Chefingenieur begeistert. »Haben wir einen Piraten geschnappt, Captain?«

»In der Tat.«

Scott knurrte leise. »Ich würde ihm am liebsten den Hals umdrehen, ganz langsam, damit er was davon hat. Ist der Mistkerl bereits identifiziert worden?«

»Nein, noch nicht. Ich mache mich jetzt auf den Weg zum Arrestbereich. Wann können Sie einige Leute nach unten schicken?«

»Gestern, Sir.«

Hinter dem Kraftfeld stand ein hochgewachsener, schlanker und sehr stolz wirkender Vulkanoide. Aber damit hörten die Ähnlichkeiten auch schon auf. Der offene Haß in den Zügen des Mannes wies sofort darauf hin, daß er nicht von Vulkan stammen konnte. Also ein Romulaner. Allerdings widersprach er Kirks Vorstellungen von einem Rihannsu, denn er trug das Haar nicht im romulanischen Stil. In dichten Strähnen reichte es vom spitzen Ansatz mitten in der Stirn zurück und fiel in langen Locken auf die Schultern herab. Es fehlte auch eine schlichte, romulanische Uniform. Die Kleidung des Gefangenen bestand aus einer weiten Weste, einem hellroten Hemd und einer bauschigen Hose.

Offenbar hielt er nichts von der Disziplin und den Ehrbegriffen im Reich des Prätors, denn er spuckte, als sich Kirk näherte. Der Speichel traf die Energiebarriere und glitt daran zu Boden.

Es überraschte Kirk nicht, einen Romulaner in der Aufmachung eines Piraten zu sehen. Im Reich der Rihannsu herrschten strenge Regeln. Ganz gleich, ob man dem Prätor als Soldat oder Zivilist diente — es wurde in jedem Fall Vortrefflichkeit verlangt. Wer die hohen Ansprüche nicht erfüllen konnte, hatte keinen Platz in der romulanischen Gesellschaft und wurde zu einem Ausgestoßenen. Oder zu einem Piraten.

»Verdammter Mörder!« fluchte der Gefangene.

Kirk antwortete mit der für seinen Ersten Offizier charakteristischen Kühle. »Ich habe niemanden ermordet. Der Tod Ihres Gefährten war ein Unfall. Was Sie betrifft... Zweifellos sind Sie für den Tod vieler Aritanier verantwortlich. Vielleicht nahmen Sie auch an dem Angriff teil, dem einige meiner Besatzungsmitglieder zum Opfer fielen. Wie gelangten Sie unter den von uns errichteten Schutzschild?«

Der Romulaner starrte Kirk groß an und schien zu glauben, der Captain habe den Verstand verloren. »Was reden Sie da? Ich weiß nichts von einem Schild.«

»Vielleicht haben Sie einen Schirmfeld-Neutralisator verwendet.« Der Captain beobachtete die Reaktion des Gefangenen. »Stehen Sie in den Diensten des Prätors?«

Der Romulaner lachte verächtlich. »Schirmfeld-Neutralisator! Sie sind verrückt, Mensch. Und ich diene nur mir selbst.«

»Warum befanden Sie sich auf Aritani?«

»Mein Gefährte und ich flogen nur über die Planetenoberfläche, als Sie uns angriffen...«

»Sie wurden an Bord gebeamt«, korrigierte Kirk ruhig.

»Ja, und Ihre Unfähigkeit brachte meinen Begleiter um! Trotzdem haben Sie die Frechheit zu behaupten, ich hätte irgendwelche Leute getötet...«

Kirk trat etwas näher heran und sprach so leise, daß der Romulaner genau hinhören mußte, um ihn zu verstehen. »Ich bedauere den Tod Ihres Gefährten. Es wäre mir weitaus lieber gewesen, zwei Gefangene zu haben – um ihre Aussagen miteinander zu vergleichen. Warum war Ihre Tarnvorrichtung desaktiviert?«

Der Romulaner riß die Augen auf. »Was soll der Unsinn? Wovon sprechen Sie eigentlich?«

»Es hat keinen Sinn, daß Sie auf stur schalten. Wir untersuchen gerade Ihren Kampfgleiter.«

»Sie wollen mich bluffen«, erwiderte der Gefangene spöttisch. Es klang ein wenig unsicher.

»Meinen Sie?« entgegnete Kirk halblaut. Er versuchte

sich zu beherrschen, doch zumindest ein Teil des Hasses zeigte sich in seinen Zügen, und aus einem Reflex heraus ballte er die Fäuste. Der Romulaner schien das Brodeln in ihm zu spüren und wich einen Schritt zurück. »Warum entspannen Sie sich nicht?« fügte der Captain hinzu. »Unser Bordarzt wird Sie bald besuchen, um ein wenig mit Ihnen zu plaudern. Und bestimmt findet er eine Möglichkeit, Sie zu... beruhigen.«

Der Romulaner schnitt eine Grimasse. »Ihr Menschen seid wirklich erbärmlich. Glauben Sie im Ernst, Sie könnten einen Romulaner dazu bringen, seine Geheimnisse preiszugeben? Ihre Verhörmethoden sind bei uns völlig wirkungslos.«

Kirk lächelte dünn. »Das mag bei gut ausgebildeten und disziplinierten Angehörigen des romulanischen Militärs der Fall sein – obwohl es Mittel und Wege gibt, auch von den loyalsten Soldaten und Offizieren Informationen zu gewinnen. Aber Sie sind nichts weiter als ein ehrloser Pirat. Früher oder später erfahren wir alles von Ihnen.«

»Ich habe nichts zu verbergen.« Der Gefangene wandte sich um.

»Das wird sich herausstellen«, sagte Kirk. Er ging rasch fort – um nicht der Versuchung zu erliegen, dem Romulaner an die Kehle zu fahren.

Emma und McCoy betrachteten eine weitere Aufnahme, die Spocks Gehirn zeigte. Die Neuropsychologin saß am Tisch und sah auf einige Folien herab, während sich der Arzt über ihre Schulter beugte. Ein wenig zu weit, fand Kirk – selbst wenn man berücksichtigte, daß sie Kollegen waren. Sie lachten, wurden jedoch sofort wieder ernst, als sie den Gesichtsausdruck des Captains sahen.

»Was ist geschehen, Jim?« fragte McCoy. Kirk wirkte nicht mehr müde und erschöpft. Ganz im Gegenteil: Seine Haltung brachte energische Entschlossenheit zum Ausdruck.

»Wir haben einen erwischt, Pille«, erwiderte der Captain.

»Wen oder was meinen Sie?« Emma sah erst Kirk an, richtete ihren Blick dann auf McCoy. Und verstand. »Einen Piraten?«

Kirk nickte. »Er ist Romulaner.«

»Gehört er wirklich zu den Piraten?« fragte McCoy. »Oder hat ihn der Prätor geschickt?«

»Das muß noch geklärt werden. Ich brauche dich später, Pille. Wir holen das Wrack eines abgestürzten Kampfgleiters an Bord, und ich möchte es erst genau untersuchen lassen. Anschließend...«

»Ich soll etwas zusammenbrauen, um dem Kerl die Zunge zu lösen?«

»Genau.«

Emma hob überrascht den Kopf. »Gibt es ein Wahrheitsserum, das bei Romulanern wirkt?«

McCoy zuckte mit den Schultern. »Wie man's nimmt. Es hängt ganz von der betreffenden Person ab. Mit ein bißchen Beharrlichkeit finden wir sicher Antworten auf unsere Fragen.«

»Möchten Sie an dem Verhör teilnehmen, Doktor?« erkundigte sich Kirk. »Vielleicht können Sie McCoy mit Ihrem Wissen um die vulkanische Physiologie helfen.«

Emma drehte sich so empört um, daß der Captain überrascht zurückwich. »Vulkanier und Romulaner lassen sich kaum miteinander vergleichen, wenn es um psychologische Dinge geht — obgleich sie gemeinsame Vorfahren haben. Kultur und Philosophie sind völlig unterschiedlich...«

Kirk hob die Hand. »Bitte entschuldigen Sie, Doktor. Ich wollte keineswegs zu sehr verallgemeinern. Wie dem auch sei: Ihre psychologischen Kenntnisse könnten sehr nützlich sein...«

»Wann?« fragte Emma Saenz knapp. »Ich bin mit Leonard zum Abendessen verabredet.«

McCoy brauchte nicht in den Spiegel zu sehen, um festzustellen, daß sich seine Wangen röteten. Eigentlich handelte es sich um eine völlig harmlose Bemerkung, aber sie weckte dennoch Verlegenheit in ihm. Scheute er plötzlich seine eigene Sexualität? Sie gehörte zum Leben, und es gab nicht den geringsten Grund, sich ihrer zu schämen. Trotzdem rechnete er mit einer ironischen Bemerkung des Captains – »Leonard, *entschuldige* bitte. Ich wußte nicht...«

Aber Kirk sagte nichts dergleichen.

»Es liegt mir fern, mich in Dr. McCoys Privatleben einzumischen«, erwiderte er und schlüpfte wieder in die Rolle des Captains. »Andererseits: Es läßt sich noch nicht abschätzen, wann die Untersuchung des Wracks beendet ist. Sie hören von mir, sobald Mr. Scott Bericht erstattet hat. Und jetzt, Dr. Saenz... Bitte erläutern Sie mir sowohl die Testergebnisse als auch Ihre Diagnose...«

Als sich die Tür des Maschinenraums öffnete, fiel Kirks Blick auf völliges Chaos. Überall lagen Metallteile, und einige erkannte der Captain als Komponenten des demontierten Kampfgleiters. Er bemerkte eine kleine, ovale Tarnvorrichtung, griff danach und bestaunte die Miniaturisierung. Vor drei Jahren hatte er den Romulanern ein ähnliches, aber weitaus größeres Gerät gestohlen.

Scott kroch unter einem halb auseinandergenommenen Schott hervor, neben dem ein Triebwerksmantel seine elektronischen Eingeweide offenbarte. Kirk lächelte stumm vor sich hin: Der Chefingenieur hielt nicht nur nach dem vermuteten Schirmfeld-Generator Ausschau, sondern nutzte auch die Gelegenheit, den romulanischen Antrieb zu untersuchen. Scotty wischte Staub und Asche von seinem zerknitterten Uniformpulli und trat an den Captain heran. Ein Blick in sein Gesicht genügte, um Kirk mitzuteilen, daß die Suche bisher erfolglos geblieben war.

»Ich begreife es einfach nicht, Sir.« Der Chefingenieur schüttelte den Kopf. »Es ist den Romulanern gelungen, die Tarnvorrichtung wesentlich zu verkleinern, aber sie verbraucht noch immer eine Menge Energie. Das Tarnfeld kann höchstens sieben Stunden lang stabil bleiben — dann müssen die Erg-Zellen erneuert werden. Eins steht fest: Die Angreifer befanden sich nicht unter dem Schild.«

»Spock hatte also recht.« Kirk drehte das Gerät hin und her. »Es gibt sicher eine vernünftige Erklärung. Magie und Zauberei kommen wohl kaum in Frage.«

»Da bin ich ganz Ihrer Meinung, Sir. Trotzdem muß ich passen. Unsere Untersuchung ist praktisch beendet, und es existieren keine ungewöhnlichen technischen Komponenten. Mit anderen Worten: Die Piraten konnten den Schirm nicht durchdringen. Und sie befanden sich auch nicht darunter.«

»Was den uns bekannten Fakten widerspricht.«

Scotty verzog wie gequält das Gesicht. »Ja, Captain.«

»Nun, ›praktisch beendet‹ bedeutet nicht, daß Sie fertig sind, oder?« fragte Kirk.

»Ja, das stimmt, Sir. Aber es bleibt nur noch eins übrig: Wir müssen alle Schotten demontieren, um festzustellen, ob sich irgendwelche Geräte darin verbergen. Die entsprechenden Apparaturen müßten allerdings recht klein sein, und das widerspricht dem notwendigen Wirkungspotential.«

»Bleiben Sie am Ball, Scotty. Ich benötige konkrete Ergebnisse, bevor ich mit dem Verhör beginne.«

Die Züge des Chefingenieurs verdunkelten sich. »Ich wünschte, ich könnte Sie begleiten, Captain — um es dem verdammten Mistkerl heimzuzahlen.«

»Ich weiß«, sagte Kirk sanft. »Aber ich brauche Sie hier. Setzen Sie Ihre Bemühungen fort, Mr. Scott. Und wenn Sie irgend etwas entdecken... geben Sie mir sofort Bescheid.«

»Aye, Sir.«

Scott wartete, bis sich die Tür des Maschinenraums hinter Kirk schloß. »Bestimmt finden wir überhaupt nichts«, murmelte er, starrte auf das Durcheinander herab und trat wütend nach einem Maschinenteil.

Emma wartete vor McCoys Kabine. Er hatte eine halbe

Stunde länger gearbeitet, um den Dienst am nächsten Morgen etwas später anzutreten.

»Hallo«, grüßte der Arzt.

»Ebenso.« Die junge Frau lehnte sich an die Wand, lächelte und gab sich betont feminin.

»Äh, ich bin leider etwas spät daran«, sagte McCoy. »Vielleicht sollten wir das gemeinsame Abendessen verschieben. Gehen Sie ruhig in die Messe.«

»Nein, danke. Ich möchte beim Verhör des Romulaners dabeisein. Es dürfte recht interessant werden.«

McCoy schürzte die Lippen. »Habe ich Ihnen schon gesagt, daß Sie mich manchmal an jemanden erinnern? Nun, spielt keine Rolle. Der Captain hat noch nichts von sich hören lassen. Scotty und seine Leute untersuchen noch immer den demontierten Kampfgleiter und raufen sich die Haare. Kirk will warten, bis sich irgend etwas ergibt.«

»Es liegen noch keine Ergebnisse vor?« Interesse leuchtete in Emmas Augen.

»Nicht in dem Sinne. Der romulanische Kampfgleiter enthielt nur das übliche Brimborium: Tarnvorrichtung und so weiter. Unser Abendessen findet nach dem Verhör statt, einverstanden? Ich frage Jim, wie die Dinge stehen.«

Als Kirks Stimme aus dem Interkom-Lautsprecher drang, schöpfte McCoy sofort Verdacht. »Was ist los, Jim?« fragte er besorgt.

»Die Sicherheitsabteilung hat sich gerade mit mir in Verbindung gesetzt, Pille. Ich fürchte, wir haben keine Möglichkeit mehr, den Gefangenen zu verhören. Er ist tot.«

KAPITEL 4

Als McCoy und Emma die Arrestzelle erreichten, knisterte im Zugang kein Kraftfeld mehr. Angehörige der Sicherheitsabteilung suchten in der Kammer nach irgendwelchen Spuren. Kirk stand in der Nähe und sprach mit dem Sicherheitsoffizier Tomson.

Lieutenant Ingrit Tomson war eine unscheinbare, schlaksige Frau, die Kirk um einen halben Kopf überragte, obwohl sie den Oberkörper immer ein wenig nach vorn geneigt hielt. Sie stammte von einem kalten Kolonialplaneten, dessen Sonne sich die meiste Zeit hinter einer dichten Wolkendecke verbarg. Haut und Haar wirkten so farblos, daß Wimpern und Brauen zu fehlen schienen. Wenn sie errötete, zeigte sich auf ihren Wangen ein komplexes Netzwerk aus dünnen Adern. Normalerweise kam ihre ruhige Gelassenheit fast Apathie gleich, aber jetzt offenbarte sie bemerkenswerte Nervosität. Ihrer Abteilung war gerade der schlimmste denkbare Fehler unterlaufen: Sie hatte einen Gefangenen verloren.

Tomson gehörte erst seit kurzer Zeit zur Besatzung der *Enterprise*, und vielleicht befürchtete sie, daß man sie aufgrund des jüngsten Zwischenfalls für unerfahren oder gar unfähig hielt. Sie sprach langsam, wählte ihre Worte mit aller Sorgfalt, um dem Captain Kompetenz zu demonstrieren. Kirk stand wie erstarrt, preßte die Lippen zusammen und erweckte den Anschein, als könne er seinen Zorn kaum unter Kontrolle halten. Sein Verhalten stimmte Tomson nicht gerade zuversichtlicher.

»Wir haben es mit folgenden Fakten zu tun, Sir. Fähnrich al-Baslama bewachte den Zugang der Arrestzelle, als er von einem Phaserstrahl betäubt wurde – der unbekannte Schütze stand irgendwo im Korridor. Als er wieder zu sich kam, war das Kraftfeld abgeschaltet; sowohl sein eigener Phaser als auch der Gefangene fehlten. Al-Baslama nahm zunächst an, der Romulaner sei geflohen, und er benachrichtigte mich sofort. Wir setzten die internen Sensoren ein, konnten jedoch keinen Vulkanoiden an Bord lokalisieren – abgesehen von Mr. Spock in der Krankenstation.«

»Wissen Sie, wie lange die Bewußtlosigkeit des Fähnrichs dauerte?«

»Sein Zustand deutet darauf hin, daß der Unbekannte die Waffe auf leichte Betäubung justierte. Al-Baslama kann höchstens drei oder vier Minuten lang bewußtlos gewesen sein. Nun, kurze Zeit später fanden wir den Phaser in der Arrestzelle.« Tomson reichte ihn Kirk. »Er weist romulanische Fingerabdrücke auf, Sir. Eine genaue Analyse wird ergeben, ob die Waffe abgefeuert wurde.

Nach al-Baslamas Mitteilung habe ich sofort den Transporterraum und das Shuttledeck kontrolliert. Niemand hat das Schiff verlassen, Captain. Derzeit überprüfen wir, ob die Arrestzelle organische Moleküle enthält.«

Tiefe Falten bildeten sich in Kirks Stirn. »Organische Moleküle?« wiederholte er.

»Von jemandem, der desintegriert wurde.«

»Der Gefangene«, sagte Kirk und nickte.

»Ja, Sir.«

»Aber wie kam der Romulaner in den Besitz der Waffe?«

»Dieser Punkt erscheint mir ebenfalls rätselhaft, Sir. Ich vermute, jemand hat sie ihm gebracht.«

»Ein Mitglied meiner Besatzung?« Kirks Ärger verdichtete sich. »Um den Piraten in die Lage zu versetzen, Selbstmord zu begehen? Das ergibt doch keinen Sinn. Ein Komplize hätte dem Gefangenen sicher zur Flucht verholfen.«

»Eine durchaus vernünftige Annahme, Captain. Andererseits: Der Romulaner konnte das Kraftfeld nicht durchdringen, um Fähnrich al-Baslama die Waffe abzunehmen. Er saß in der Arrestzelle fest.«

Bis zu diesem Zeitpunkt hatten Emma und McCoy still zugehört. Als die Neuropsychologin sprach, drehten sich Tomson und Kirk zu ihr um. »Wenn es den Piraten gelang, das Schirmfeld auf Aritani zu passieren, sollte ihnen das schwächere Kraftfeld einer Arrestzelle eigentlich keine Schwierigkeiten bereiten, oder?«

»Ein guter Einwand«, kommentierte Kirk. »Allerdings haben wir in dem Kampfgleiter nichts gefunden, das die Aufgaben eines Schirmfeld-Neutralisators erfüllt.«

Tomson sah in Emmas Bemerkung eine direkte Herausforderung. »Als wir den Gefangenen in der Kammer unterbrachten, trug er keine Geräte bei sich, Ma'am. Meine Leute haben ihn sorgfältig durchsucht.« Der hochgewachsene und blasse Sicherheitsoffizier blickte kühl auf die kleine dunkelhaarige Emma herab. McCoy glaubte, noch nie zuvor derart unterschiedliche Frauen gesehen zu haben.

»Aber Sie sagten gerade, daß der Phaser nur die Fingerabdrücke al-Baslamas und des Piraten aufweist«, beharrte die Neuropsychologin.

»Ich brauche Ihnen sicher nicht zu erklären, wie leicht man vermeiden kann, solche Spuren zu hinterlassen.« Tomsons Stimme klang alles andere als freundlich und zuvorkommend.

Emma schien die Verstimmung des Sicherheitsoffiziers zu genießen. »Vielleicht ist der Gefangene entkommen und hat den Phaser zurückgelassen, um uns auf eine falsche Fährte zu locken.«

Rote Flecken bildeten sich auf Tomsons Wangen. »Erstens: Fähnrich al-Baslama schwört, daß man nicht etwa von der Arrestzelle aus auf ihn schoß, sondern vom Korridor. Zweitens: Wir haben eine interne Sensorsondierung vorgenommen – es befinden sich keine Romulaner an Bord. Drittens: Der Gefangene benutzte weder den Transporter noch ein Shuttle. Wie soll er das Schiff verlassen haben?«

Emma hob die Brauen, gab jedoch keine Antwort.

Einer der Männer verließ die Kammer und zeigte Tomson seinen Tricorder. »Das ist die Bestätigung«, sagte sie zufrieden. »In dem Zimmer wurde jemand desintegriert. Wenn Sie kein Besatzungsmitglied vermissen, Captain, handelt es sich vermutlich um den Gefangenen.« Die blasse Frau lächelte und sah auf Emma herab. »Ich fürchte, Ihr Romulaner ist nicht entkommen, Ma'am.«

»*Mein* Romulaner?« murmelte die Neuropsychologin so leise, daß nur McCoy sie hörte. »Ich wußte gar nicht, daß mir einer gehört.«

»Ich habe zwar gehört, daß Selbstmord ein beliebter Zeitvertreib für gefangene Romulaner ist«, sagte der Arzt. »Aber wer an Bord dieses Schiffes wäre bereit, jemanden aus der Sicherheitsabteilung anzugreifen und dem Piraten eine Waffe zu bringen, damit er sich umbringen kann?«

»Vielleicht verfolgte der Unbekannte andere Absichten«, entgegnete Tomson.

»Mord«, sagte Kirk.

Tomson nickte. »Das scheint mir angesichts der festgestellten Fakten die einzige Erklärung zu sein. Nun, warten wir die Ergebnisse der übrigen Ermittlungen ab.«

»Aber wer...«, begann Kirk und unterbrach sich abrupt.

McCoy beendete den angefangenen Satz. »Wer hat ein Motiv?«

Tomson musterte ihn grimmig. »Doktor, haben Sie vergessen, wie viele Besatzungsmitglieder sich auf dem Planeten befanden, als die Piraten angriffen? An möglichen Motiven mangelt es sicher nicht.«

Das stimmt, fuhr es Kirk durch den Sinn, und er dachte an Fähnrich Lanz. »Ich bin in meinem Quartier«, wandte er sich an Tomson. »Geben Sie mir Bescheid, wenn die Untersuchungen abgeschlossen sind.«

»Versuchen Sie's«, sagte Uhura. »Bestimmt können Sie die Melodie spielen.« Sie hatte gerade ein weiteres afrikanisches Lied gesungen und wischte sich geistesabwesend den Schweiß von der Stirn. Spock bedauerte es nun, die Temperatur nicht gesenkt zu haben. Er nahm zunächst an, sie sei angenehm für Menschen, denn er fröstelte ein wenig.

»Kommen Sie«, drängte Uhura. Spock griff nach der Harfe, zupfte an den Saiten und begleitete die dunkelhäutige Frau, als sie erneut zu singen begann.

Uhura lächelte, und der Vulkanier nickte knapp. In physischer Hinsicht ging es ihm weitaus besser — nur noch ein kaum merkliches Hinken erinnerte an die Verletzungen. Saenz und McCoy hatten ihn in seine Kabine verlegt. Das Sprechen fiel ihm nicht mehr ganz so schwer, obgleich er oft nach Worten suchte — was nicht nur Unbehagen in ihm selbst weckte, sondern auch in seinen Gesprächspartnern. Nach wie vor gab es in seinem Gedächtnis große Lücken: Er erinnerte sich nur an die ferne Vergangenheit. Kirk kam zuerst recht häufig, um sich nach dem Zustand seines Ersten Offiziers zu erkundigen, aber inzwischen fand er kaum mehr Zeit, den Vulkanier zu besuchen; das Problem Aritani beanspruchte seine ganze Aufmerksamkeit. Für Spock blieb der Name des Planeten ohne jede Bedeutung.

Dr. Saenz kümmerte sich fast jeden Tag um ihren Patienten. Die Begegnungen mit ihr belasteten Spock kaum, aber wenn sie ging, spürte er eine seltsame Unruhe, die er nicht erklären konnte. Trotzdem: Das kontrollierte Denken und Fühlen der Neuropsychologin empfand er als große Erleichterung nach der mentalen Flut, die von anderen Personen ausging.

Insbesondere von Christine Chapel. Ihre Besuche waren sehr unangenehm. Sie kam, um dem Vulkanier bei der Bewegungstherapie zu helfen und ihn zum Sprechen zu ermutigen. Körperliche Kontakte ließen sich natürlich nicht vermeiden, und sie stellten Spock auf eine harte Probe, forderten seine telepathischen Fähigkeiten heraus. Chapels Emotionen erwiesen sich als außerordentlich intensiv und beunruhigend; ihr Mitleid beschämte ihn. Immer wieder versuchte sie, ihre Gefühle zu kontrollieren, und das erinnerte den Vulkanier an seine eigenen Bemühungen, Empfindungen wie Ärger, Enttäuschung und Niedergeschlagenheit dem bewußten Willen zu unterwerfen.

Eine Ironie des Schicksals: Es war nun der menschliche Aspekt seines Ichs, der danach trachtete, die Emotionen unter Kontrolle zu halten – bis er zur vulkanischen Disziplin zurückfand. Es gelang Spock, eine geistige Barriere zu schaffen, aber hinter ihr wartete ein viel zu starkes emotionales Brodeln darauf, daß Lücken in dem mentalen Schild entstanden.

Spock begrüßte nur die Besuche Uhuras, denn sie verlangte nicht von ihm, daß er sprach, sich an Worte und Ereignisse erinnerte, die in seinem Gedächtnis fehlten. Statt dessen sang sie für ihn, und bei solchen Gelegenheiten genoß er die Illusion, es habe sich überhaupt nichts verändert.

»Großartig, Spock«, lobte Uhura. Erneut glänzte Schweiß auf ihrer Stirn, und sie wischte ihn verstohlen fort. Spock legte die Harfe beiseite und ging steifbeinig zum Thermostat. Er hatte die Temperatur bereits auf ein Maß herabgesetzt, von dem er glaubte, es sei für Menschen angenehm – aber vielleicht trog ihn seine Erinnerung auch in diesem Zusammenhang. Zehn Grad weniger sollten genügen.

»Vielen Dank«, sagte Uhura und seufzte.

Spock vernahm ein Geräusch an der Tür und drehte ruckartig den Kopf.

»Was ist denn?« fragte Uhura. »Ich habe überhaupt nichts gehört. Was halten Sie davon, wenn ich noch ein Lied singe?«

Leonard McCoy nieste hinter der geschlossenen Tür.

Spock stand auf.

»Ein Besatzungsmitglied, das gerade am Schott vorbeiging«, sagte Uhura rasch, und Sorge glänzte in ihren großen braunen Augen.

Spock hätte sicher geleugnet, daß sein Gesicht so etwas wie liebevolle Mißbilligung zum Ausdruck brachte. »Uhura«, sagte er nur. Er schien sich nicht an ihren Rang erinnern zu können.

Sie lachte leiste. »Na schön«, murmelte sie, ging zur Tür und betätigte eine Taste. Das Schott glitt beiseite.

»Überraschung«, ertönte es aus mehreren Kehlen.

»Von wegen Überraschung«, erwiderte Uhura. »Meine Güte, Doktor...«

McCoy verzog das Gesicht. »Es tut mir wirklich leid. Himmel, wir können Menschen als energetische Matrix durch den Raum strahlen, aber es gibt noch immer kein wirksames Mittel gegen eine banale Erkältung.« Neben ihm standen Kirk, Dr. Saenz, M'Benga und Christine Chapel.

Spock musterte sie neugierig, als sie seine Kabine betraten. Er nahm Dutzende von verschiedenen Gefühlen wahr, und er konnte das emotionale Durcheinander nicht ordnen, um den Grund für diesen Massenbesuch in Erfahrung zu bringen. Der Captain trat einen Schritt vor und hob ein kleines, kantiges Objekt.

Er sah den Vulkanier an und lächelte. »Ich habe Ihnen etwas mitgebracht. Es stammt von Starfleet Command.« Er öffnete das Kästchen.

Zum Vorschein kam ein silbernes Medaillon, das an einem dunkelblauen Band hing. Spock nahm den Gegenstand entgegen und hielt ihn ins Licht. Die Gravur auf der Rückseite bestand aus vulkanischen Schriftzeichen, nannte seinen Namen und das Datum der Verletzung. Vorn, auf einem Wappenschild, zeigten sich drei lateinische Buchstaben: FVP.

Anschließend entsann sich Spock nicht mehr daran, welche Worte der Captain an ihn richtete. Er wußte auch nicht, ob er Kirk gedankt hatte, bevor er zusammen mit den anderen ging. Verwundert sah er sich in einer plötzlich leeren Kabine um, ließ sich dann in der traditionellen Haltung vor dem Meditationsstein nieder. Er erinnerte sich an die Bedeutung der Statue mit der flackernden Flamme, hatte sich seine frühen Reminiszenzen an Vulkan bewahrt — sie schienen sogar klarer zu sein als jemals zuvor. Aber er sah sich außerstande, seine Gedanken in die Sphäre der

Meditation zu lenken. Ein Teil seines Selbst fehlte, und deshalb konnte er nicht mehr der Spock sein, der er einst gewesen war.

Erneut nahm er das silberne Medaillon aus dem Kästchen — die Tapferkeitsmedaille der Föderation, eine hohe Auszeichnung für verwundete Starfleet-Angehörige — und drehte es hin und her. Das Datum bedeutete ihm nichts, ebensowenig der Zwischenfall, dem er die Medaille verdankte. Langsam schloß er die Hand um das kleine Objekt.

Eine ganze Zeitlang hockte er vor der Statue und starrte ins Leere. Die Flamme züngelte weiterhin, und im Rhythmus ihres Flackerns pulsierten zwei Worte im Selbstfokus des Vulkaniers: *Erinnere dich.*

Kirk befand sich wieder auf der Brücke, als Tomson den Ermittlungsbericht durchgab.

Sie klang recht zufrieden. »Es haben sich interessante Anhaltspunkte ergeben, Captain. Fähnrich al-Baslamas Phaser wurde zweimal abgefeuert. Die Waffe war zunächst auf Betäubung justiert, und beim zweiten Einsatz entfaltete sie tödliche Wirkung.«

»Das bestätigt Ihre Vermutungen, nicht wahr? Irgend jemand hat al-Baslama betäubt, und der Gefangene ...«

»Der Fähnrich wurde nicht mit seinem eigenen Phaser außer Gefecht gesetzt, Sir. Er trug ihn bei sich, als er das Bewußtsein verlor.«

»Ja, ich weiß. Woraus folgt ...«

»Nun, die Schlußfolgerung liegt auf der Hand: Der Unbekannte verwendete eine andere Waffe, als er auf al-Baslama schoß. Dann nahm er den Phaser des Fähnrichs, betäubte auch den Gefangenen und sorgte dafür, daß die Fingerabdrücke des Piraten darauf zurückblieben, bevor er ihn ...«

»... umbrachte«, sagte Kirk. Die Sache gefiel ihm ganz und gar nicht. »Es sollte wie Selbstmord aussehen. Was nun?«

»Es bleibt uns nichts anderes übrig, als Ermittlungen in Hinsicht auf die Mannschaft anzustellen, Sir«, erwiderte Tomson. »Ich schlage vor, wir beginnen mit denjenigen, die auf Aritani verletzt wurden. Kennen Sie jemanden, der ein starkes Motiv haben könnte, den Romulaner zu töten?«

»Nein«, log Kirk.

»Ich habe jetzt die wenig erfreuliche Aufgabe, einen Mörder zu finden, Captain. Und eins steht fest: Er gehört zur Besatzung dieses Raumschiffes.«

Christine Chapel fand Spock bewußtlos auf der Liege — die Pulsadern waren mit dem vulkanischen Zeremoniendolch aufgeschnitten worden.

Man brachte den Ersten Offizier unverzüglich in die Krankenstation zurück, und dort nahmen Emma und McCoy eine gründliche Untersuchung vor. Sie standen nun neben dem Bett und beobachteten einen dünnen, grünen Kunststoffschlauch, der Spocks rechte Armbeuge mit einer nahen Infusionseinheit verband. Neben dem Vulkanier lag die Harfe — McCoy wußte nicht, wer sie gebracht hatte.

Emmas Stimme war kaum mehr als ein Flüstern. »Er schien gute Fortschritte zu machen. Ich hätte die ersten Anzeichen bemerken müssen...«

»Mit so etwas konnte niemand rechnen.« McCoy sah auf die Lebensindikatoren. *Er wird es überstehen,* dachte er. *Spock ist zäh und hat ein besonders dickes Fell...* »Ich begreife einfach nicht, wieso er sich dazu hinreißen ließ.«

»Wir hätten ihn nicht allein in seiner Kabine lassen dürfen. Es ist meine Schuld. Ich kenne solche Fälle, aber ich habe den Symptomen keine Beachtung geschenkt. Derartige Patienten mögen den Eindruck erwecken, als seien sie rational und vernünftig, aber sie können von einem Augenblick zum anderen psychotisch werden. Es wäre besser gewesen, Spock unter ständiger Beobachtung zu halten.«

McCoy musterte die junge Frau. »Sie sind nicht nur Neurologin, sondern auch Psychologin, Doktor. Sie sollten eigentlich wissen, wie sinnlos es ist, sich schuldig zu fühlen.«

Emma rang sich ein schiefes Lächeln ab.

»Wir sollten nicht darüber nachdenken, was wir *falsch* gemacht haben«, fügte McCoy hinzu. »Es kommt jetzt auf die *richtige* Behandlung an.«

»Na schön.« Emma richtete sich auf und straffte die Schultern. »Ich schlage vor, wir setzen den Neurotransmitter ein und warten ab, ob sich Spocks Zustand dadurch verbessert.«

»Unter den gegenwärtigen Umständen kann ein Versuch sicher nicht schaden. Wie heißt das neue Medikament?«

»Neodopazin.«

McCoy hob die Brauen. »Neodopazin? Ein völlig neues Mittel, das noch nicht ausreichend getestet ist.«

»Ja. Ich gehöre zu den ersten Ärzten, die es verwendet haben. Bei psychotischen Patienten führte es zu recht guten Resultaten.«

»Aber es ist noch nie an einem Vulkanier ausprobiert worden, oder?«

Emma sah auf Spock herab, der ruhig und gleichmäßig atmete. Ihre Stimme klang wie aus weiter Ferne, als sie erwiderte:

»Möchten Sie, daß Spock einen weiteren Selbstmordversuch unternimmt?«

»Natürlich nicht. Himmel, gibt es denn keine Alternativen?«

Emma zögerte kurz. »Wir könnten ihn fortschicken. Zur Krankenabteilung einer Starbase, in der man auch Vulkanier behandelt. Oder nach Ebla Zwei, wenn sich die Tendenz zur Gewalt verstärkt.«

Auf Ebla II gab es ein Sanatorium, das höchsten Sicherheitsanforderungen genügte. Dort kümmerte man sich um Kranke, die eine Gefahr für sich selbst und ihre Mitbürger darstellten.

McCoy seufzte. »Also gut. Geben wir ihm Neodopazin.«

McCoy erwartete kaum, in dieser Nacht Ruhe zu finden, und er behielt auf eine Art und Weise recht, die neuerliche Besorgnis in ihm entstehen ließ. Ein Anruf von der Krankenstation weckte ihn: Spock hatte den Infusionsschlauch abgerissen. Der Medo-Assistent befestigte ihn wieder und setzte anschließend seine Runde fort, aber kurz darauf mußte er feststellen, daß der dünne Schlauch erneut neben dem Bett baumelte. Er fragte, ob er dem Patienten Schutzfesseln anlegen sollte.

Widerstrebend gab McCoy eine entsprechende Anweisung. Er versuchte vergeblich, wieder einzuschlafen, gab es schließlich auf und zog sich an. Als Spock erwachte, stand McCoy neben seiner Liege. Erst nach einigen Sekunden begriff der Vulkanier, wo er sich befand, und als er den Infusionsschlauch und die Schutzfesseln sah, wurde aus seiner Verwirrung deutlich erkennbarer Ärger.

»Spock?« fragte McCoy sanft, »was ist passiert?«

Spock runzelte die Stirn.

»Schwester Chapel fand Sie in Ihrem Quartier. Offenbar haben Sie versucht, Selbstmord zu begehen.«

Der Vulkanier versuchte, sich aufzusetzen, doch die Fesseln hielten ihn zurück. »Nein«, sagte er. »Das ist völlig ausgeschlossen.«

Genau diese Antwort hatte sich McCoy erhofft, und fast verzweifelt klammerte er sich daran fest. »Erklären Sie mir, was in Ihrer Kabine geschah.«

»Ich erinnere mich nicht«, brachte Spock hervor. »Aber ich habe mir die neuen Verletzungen nicht selbst zugefügt. Jemand anders schnitt mir die Pulsadern auf.«

»Bei allen Raumgeistern, das möchte ich gern glauben. Aber...«

»Es ist die Wahrheit«, versicherte der Vulkanier. Es klang so nach dem alten Spock, daß die letzten Zweifel aus McCoy wichen.

Voller Mitgefühl beugte er sich vor, um die Schutzfesseln zu lösen. »Aber wer könnte es auf Sie abgesehen haben?«

»Irgend jemand hat versucht, Sie umzubringen, Spock?«

McCoy vernahm eine kühle, skeptische und vorwurfsvolle Stimme, die er nicht kannte. Neugierig drehte er sich um.

Emma Saenz stand in der Tür. »Er projiziert seine Paranoia, Doktor«, sagte sie laut. »Er hat sich davon überzeugt, jemand anders sei für seinen Selbstmordversuch verantwortlich.«

Wortwahl und Ausdrucksweise der Neuropsychologin bestürzten McCoy, und er spürte, wie Zorn in ihm entstand. »Lieber Himmel! Wenn Sie etwas zu sagen haben, so sprechen Sie ihn direkt an. Warum reden Sie so, als könne er Sie überhaupt nicht verstehen?«

In Emmas Augen blitzte es. »Oh, ich weiß, daß er mich versteht. Und ich werde nicht zulassen, daß er die Wahrheit leugnet.« Sie trat ans Bett heran. »Sie haben sich die Pulsadern aufgeschnitten, Spock. Geben Sie es zu. Sie leiden an Depressionen, die behandelt werden müssen. Es hat keinen Sinn, bei Lügen Zuflucht zu suchen.«

Spock erbebte am ganzen Leib. »Ich lüge nicht!« platzte es aus ihm heraus.

Emma beugte sich vor. »Nun, wenn Sie wirklich die Wahrheit sagen, Spock... Dann teilen Sie uns mit, wer Ihnen nach dem Leben trachtet.«

»Ich... erinnere mich nicht.« Der Vulkanier drehte den Kopf zur Seite.

»Das dachte ich mir.« Emma entspannte sich und fuhr ruhiger fort: »Wenn Sie nicht bereit sind, die Wahrheit zu akzeptieren, kann ich Ihnen kaum helfen. Ich schlage vor, Sie denken darüber nach. Ihr Captain und dieses Schiff brauchen Sie.« Die Neuropsychologin wandte sich ruckartig ab, doch in der Tür verharrte sie noch einmal. »Sie sollten ihm wieder die Schutzfesseln anlegen, Doktor.«

Das Schott glitt zu, und einen Sekundenbruchteil später ertönte ein scharfes *Pling.* Spock sank auf die Liege zurück und atmete schwer.

McCoy griff nach der vulkanischen Harfe und betrachtete sie. Eine Saite war gerissen, und im Resonanzkörper zeigte sich ein feiner Riß. Wortlos legte er das Musikinstrument zurück, doch Spock achtete überhaupt nicht darauf. Er konzentrierte sich ganz auf einen inneren Kampf, und sein Gegner hieß Wut. Wut auf Emma Saenz, weil sie ihm nicht glaubte. Wut auf sich selbst, weil sein Gedächtnis versagte. Wut auf seine Unfähigkeit, die eigenen Gefühle zu unterdrücken, zu seiner früheren Selbstdisziplin zurückzufinden.

Nach einigen Sekunden glätteten sich die Züge des Vulkaniers, und das Gesicht wurde wieder zu der ausdruckslosen Maske, die McCoy so gut kannte. Doch Spocks Worte klangen gepreßt und verrieten den Aufruhr in ihm.

»Ich kann nicht hierbleiben. Ich muß nach Vulkan.«

Der Arzt wußte sofort, was Spock meinte. Er fürchtete den endgültigen Verlust seiner emotionalen Kontrolle — diese Vorstellung bedrückte ihn mehr als alles andere. McCoy lächelte aufmunternd.

»Ich spreche mit Dr. Saenz darüber.«

In den dunklen Augen des Vulkaniers glühte es, und McCoy fürchtete schon, daß Spock die Beherrschung verlor. Doch er faßte sich wieder, bezwang den Zorn. *Vulkanier erflehen nichts,* dachte der Mediziner. Aber der seltsame Glanz in Spocks Pupillen...

»Ich muß *sofort* aufbrechen«, sagte der Erste Offizier heiser und fügte ein Wort hinzu, daß McCoy zutiefst erschütterte. »Bitte.«

McCoy schloß die Tür des Laboratoriums hinter sich. Er war wütend auf Emma, so wütend, daß er fast schrie.

»Verdammt!« entfuhr es ihm. »Was fällt Ihnen eigentlich ein? Wie können Sie es wagen, Spock einen Lügner zu nennen? Gerade Sie sollten wissen, wie sehr Sie ihn damit beleidigt haben.«

»Ja, das stimmt«, erwiderte Emma ruhig. Sie saß am Tisch, winkelte die Arme an und stützte das Kinn auf die Hände. Sie schien nicht mehr verärgert zu sein, und ihr Gesicht wirkte wieder sanft; Spock gegenüber schien sie nur eine Rolle gespielt zu haben.

Sie war nun erneut die Frau, in die sich McCoy verliebt hatte.

Der Arzt hörte ihre Worte gar nicht, ging mit langen Schritten umher und machte seinem Zorn Luft. Emma blieb ruhig sitzen und hörte geduldig zu.

»Weshalb haben Sie ihn so behandelt, als sei er Luft für Sie? Ihn in der dritten Person anzusprechen... Verdammt, sind Sie denn völlig ohne Mitgefühl? Begreifen Sie denn nicht, wie sehr er leidet?«

»Glauben Sie ihm?« fragte Emma und musterte McCoy aufmerksam. »Glauben Sie wirklich, daß irgend jemand versucht hat, Spock umzubringen?«

McCoy zögerte und blieb stehen. »Nun...«

»Wenn Sie so etwas für möglich hielten, hätten Sie bestimmt die Sicherheitsabteilung verständigt. Aber darauf haben Sie verzichtet.«

»Ich glaube Spock, wenn er sagt, daß er sich nicht erinnern kann.«

Emma seufzte. »Das gilt auch für mich. Aber er gab eindeutig jemand anders die Schuld, und ich will ihn nicht verhätscheln, indem ich darauf eingehe.«

»Ihn verhätscheln...« McCoy schnappte nach Luft. »Himmel, Sie haben ihn *beleidigt*, ihn als Lügner bezeichnet...«

Emma hob den Kopf und lehnte sich auf dem Stuhl zurück. »Was diesen speziellen Patienten betrifft, sind Sie gefühlsmäßig viel zu sehr engagiert, Leonard.«

»Meine Gefühle gehen nur mich etwas an!« explodierte McCoy. »Außerdem sind sie durchaus verständlich. Und sie bedeuten keineswegs, daß ich Spock nicht helfen kann. Sie hingegen scheinen völlig gleichgültig zu sein. Man könnte meinen, Sie hätten etwas gegen Vulkanier!«

Emma stand so plötzlich auf, daß der Stuhl fast umgefallen wäre. »Das ist die unsinnigste und irrationalste Behauptung, die ich jemals von Ihnen gehört habe...«

McCoy schob das Kinn vor. »Vielleicht sollten Sie mich zusammen mit Spock nach Ebla Zwei schicken.«

Emma atmete tief durch und erweckte den Eindruck, als wolle sie eine scharfe Antwort geben. Doch dann überlegte sie es sich anders und setzte sich wieder. Sie schloß die Augen, und als sie sprach, klang ihre Stimme geduldig.

»Bitte, Leonard... Ich möchte mich nicht mit Ihnen streiten. Wir beide versuchen, Spock zu helfen. Wir vertreten nur verschiedene Standpunkte, soweit es das Wie betrifft. Das ist alles.«

»Na schön.« McCoy verschränkte die Arme, und in seinen Augen blitzte es nach wie vor. Es lag ihm fern, vor der Neuropsychologin zu kapitulieren. »Lassen Sie uns in aller Ruhe darüber reden.«

Emma überhörte den Sarkasmus in der Stimme des Arztes, stützte erneut die Ellenbogen auf den Tisch und seufzte einmal mehr. *Meine Güte, sie sieht einfach hinreißend aus,* dachte McCoy. *Und sie scheint traurig zu sein.* Er spürte, wie die Glut des Zorns in seinem Innern abkühlte.

Die junge Frau sprach so leise, daß McCoy genau hinhören mußte, um sie zu verstehen. »Ich wünschte, ich könnte Spock glauben, und Ihnen geht es sicher ebenso. Sein Unterbewußtsein hat nach einer Möglichkeit gesucht, die Verantwortung für den Selbstmordversuch zu leugnen. Wenn wir uns darauf einlassen, überzeugt sich Spock voll und ganz davon, daß ihm jemand nach dem Leben trachtete — auf diese Weise kommen wir nicht an das eigentliche Problem heran. Probleme können wohl kaum gelöst werden, indem man ihre Existenz bestreitet, Leonard. Es ging mir darum, ihm einen Schock zu versetzen, ihm zu zeigen, daß er sich den Konsequenzen seines Verhaltens stellen muß.«

Emma griff nach McCoys Hand, und er zog sie nicht zurück. Ihre Haut fühlte sich erstaunlich warm an, als wüte

Fieber im Leib der jungen Frau. Die letzten Reste des Zorns verflüchtigten sich.

»Es tut mir leid, daß ich Sie so sehr verärgert habe«, fuhr Emma fort und kam noch etwas näher. »Ich bin nicht sehr taktvoll und diplomatisch gewesen. Nun, ich möchte Spock helfen, aber ich weigere mich, seine Phantastereien zu bestätigen.«

»Ich schätze, ich bin ein wenig zu laut geworden... Es liegt daran, daß ich mir große Sorgen um Spock mache. Und ich glaube noch immer, daß Sie zu streng mit ihm sind.«

Emma lächelte, hielt noch immer die Hand des Arztes. »Vielleicht haben Sie recht.«

Zum erstenmal war ihr McCoy nahe genug, um das Parfüm zu riechen. Der süße Duft weckte vage Erinnerungen an die wilden Blumen auf Aritani.

Instinktiv beugte er sich herab und küßte Emma.

Kirk stand unsicher vor McCoys Kabine und ließ seinen Blick durch den leeren, nur matt erhellten Korridor schweifen. Er verabscheute es, Pille um eins seiner Spezialrezepte zu bitten, aber seit achtundvierzig Stunden hatte er kaum geschlafen, und sein Brandyvorrat war längst zur Neige gegangen. Die Müdigkeit hinderte ihn sogar daran, sich in der Sporthalle Bewegung zu schaffen, und das führte zu einer ständigen Zunahme der Anspannung in ihm.

Der Captain lächelte, als er an den bevorstehenden Abstecher zur Krankenstation dachte. Er freute sich auf eine Gelegenheit, Emma Saenz wiederzusehen.

Er gab sich einen inneren Ruck und betätigte den Türmelder. Niemand reagierte, und Kirk glaubte schon, McCoy schliefe zu fest, um das leise Summen zu hören. Enttäuscht zuckte er mit den Achseln und wandte sich ab.

Nach einigen Schritten blieb er stehen, als er ein leises Zischen vernahm. Das Schott glitt beiseite, und McCoy stand im Zugang. Kirk mußte sich beherrschen, um nicht von einem Ohr zum anderen zu grinsen. Der Bordarzt trug nur einen kurzen Morgenmantel: Zwei bleiche Beine ragten darunter hervor und endeten in knochigen Füßen. *Sieh mal einer an,* dachte Jim amüsiert. *Der prüde Doktor schläft nackt.* Nun, vielleicht hatte er gerade geduscht.

Aber im Zimmer brannte kein Licht.

»Entschuldige die Störung, Pille«, sagte Kirk und musterte McCoy neugierig. Er wirkte völlig wach, und seine Stimme klang keineswegs schlaftrunken, eher ein wenig nervös.

»Kein Problem«, erwiderte McCoy hastig. »Was hast du auf dem Herzen, Jim?«

»Seit zwei Tagen und Nächten finde ich keine Ruhe mehr. Ich werfe das Handtuch. Gib mir irgend etwas.«

»In Ordnung. Gedulde dich einige Sekunden lang. Ich setze mich nur rasch mit der Krankenstation in Verbindung.« McCoy verschwand im dunklen Zimmer, und Kirk wollte ihm folgen, verharrte jedoch, als sich das Schott schloß. Überrascht und auch ein wenig beleidigt wich der Captain zurück.

Er überlegte und erklärte das unhöfliche Verhalten des Arztes damit, daß McCoy ebenfalls erschöpft war. Kurz darauf öffnete sich die Tür wieder.

»M'Benga ist heute nacht im Dienst. Er weiß Bescheid und hat ein Schlafmittel für dich.«

Kirk lächelte schief. »Danke, Pille. Du kannst dir gar nicht vorstellen, wie ...«

Er unterbrach sich, als er ein Geräusch in der finsteren Kammer hinter McCoy hörte. Jemand gähnte. Eine Frau. Kirks erste Reaktion bestand aus Erheiterung, doch als er zu ahnen begann, wer dem Bordarzt Gesellschaft leistete, spürte er so etwas wie Betroffenheit.

Offenbar zeigte sie sich in seinem Gesicht, denn McCoy maß ihn mit einem trotzigen, herausfordernden Blick. *Was ich mit meinem Privatleben anfange, geht allein mich etwas an,* lautete die stumme Botschaft.

Kirk senkte den Kopf. »Danke, Pille.«

»Schon gut«, sagte McCoy knapp.

Christine Chapel beendete gerade die morgendliche Visite, als McCoy die Krankenstation betrat. Er pfiff laut und falsch vor sich hin.

»Wer hat Ihnen gesagt, Sie könnten pfeifen?«

»Niemand«, erwiderte McCoy und lächelte glücklich. Chapels gutmütiger Spott konnte ihm seine prächtige Stimmung nicht verderben. »Wie geht es Ihnen heute morgen, Schönste?« Er musterte sie mit väterlichem Wohlwollen. »Sie sehen müde aus.«

»Ich *bin* müde«, antwortete Chapel und schöpfte sofort Verdacht. Normalerweise ging McCoy mit Komplimenten eher vorsichtig um, und die Bezeichnung ›Schönste‹ war wohl kaum angemessen. Sie hatte gerade eine achtstündige Schicht hinter sich und wußte mit absoluter Gewißheit, daß sie bei einem jetzt stattfindenden Schönheitswettbewerb nicht die geringste Chance gehabt hätte. »Um ganz genau zu sein: Ich bin völlig erledigt und wollte meinen Dienst gerade beenden...«

»Ruhen Sie sich aus«, sagte McCoy herzlich. »Meine Güte, eigentlich haben Sie einen Sonderurlaub verdient! Nach all Ihren Doppelschichten während der vergangenen Wochen...«

»Wir *alle* haben während der vergangenen Wochen rund um die Uhr gearbeitet.« Chapel verschränkte die Arme, kniff mißtrauisch die Augen zusammen und musterte den Arzt. »Na schön, Doktor. Was ist los?«

McCoy trug eine unschuldige Miene zur Schau. »Wie meinen Sie das?«

»Seit Spocks Verletzung und dem Angriff der Piraten sind Sie immerzu verdrießlich gewesen und haben jede Gelegenheit genutzt, die Ungerechtigkeit des Schicksals zu beklagen. Ganz zu schweigen davon, daß Sie sich manchmal kaum mehr auf den Beinen halten konnten und Gefahr liefen, das Skalpell mit einem Tricorder zu verwechseln. Aber jetzt platzen Sie geradezu vor Lebensfreude...«

»Wir haben gestern den letzten auf Aritani verwundeten Patienten entlassen, und außerdem konnte ich endlich einmal ausschlafen«, erwiderte McCoy. Es gelang ihm nicht, ein Grinsen zu unterdrücken. Christine kannte ihn gut. Nach all den Jahren kamen sie bestens miteinander zurecht, und für ihre Freundschaft gab es eine feste Vertrauensbasis. Sie hatte ihm sogar von ihren Gefühlen berichtet, die sie Spock entgegenbrachte, und er tröstete Chapel, als sie begriff, daß ihre Liebe unerfüllt bleiben mußte. Sie sprachen häufig über persönliche Dinge, auch über Leonards Probleme mit Frauen: Nach seiner Scheidung hatte er es nicht gewagt, erneut eine feste Bindung einzugehen.

McCoy beschloß, Christine noch ein wenig im ungewissen zu lassen. Vorausgesetzt natürlich, sie hatte ihn nicht längst durchschaut.

»Wer ist sie?« fragte Chapel.

McCoys Grinsen wuchs noch mehr in die Breite. »Wovon reden Sie eigentlich, Chris?« Er bemühte sich, in einem neutralen Tonfall zu sprechen, als er hinzufügte: »Ist Dr. Saenz bereits eingetroffen?«

Chapel lächelte wissend und deutete in Richtung Laboratorium.

McCoy ging zur Tür. »Ich wußte gar nicht, daß ich den Argwohn meiner Mitarbeiter wecke, wenn ich fröhlich bin«, murmelte er so laut, daß Chapel ihn hörte. »Ich habe nur gut geschlafen, das ist alles...«

Christine drehte sich nicht um, als sie erwiderte: »Ganz gleich, was Sie in der vergangenen Nacht angestellt haben — Schlaf spielt dabei bestimmt nur eine untergeordnete Rolle.«

Sie ging ins Nebenzimmer, und McCoy lachte leise, fühlte sich mindestens zwanzig Jahre jünger.

Als er das Laboratorium betrat, beobachtete er, wie Emma zwei Kapseln in den Mund schob und herunterschluckte. Sein Lächeln verflüchtigte sich sofort. »Was nimmst du da?«

Die Neuropsychologin drehte sich verblüfft um, und aus einem Reflex heraus griff sie nach einem Fläschchen — um es zu verstecken? »Nichts weiter, Leonard. Wie geht es dir heute morgen?« Ihre Augen glänzten.

McCoy sah auf die kleine Flasche herab und las das Etikett. »Levirol! Mein Gott, weißt du eigentlich, wie das Zeug wirkt?«

»Sonst nähme ich es wohl kaum ein, oder?«

»Das Medikament erhöht den Blutdruck, und wenn man nicht aufpaßt...«

Emma sprach wie eine Mutter, die ihr aufgeregtes Kind zu beruhigen versucht. »Leonard, ich habe zu niedrigen Blutdruck. Ein chronisches Leiden, das ich schon seit Jahren mit Levirol behandle. Jeden Tag kontrolliere ich meinen Zustand, aber du kannst selbst eine Untersuchung vornehmen, wenn du dir Sorgen machst.«

»Ja, ich bin *besorgt«*, sagte McCoy mit solchem Nachdruck, daß Emma lächelte. »Gib gut auf dich acht.«

»Den Rat beherzige ich gern. Warum bist du gekommen?«

»Der Grund heißt Spock.«

»Es ist noch zu früh, um festzustellen, wie er auf das Neodopazin reagiert...«

»Nein, darum geht es nicht.« McCoy zögerte und suchte nach den richtigen Worten. »Spock hat mich gebeten, ihn nach Vulkan zu schicken.«

»Nun, vielleicht in einigen Wochen...«

»Er möchte sofort aufbrechen. Es ist ihm sehr wichtig.«

»Du hast ihm doch gesagt, daß so etwas überhaupt nicht in Frage kommt, oder?«

»Ich habe versprochen, ihm seinen Wunsch zu erfüllen.«

»Was?« Emma stützte ihre Hände in die Hüften und fuhr die metaphorischen Krallen aus. Die plötzliche Veränderung überraschte McCoy nicht. In der vergangenen Nacht hatte er erfahren, welche Leidenschaft in der äußerlich so ruhig und gelassen wirkenden Frau steckte. »In seinem derzeitigen Zustand kann er die *Enterprise* unmöglich verlassen. Wir wissen noch nicht einmal, wie er auf die Behandlung mit dem Neodopazin anspricht...«

»Auf Vulkan wird man sich gut um ihn kümmern«, sagte McCoy.

»Ich fasse es nicht!« Emma lachte bitter. »Bist du jemals in einem vulkanischen Krankenhaus gewesen? Kennst du die Verhaltensweise vulkanischer Ärzte? Wenn du glaubst, ich sei ohne Mitgefühl... Dort nähme niemand Anteil an Spocks emotionalen Problemen. Er wäre nichts weiter als eine Zahlenfolge auf einem Diagnoseschirm.«

»Ich schicke ihn nicht in ein Hospital, sondern nach Hause«, erwiderte McCoy.

Emma schwieg und runzelte die Stirn.

»In physischer Hinsicht ist mit Spock soweit alles in Ordnung. Seine Eltern werden uns mitteilen, welche Wirkung das Neodopazin auf ihn hat. Ich bin sicher, daß es ihm an nichts fehlen wird. Spocks Mutter stammt von der Erde. Ich kenne sie persönlich und weiß daher, wie sehr sie ihm helfen kann.«

»Aber bestimmt ist sie nicht imstande, ihren Sohn ständig im Auge zu behalten, Leonard...«

»Mag sein. Sieh die Sache einmal aus Spocks Perspektive, Emma. Er ist zutiefst beschämt, weil er die Gedankenregeln verloren hat. Auf Vulkan kann er sie noch einmal erlernen, und ich bin sicher, sie werden einen wichtigen Beitrag zu seiner Rekonvaleszenz leisten.«

»Da wir gerade von Scham sprechen, Leonard... Was erwartet ihn wohl auf Vulkan? Denk daran: Er hat nicht mehr die Fähigkeit, seine Gedanken vor anderen Telepathen abzuschirmen.«

»Gerade deshalb muß er in seine Heimat zurückkehren. Um zu lernen, einen mentalen Schild zu schaffen. Außerdem bleibt er die meiste Zeit über bei seiner Mutter, und Amanda ist keine Telepathin.« McCoy musterte Emma verwundert. »Warum bist du so strikt dagegen?«

Die junge Frau seufzte lautlos und ließ die Hände sinken. Sie versuchte ganz bewußt, die Zeichen des Ärgers aus Haltung und Gebaren zu tilgen. »Wenn Spock nach Vulkan fliegt... Ich fürchte, dann komme ich nicht mehr richtig zur Ruhe. Ich müßte dauernd an die Möglichkeit denken, daß er einen zweiten Selbstmordversuch unternimmt oder Familienangehörige verletzt.«

McCoy dachte nach. Emmas Besorgnis erschien ihm übertrieben. Aus irgendeinem Grund war er davon überzeugt, daß Spock keine Gefahr für sich oder sonst jemanden darstellte. »Ich kann mir einfach nicht vorstellen, daß er noch einmal Hand an sich legt. Und für seine Eltern ist er gewiß keine Bedrohung.«

»Trotzdem rate ich dir dringend, auf Nummer Sicher zu gehen, Leonard. Wenn du ihn schon nach Vulkan schicken willst, ohne daß ich dort sein Verhalten überwachen kann... In einem solchen Fall muß zumindest sichergestellt sein, daß er seine Medikamente bekommt.«

»Dafür werde ich sorgen.«

Emma streckte sich und versuchte, das Arzneifläschchen ins hohe Regal zu stellen. McCoy nahm es ihr ab und verstaute es in einem der Fächer. Die junge Frau wandte sich sofort zur Seite und schien noch immer verärgert zu sein.

An der Tür des Laboratoriums drehte sie sich noch einmal um. »Ich bin gegen Spocks Reise nach Vulkan, Leonard. Meinen Segen bekommst du nicht. Wenn irgend etwas passiert...«

»Ich übernehme die Verantwortung«, sagte McCoy.

Er hoffte inständig, die richtige Entscheidung getroffen zu haben.

KAPITEL 5

Emma Saenz saß nachdenklich am Schreibtisch in Spocks Kabine und beobachtete, wie der Vulkanier seine Sachen packte und verschiedene Dinge auswählte: einen weiten Umhang, wie man ihn in den vulkanischen Wüsten trug, Stiefel und Kassetten – um zu lernen und zu verstehen. Der Koffer enthielt bereits die blaue Uniform des Ersten und wissenschaftlichen Offiziers. Er trug nun ein kamelhaarfarbenes Gewand aus dünnem, leichtem Stoff, der für die Hitze auf Vulkan weitaus besser geeignet war. Emma fand, daß er nicht mehr wie ein Starfleet-Offizier wirkte, eher wie ein Professor, der seinen Studienurlaub an der vulkanischen Akademie der Wissenschaften verbringen wollte. Rasch versuchte sie, ihre Gedanken in eine andere Richtung zu lenken. Zu spät. Heimweh erfaßte sie, viel zu stark, um sofort eingekapselt und hinter einem mentalen Schirm verborgen zu werden.

Spock spürte etwas, richtete sich auf und musterte die junge Frau aufmerksam, konnte jedoch nicht feststellen, was Emma empfunden hatte. Ihre Augen glänzten dunkel, und sie wandte den Blick von ihm ab.

Der Vulkanier konzentrierte sich wieder auf sein Gepäck und versuchte noch immer, das seltsame Gefühl zu deuten, als der Türmelder summte. »Herein«, sagte er, bevor Emma Gelegenheit bekam, aufzustehen und zum Schott zu gehen.

James Kirk trat ein und blieb abrupt stehen, als er die Neuropsychologin sah. In seinem Gesicht zeigte sich deutliche Enttäuschung. »Oh, Dr. Saenz. Ich wußte nicht, daß Sie hier sind...«

»Hallo, Captain«, sagte sie schlicht. Kirk mußte doch einsehen, daß man Spock nach dem Selbstmordversuch nicht in seiner Kabine allein lassen durfte. Vielleicht hatte er vermutet, McCoy anzutreffen. Aber der Bordarzt befand sich auf dem Hangardeck und bereitete das Shuttle vor – der Patient sollte es während seiner Reise so bequem wie möglich haben.

Kirk lag nichts dran, den Hangar aufzusuchen. »Ich habe mir eine Möglichkeit erhofft, mit Spock zu sprechen«, sagte er zu Emma. Das *allein* ließ er weg.

Es wäre sehr unhöflich gewesen, den subtilen Hinweis einfach zu ignorieren. Emma stand auf. »Falls mich jemand braucht... Ich warte draußen.«

Kirk nickte. »Danke.«

Als das Schott hinter Dr. Saenz zuglitt, schloß Spock den Schrank und sah Jim an. Keiner von ihnen hatte sich auf diesen Augenblick gefreut, aber sie wußten auch, daß sie ihn nicht vermeiden konnten.

Kirk lächelte, doch in seinen Augen glühte Kummer. Spock gestattete sich ein leises Seufzen. Er hatte sein Bewußtsein viele Male mit dem des Captains verschmolzen, und ein derartiges telepathisches Band riß nicht leicht. Er stand diesem besonderen Mann näher als jeder anderen lebenden Seele, und die mentale Brücke zwischen ihnen existierte noch immer. Spock versuchte, sich nichts anmerken zu lassen, als ihn Jims Verzweiflung mit der Wucht eines Schlages traf – Kirk fürchtete, daß sein Erster Offizier nicht zurückkehrte.

Der Vulkanier kannte diese Empfinden gut, und er gestand sich ein, daß eine solche Furcht durchaus begründet sein mochte. Es handelte sich um eine Möglichkeit, die er bedauerte, denn der Captain brauchte ihn. Die unerschütterliche vulkanische Logik bildete ein Gegengewicht zu der menschlichen Intuition, auf die sich Jim manchmal zu sehr verließ. Doch eben jene Logik fehlte Spock nun. Eine Erkenntnis, die ihm innere Schmerzen bereitete.

Spock gelangte zu dem Schluß, daß es sinnlos war, die seelische Pein zu verlängern, indem er irgend etwas sagte; sie kannten sich gut genug, um auf Worte zu verzichten.

Stumm hob er die Hand zum vulkanischen Gruß, spreizte die Finger und preßte sie wieder aneinander.

Jim wiederholte die Geste ungelenk, und plötzlich nahm der Vulkanier ein neuerliches emotionales Zittern wahr. Kirk unterdrückte ein ganz bestimmtes Bedürfnis, weil er wußte, daß physische Kontakte Unbehagen in Spock weckten. Der Erste Offizier beschloß, den Wunsch seines Freundes zu erfüllen.

Er streckte die Hand aus.

Der Captain ergriff sie und war sich darüber im klaren, daß Spock nun ganz deutlich fühlte, was ihn bewegte. Das gezwungene Lächeln verschwand von seinen Lippen.

Eine Sekunde später summte das Interkom. Der Transporterchef Lyle fragte nach Kirk.

»Bin froh, daß ich Sie gefunden habe, Sir. Es dürfte Sie sicher interessieren, daß Lieutenant Commander Varth gerade an Bord gekommen ist.«

»Varth...« Kirk versuchte, sich an die Bedeutung dieses Namens zu erinnern.

»Der neue Erste Offizier, Sir.«

»Oh, ja«, brummte der Captain. »Kirk Ende.« Er schaltete das kleine Gerät viel zu energisch aus und drehte sich dann wieder zu Spock um. Der Vulkanier konnte Jims Niedergeschlagenheit kaum mehr ertragen.

»Gehen Sie jetzt«, sagte er.

Emma Saenz stand direkt vor der Tür. Kirk versuchte, sich wortlos an ihr vorbeizuschieben, aber sie versperrte ihm den Weg. Mit ausdruckslosem Gesicht sah sie zu ihm auf.

»Er ist sehr wichtig für sie«, sagte die Neuropsychologin langsam und zögernd. Es klang fast wie eine Frage.

Kirk wußte nicht, was sie meinte, und selbst wenn er die junge Frau verstanden hätte: Er wäre nicht bereit gewesen, ihr zu antworten. Verärgert wandte er sich um und ging fort.

Emma verharrte noch einige Sekunden lang vor dem Schott und sah ihm nach.

Sie waren noch etwa sechzig Flugminuten von Starbase 12 entfernt, als Scott zum erstenmal die Fehlfunktion der Anzeigen erwähnte.

Er schüttelte den Kopf. »Vor dem Start habe ich dieses Shuttle gründlich überprüft und dabei nicht den geringsten Defekt gefunden. Eigentlich sollte alles in bester Ordnung sein.«

»Was ist denn los?« fragte Chapel. Sie saß rechts hinter dem Chefingenieur, im Passagiersessel neben Spock. Sie hatte nicht an der Reise teilnehmen wollen, weil sie fürchtete, die unmittelbare Präsenz des Vulkaniers könne verheilte Wunden in ihr aufreißen, aber McCoy bestand darauf, daß sie Spock begleitete. In dieser Hinsicht vertraute er ihr völlig; sie würde gewiß dafür sorgen, daß diesem besonderen Patienten nichts zustieß.

»Wir sind jetzt seit drei Stunden unterwegs«, erwiderte Scott. »Aber der Indikator behauptet, es sei überhaupt kein Treibstoff verbraucht.«

Spock wölbte die Brauen und widerstand nur mit Mühe der Versuchung, den Chefingenieur zu fragen, warum er das Problem erst jetzt zur Sprache brachte. Chapel nahm sich kein Beispiel an ihm und gab ihrer Neugier nach.

»Warum haben Sie uns das nicht schon früher gesagt? Sie müssen es doch längst bemerkt haben...«

»Ich wollte Sie nicht beunruhigen.« Scott zuckte mit den Schultern. »Wissen Sie, ich dachte zunächst, die Anzeigennadel klemmt.«

»Klemmt?« wiederholte Spock. Es gelang ihm, eine Menge Ironie in dieser einen Silbe unterzubringen.

»Ja, *klemmt*«, bestätigte Scott und schien ein wenig beleidigt zu sein. »So was kommt vor. Ganz plötzlich stellt man fest, daß die Hälfte des Treibstoffs fehlt, obwohl der Indikator eben noch volle Tanks angezeigt hat. Glauben Sie etwa, ich kenne mich mit solchen Dingen nicht aus? Halten Sie mich vielleicht für einen Stümper?«

Spock beschloß, auf eine Antwort zu verzichten.

»Ergeben sich daraus irgendwelche Probleme?« fragte Chapel.

Der Chefingenieur drehte sich in seinem Sessel um. »Ach, nein, eigentlich nicht...«, begann er in einem tröstenden Tonfall.

»...es sei denn, uns geht der Treibstoff aus«, vervollständigte Spock den angefangenen Satz.

Chapel riß erschrocken die Augen auf.

»Seien Sie unbesorgt, Teuerste«, sagte Scott hastig. »Ich benachrichtige Starbase Zwölf. Wir lassen den Schaden sofort nach der Landung beheben.«

»Sie meinen, *falls* wir landen«, entgegnete Chapel kühl. »Was ist, wenn der Treibstoff zur Neige geht, *bevor* wir die Starbase erreichen?«

Scott lächelte und gab sich weiterhin zuversichtlich. »Dann treiben wir antriebslos im Raum. Aber wir können jederzeit einen Notruf senden.«

»Allerdings dauert es eine gewisse Zeit, bis Hilfe eintrifft«, warf Spock ein. »Und wenn wir uns zufälligerweise in unmittelbarer Nähe der Starbase befinden und in den Gravitationssog geraten...«

»Das genügt«, sagte Chapel fest. »Ich habe nicht nur Medizin studiert, sondern mich auch mit Physik befaßt.« Sie wandte sich von Scott ab, der jetzt den Eindruck erweckte, als bedauere er die deutliche Verbesserung von Spocks sprachlichen Fähigkeiten. Christine griff unter den Sitz und holte ein Medo-Paket hervor. »Hier, Mr. Spock. Selbst *wenn* uns eine Bruchlandung bevorsteht — ich nehme meine Pflichten weiterhin ernst.« Sie streckte die Hand aus.

Der Vulkanier betrachtete einige kleine Kapseln, die aussahen wie winzige Ovale aus poliertem Porzellan. Im Mund lösten sie sich sofort auf, ohne daß man Flüssigkeit zu sich nehmen mußte. Spock bewunderte in erster Linie ihren ästhetischen Aspekt und hielt solche Objekte kaum für die Verdauung geeignet. Behutsam nahm er sie aus Chapels Hand, vermied dabei einen Hautkontakt.

Spock war sehr dankbar dafür, daß McCoy die Neuropsychologin Emma Saenz daran gehindert hatte, ihn zu begleiten. Aber die Tatsache, daß ausgerechnet Christine Chapel an der Reise teilnahm, erfüllte ihn mit Unbehagen — obwohl er eingestehen mußte, daß es an ihrem Verhalten nichts auszusetzen gab. Ganz im Gegenteil: Sie offenbarte eine emotionale Disziplin, die ihn erstaunte. Vielleicht hatte Dr. Saenz die Krankenschwester auf seine erhöhte telepathische Sensibilität hingewiesen.

Eine Zeitlang schwiegen sie, und das einzige Geräusch stammte von den Triebwerken: ein leises, beständiges Summen. Spock spürte eine gewisse Müdigkeit und versuchte, wach zu bleiben, indem er sich auf die Kontrollkonsole konzentrierte. Wenn tatsächlich die Gefahr drohte, daß sie in der Atmosphäre von Starbase 12 verbrannten, wollte er die letzte Stunde seiner Existenz bei vollem Bewußtsein erleben.

Ruckartig hob der Vulkanier den Kopf, als Scott um Landeerlaubnis bat, stellte verlegen fest, daß er eingenickt war; normalerweise übte er völlige Kontrolle auf seine Schlafphasen aus. Aus den Augenwinkeln musterte er Chapel, die seinen Blick mied.

Starbase 12 erteilte die Anfluggenehmigung.

»Na bitte«, brummte Scott und bedachte Christine mit einem triumphierenden Lächeln. »Sieht ganz danach aus, als erreichten wir unser Ziel mit heiler Haut.«

»Haben Sie etwa daran gezweifelt, Mr. Scott?« erwiderte Chapel und gab sich überrascht.

»Oh, neeeiiin, natürlich nicht.«

Die Starbase 12 befand sich auf einem öden, unwirtlichen Planeten, und für einige bemitleidenswerte Angehörige von Starfleet gab es keinen anderen Ort, an dem sie ihren Landurlaub verbringen konnten. Die Föderation hatte dort einen Stützpunkt errichtet, weil niemand sonst Anspruch auf die Welt erhob: Die Atmosphäre enthielt giftige Gase, und die Oberfläche bestand zum größten Teil aus sterilen, leblosen Wüsten. Unter autonomen Kuppeln erstreckten sich Gebäudekomplexe mit Hangars, Restaurants und Bars. Zwar boten sie nur wenig Abwechslung, aber trotzdem herrschte in ihnen reger Betrieb. Die Starbase 12 verdankte ihre Popularität nicht etwa den Besonderheiten ihrer gastronomischen Einrichtungen, sondern der Tatsache, daß sie in diesem abgelegenen Raumsektor direkte Flugverbindungen zu einigen wichtigen Planeten bot: Rigel IV, Terra, Vulkan.

Die *Galileo* drang in die Lufthülle ein. Scotts Zuversicht verbannte alle Sorgen aus Chapel, und sie beugte sich vor, betrachtete die Darstellungen des zentralen Bildschirms. Weiße Gebäude wuchsen aus dem toten gelben Boden, und über ihnen spannten sich transparente Schilde. Die Basis kam rasch näher, und Chapel hatte den Eindruck, daß sich ihre Geschwindigkeit nicht etwa verringerte – das Shuttle schien immer schneller zu werden. Verwundert wandte sie sich an den Chefingenieur.

Sie kam nicht dazu, eine Frage an ihn zu richten. Scott starrte auf die Kontrollen: Die Indikatoren zeigten noch immer volle Tanks an, doch ein rotes Warnlicht blinkte.

»Das wär's dann wohl«, sagte Scott leise.

»O Gott«, hauchte Christine. Sie duckte sich in ihrem Sessel, beobachtete nicht mehr die Stadt, wartete auf ein donnerndes Krachen, das den Tod ankündigte.

Die Krankenschwester saß völlig still und schlang ihre Arme um die Knie, aber Spock spürte dennoch das Entsetzen in ihr. Er selbst fühlte nur vage Erleichterung. Eigentlich kam der Tod zu einem recht günstigen Zeitpunkt. Der Vulkanier war sich sicher, daß er niemand mehr von Nutzen war. Er stellte nurmehr eine Last dar, sowohl für die Besatzung der *Enterprise* als auch für Starfleet im allgemeinen und seine Familie im besonderen.

Doch für Scott und Chapel gab es nicht den geringsten Grund, hier und jetzt zu sterben. Spock versuchte, eine logische Entscheidung zu treffen, als er sah, wie Scott verzweifelt versuchte, die *Galileo* zu steuern. Die Reibungshitze war keine Gefahr mehr, denn es trennten sie nur noch wenige hundert Meter von der Oberfläche, aber der Aufschlag...

Von einem Augenblick zum anderen fiel Spock die Lösung des Problems ein. Er sah sie in Form von streiflichtartigen Bildern, die durch den Fokus seines Bewußtseins rasten. Er versuchte, Scott darauf zu hinweisen, doch plötzlich fehlten ihm wieder die Worte. Kein Laut entrang sich seiner Kehle.

Es blieb nicht mehr genug Zeit, um sich mit einer Erklärung an den Chefingenieur zu wenden. Er mußte handeln.

Kirk und Emma Saenz standen barfuß vor der Krankenstation und trugen noch immer weiße Sportkleidung.

»Warum weigern Sie sich so hartnäckig, daß ich mir die Schulter ansehe?« fragte Emma und stemmte die Hände in die Hüften. »Sie könnte ausgerenkt sein.«

Kirk zuckte zusammen, als er seine rechte Schulter berührte. Vermutlich hatte die junge Frau recht, aber der Captain schaltete trotzdem auf stur. »Vielleicht ist es nur eine Muskelzerrung. Ich brauche etwas Ruhe, weiter nichts. Es besteht kein Grund, soviel Aufhebens davon zu machen, Doktor.«

»Von ›Aufhebens‹ kann überhaupt keine Rede sein. Und wenn Sie schon auf meine Hilfe verzichten wollen... Nennen Sie mich wenigstens Emma.«

»Na schön, Emma. Ich ziehe mich jetzt in mein Quartier zurück.« Kirk drehte sich um und ging los.

»Sie sind unmöglich«, rief ihm die Neuropsychologin nach. Der Captain blieb stehen, als er den Ärger in ihrer Stimme hörte. »Und Sie machen sich lächerlich. Wir wissen beide, daß Sie starke Schmerzen haben und bestimmt nicht schlafen können. Ich bin dafür verantwortlich. Es tut mir sehr leid, daß ich Sie nicht sofort nach dem Wurf losgelassen habe.«

»Sie trifft nicht die geringste Schuld«, erwiderte Kirk rasch. Vielleicht sogar *zu* rasch – Emmas Zorn wich einem amüsierten Lächeln.

»Ist das der Grund, warum Sie nicht bereit sind, die Krankenstation aufzusuchen? Weil Sie fürchten, jemand könnte herausfinden, daß ich Sie verletzt habe?« Die Frage forderte Kirks Stolz heraus, doch Emmas Stimme klang so gutmütig, daß er nicht beleidigt war.

Er versuchte, mit den Achseln zu zucken, und neuerlicher Schmerz flammte in ihm auf. »Ich bin einfach nur falsch gefallen«, erwiderte er schlicht und spürte sofort Verlegenheit. Vielleicht hatte Emma ins Schwarze getroffen. Vielleicht wollte er wirklich nicht zugeben, daß er die Verletzung ihr verdankte. Wie gequält verzog er das Gesicht, und Emma lachte. Kirk stimmte mit ein.

»Vielleicht ist es mir peinlich – ein wenig«, gab er zu. »Aber selbst wenn das der Fall sein sollte: Ich sehe keinen Sinn darin, soviel Lärm um nichts... Au!« entfuhr es ihm.

Emmas Lächeln verblaßte. »Lärm um nichts, Captain? Wenn eine ausgerenkte Schulter unbehandelt bleibt, könnte das zu ernsten Konsequenzen führen. Dann müssen sich die Bänder regenerieren, und die Bewegungstherapie dauert mindestens einige Wochen. Nun, wenn Sie sich nicht in der Krankenstation behandeln lassen möchten... Wie wär's, wenn wir meine Kabine aufsuchen? Ich fühle mich schuldig, Captain. Im Ernst. Bitte geben Sie mir die Möglichkeit, Ihnen zu helfen.«

Kirk lächelte schief. »Na gut, Doktor.«

»Emma. Warten Sie hier auf mich. Ich bin gleich wieder da.« Sie richtete kurz den Zeigefinger auf ihn und trat durch die Tür.

Kirk blieb im Korridor stehen und kam sich viel zu auffällig vor. Zwei Minuten später kehrte Emma mit einer Medo-Tasche zurück.

»Hat Sie jemand gesehen?«

»Nur M'Benga. Seien Sie unbesorgt. Er weiß nur, daß mein Kampfpartner in der Sporthalle verletzt wurde. Ich habe keinen Namen genannt.« In Emmas Augen blitzte Erheiterung. »Komisch: Er hat gelacht. Gewissen Leuten fällt offenbar die Vorstellung schwer, daß ich jemandem gefährlich werden könnte.«

»Mich haben Sie davon überzeugt«, sagte Kirk und knirschte mit den Zähnen.

Dr. Saenz führte Kirk zu ihrer Kabine und entriegelte die Tür. Der Captain trachtete danach, die verletzte Schulter zu entspannen, und als er eintrat, rechnete er fast damit, daß McCoy auf dem Bett saß.

Das Vorzimmer ähnelte den anderen Unterkünften für Senior-Offiziere, aber als Emma das Licht im Schlafzimmer einschaltete, blinzelte Kirk überrascht.

»Gefällt es Ihnen?« fragte die junge Frau und näherte sich dem Bett.

Der ganze Raum — Wände, Decke, Boden, auch die Einrichtungsgegenstände — glänzte in einem reinen, blendenden Weiß. In ihrem weißen Gewand verschmolz Emma mit der Umgebung, erschien wie eine lebendige Erweiterung des Zimmers, erkennbar nur an dem schwarzen Gürtel, den dunklen Haaren und Augen, ihrer olivfarbenen Haut.

»Ungewöhnlich, aber interessant«, brachte Kirk hervor und preßte die Lippen zusammen.

»Es tut sehr weh, nicht wahr? Setzen Sie sich.«

Er ließ sich auf die Bettkante sinken. »Hat man es nicht nach einer Weile satt, keine Farben zu sehen?«

»Weiß vereint alle Farben in sich, Captain«, murmelte die junge Frau geistesabwesend. Mit routiniertem ärztlichen Geschick strich sie das Oberteil von Kirks Umhang beiseite, wich ein wenig zurück, betrachtete die Schulter und schnalzte mißbilligend mit der Zunge. »Das sieht gar nicht nach einer Muskelzerrung aus. In der Krankenstation hätten wir einen Scanner einsetzen können, aber hier bin ich auf meine Hände angewiesen, um Ihren Zustand zu diagnostizieren.« Sie zögerte kurz. »Es könnte ziemlich schmerzhaft werden.«

»Macht nichts«, behauptete Kirk.

Emma trat hinter den Captain, und ihr Lächeln entging

ihm. Sie streckte eine schmale, zarte Hand aus, fand die richtige Stelle zwischen Schulterblatt und Schlüsselbein, drückte zu.

Kirk stieß einen Fluch aus und wollte aufspringen, aber die junge Frau hielt ihn fest.

»Hab' ich's mir doch gedacht. Ausgerenkt. Zum Glück sind die Bänder nicht betroffen, aber wir müssen das Gelenk ruhigstellen. Ich fürchte, die Schmerzen lassen erst in einigen Tagen nach.« Emma öffnete die Medo-Tasche.

Kirk saß auf dem Bett und spürte noch immer ein fast unerträglich heißes Brennen. Er atmete mehrmals tief durch, bevor er sagte: »Für eine Neuropsychologin kennen Sie sich erstaunlich gut mit Schultern aus, Doktor.«

»Emma«, berichtigte sie ihn. »Ich habe vier Jahre lang Allgemeinmedizin studiert, wie jeder Arzt.« Sie stand noch immer hinter ihm, und deshalb konnte Kirk ihr Gesicht nicht sehen. Der Tonfall deutete jedoch darauf hin, daß sie lächelte. »Außerdem: Es geschieht nicht zum erstenmal, daß ich einen Wettkampfgegner zusammenflicken muß.«

»Ich werde daran denken, wenn wir das nächste Mal gegeneinander antreten, Emma.« Dreimal hatte ihn die junge Frau aufgefordert, sie mit ihrem Vornamen anzusprechen, obgleich sie sich noch immer auf seinen Rang beschränkte. Vermutlich erwartete sie ein ähnliches Angebot von Kirk, doch er konnte sich nicht dazu durchringen. Es gab keine Frau an Bord der *Enterprise*, die ihn Jim nannte. Wenn er jetzt eine Ausnahme machte, so konnten sich unabsehbare Folgen daraus ergeben.

Ohne jede Vorwarnung preßte ihm Emma einen Injektor an die Schulter, und die Ladekapsel entlud sich mit einem leisen Zischen.

»Was haben Sie mir da gegeben?« Kirk schauderte unwillkürlich, als eine Art von Wärme in ihm entstand. Die Wände des Zimmers schienen plötzlich näher zu kriechen.

»Cortrazid für die Entzündung und ein Analgetikum.« Emma trug einen Aerosolverband auf, der sofort hart wurde.

»He, ich kann den Arm kaum mehr bewegen«, klagte Kirk.

»Das ist auch Sinn der Sache.« Die junge Frau betrachtete ihr Werk. »Während der nächsten Tage bleibt der Verband starr, um die Heilung zu ermöglichen. Ich garantiere Ihnen, daß ich in rund einer Woche Gelegenheit habe, andere Teile Ihrer Anatomie zu verletzen.«

Kirk lächelte. Der Schmerz in seiner Schulter ließ jetzt rasch nach, und er entspannte sich langsam. Erneut wanderte sein Blick durchs Zimmer, diesmal mit weitaus mehr Interesse. »Ich glaube, ich finde allmählich Gefallen daran. Kühn und verwegen. Es paßt zu Ihnen.«

Emma lachte. »Sie sind also zu dem Schluß gelangt, daß Weiß gar nicht so schlecht ist, oder? Nun, das gibt einen guten Hinweis auf Ihre Persönlichkeit.«

»Erwacht wieder die Psychologin in Ihnen, Doktor? Verzeihen Sie – Emma.«

»Sie sollten berücksichtigen, daß ich für die Gestaltung meines Quartiers verantwortlich bin. Es verrät also mehr über mich.«

Kirks innere Anspannung hatte sich inzwischen völlig verflüchtigt, und er fühlte sich geradezu verdächtig wohl. »Offenbar teilen wir einige Eigenschaften und Wesenszüge. Nur zu – beginnen Sie mit der Psychoanalyse.«

»Fordern Sie mich auch auf diesem Gebiet heraus?« fragte Emma mit sanfter Ironie. Sie blieb auf der anderen Seite des Bettes stehen, sah den Captain an und schmunzelte. »Zunächst einmal: Wir mögen beide Weiß.«

Kirk hob die linke Hand. »Ich kann mir denken, was ein Psychiater davon hielte.«

Er schürzte die Lippen, gab sich betont ernst. »Weiß, hmm... Sie ziehen ein einfaches, geradliniges Leben vor. Und Sie verabscheuen Komplikationen.«

»Wer nicht?«

»Wirklich schade, daß es nicht so sein kann.« Kirk seufzte.

»Was?«

»Das Leben«, intonierte der Captain in einem übertrieben dramatischen Tonfall. »Zu viele Grauschattierungen, zu viele Kompromisse. Wir hätten es sicher leichter, wenn alles schwarz oder... weiß wäre.«

»Das ist nie der Fall«, erwiderte Emma Saenz. Sie lächelte nicht. »Manchmal bleibt einem nichts anderes übrig, als sich mit den Mächten des Bösen zu verbünden, um Gutes zu bewirken.« Ihre Lippen bildeten nun einen dünnen Strich, und irgend etwas an der jungen Frau erinnerte Kirk an Natahia, an seine erste Begegnung mit der kleinen, würdevollen aritanischen Repräsentantin. Sie hatte traurig gewirkt, als sie sich bereit erklärte, die Hilfe der Föderation in Anspruch zu nehmen, die modernen Waffen Starfleets zu verwenden, um ihr Volk zu schützen... »Das gilt insbesondere für meinen Arbeitsbereich«, fügte Emma hinzu.

»Aber Sie sind Ärztin«, sagte Kirk verblüfft. »Warum sollte es für jemanden wie Sie notwendig werden, sich ›mit den Mächten des Bösen zu verbünden‹?«

Emma lachte kurz, trat näher und blieb so vor Kirk stehen, als warte sie auf etwas. Die Verlegenheit kehrte in den Captain zurück – er hätte sich längst verabschieden und die Kabine verlassen sollen. Unsicher stand er auf und schwankte.

»Täusche ich mich, oder ist es wirklich ziemlich warm hier drin?« Vielleicht lag es am Schlafmangel: Er fühlte sich wie berauscht, als er zur Tür taumelte. Emma griff nach seinem Ellenbogen.

»Immer mit der Ruhe, Captain. Die Injektion entspannt Sie ein wenig und hilft Ihnen dabei, heute nacht zu schlafen. Sie brauchen Ruhe, wenn die Verletzung heilen soll, und glauben Sie mir: Ohne ein starkes Sedativ könnten Sie den Schmerzen nicht entkommen.« Emma schlang den Arm um Kirks Taille und stützte ihn behutsam. »Ich begleite Sie zu Ihrem Quartier.«

Das ist nicht nötig, wollte Kirk antworten – und spürte plötzlich die unmittelbare Präsenz der jungen Frau. Er nahm den von ihr ausgehenden Duft wahr, und tief in ihm erbebte etwas.

Aus großen, wie Onyx glänzenden Augen sah Emma zu ihm auf. »Kommen Sie, ich helfe Ihnen«, betonte sie noch einmal.

Aber Kirk wollte gar nicht in seine Kabine zurückkehren. Ein Teil seines Selbst schien sich von ihm zu lösen — ein Ich-Faktor, der die Erinnerung an McCoy bewahrte. Kirks Intellekt wußte, daß sein Freund diese Frau liebte, und er versuchte, sich schuldig zu fühlen, weil er Emma berühren wollte.

Es gelang ihm nicht. McCoy war ihm plötzlich völlig gleichgültig.

»Ich heiße Jim«, sagte er.

»Jim«, murmelte die junge Frau scheu und zog den Arm zurück. Er wandte sich ihr zu, und Emma hob langsam die Hände, tastete nach seinem Gesicht. Kirk blieb stehen, spürte warme Finger an den Wangen.

»Möchten Sie jetzt in Ihr Quartier zurück, Jim?«

Der Captain musterte die kleine, zierliche und anmutige Gestalt, konnte kaum glauben, daß sie ihn verletzt hatte.

»Nein«, flüsterte er und neigte den Kopf, um Emma zu küssen. Wärme durchflutete ihn, und er gab sich ihr willig hin.

Er schloß die Augen und sah nur helles, heißes Weiß.

McCoy wanderte unruhig in seiner Kabine umher. Der Computerschirm zeigte den Text eines neurologischen Artikels, aber die nüchternen, langweiligen Formulierungen ermüdeten den Arzt. Energisch setzte er einen Fuß vor den anderen, um Benommenheit und Erschöpfung zu besiegen. Es lag ihm nichts daran, ausgerechnet jetzt zu schlafen.

Emma hätte die Sporthalle schon vor zwei Stunden verlassen sollen.

McCoy rang mit sich selbst. *Verdammt!* dachte er. *Ich verhalte mich wie ein pubertärer Knabe. Warum gehe ich nicht in die Messe und nehme das Abendessen ohne Emma ein?«* Eigentlich war er viel zu alt und zu erfahren, um die typische Falle für jeden Verliebten zuschnappen zu lassen. Er durfte nicht ständig an Emma denken und einen großen Teil seiner Zeit damit verbringen, auf sie zu warten. Er durfte nicht in seiner Kabine bleiben, nur weil er fürchtete, die junge Frau zu verpassen, wenn er das Quartier verließ.

Der Arzt nahm Platz, blieb einige Sekunden lang still sitzen und stand dann wieder auf. Aber er ging nicht etwa zur Tür, wie er sich vorgenommen hatte, trat statt dessen an die kleine Wandvitrine heran und genehmigte sich einen doppelten Bourbon. Der innere Kampf dauerte an. McCoy hatte den Dienst vor hundertzwanzig Minuten beendet, und sein Magen knurrte. Er sollte etwas essen. Und wenn Emma kam, während er in der Offiziersmesse weilte... Spielte es eine Rolle?

Er trug Glas und Flasche zum Tisch, setzte sich und fluchte. *Was bin ich doch für ein Narr! Lieber Himmel, wir sind beide erwachsen. Ich habe kein Recht, von Emma zu erwarten, daß sie sofort nach dem Sport zu mir eilt.*

Aber genau das hatte er gehofft.

McCoy hob das Glas ins Licht und betrachtete die bernsteinfarbene Flüssigkeit. In letzter Zeit hatte er nicht häufig getrunken. *Kein Wunder,* dachte er. *Es ergab sich kaum eine Gelegenheit dazu.* Während ihrer freien Zeit waren Emma und er praktisch immer zusammen. Meistens verbrachten sie die Nacht in McCoys Kabine, und tagsüber arbeiteten sie im Laboratorium der Krankenstation. Sie blieben nur dann getrennt, wenn sich die Neuropsychologin in der Sporthalle Bewegung verschaffte.

Das mochte der Grund sein. Sie sahen sich zu oft, und deshalb fürchtete Emma um ihre Freiheit. *Ich sollte ihr sagen, daß sie durchaus allein sein kann, wenn sie möchte.* Obgleich er hoffte, daß sie keinen Gebrauch von einem solchen Angebot machte.

McCoy neigte den Kopf zurück und lachte laut. Was für ein absurder Gedanke! Wenn sich Emma wirklich zu sehr bedrängt glaubte, hätte sie ihn längst darauf angesprochen

— Takt gehörte sicher nicht zu ihren Tugenden. Gerade das schätzte er so sehr: ihre Offenheit.

Der Arzt trank einen Schluck und lächelte stumm vor sich hin. Emma war wie frische Luft für seine Seele. In ihrer Gegenwart fühlte er sich jung — so jung, daß er den Altersunterschied vergaß. Es fiel ihm leicht, sie zu lieben; nie spürte er jene Art von Anspannung, die seine Ehe belastet hatte. Hinzu kam: Emma nahm nie ein Blatt vor den Mund, sprach völlig frei über alle Dinge, die sie beschäftigten. McCoy erinnerte sich jetzt wieder daran, warum man heiratete.

Nach einer weiteren Stunde und drei Gläsern Whisky schaltete McCoy das Interkom ein. Er traf überhaupt keine bewußte Entscheidung, als er versuchte, eine Verbindung zu Emmas Kabine herzustellen.

Niemand antwortete.

Er gab den Ruf-Code für die Sporthalle ein. Der Bildschirm zeigte einen schwitzenden Sulu, der seine Fechtmaske zurückschob und einen Degen in der Hand hielt. Ja, sagte der Steuermann, Emma war vor mindestens zwei Stunden gegangen, zusammen mit dem Captain, der sich offenbar die Schulter verletzt hatte.

Na bitte, dachte McCoy erleichtert und auch ein wenig beschämt, er hätte nicht der Versuchung erliegen dürfen, Nachforschungen anzustellen. Die Erklärung lautete: Emma behandelte Jim in der Krankenstation.

Einige Sekunden später erschien M'Bengas Gesicht auf dem Monitor. »Oh, ja, sie ist vor etwa zwei Stunden hier gewesen und hat eine Medo-Tasche genommen. Nein, sie sagte nur, es sei zu einem Sportunfall gekommen ...«

Der rationale Aspekt von McCoys Bewußtsein forderte ihn auf, es dabei bewenden zu lassen; aber er sah sich außerstande, diesen Rat zu beherzigen. Er versuchte es im Quartier des Captains, im Freizeitraum, auch in der Messe.

Das Blut wich aus seinem Gesicht, als er noch einmal versuchte, Emma in ihrer Kabine zu erreichen. Er wußte schon vorher, daß er keine Antwort erwarten durfte.

Niedergeschlagen ließ er Kopf und Schultern hängen.

Sulu wandte sich erneut seinem Fechtpartner zu, schob die Maske jedoch nicht wieder vors Gesicht. »Ich glaube, das genügt jetzt.« Schweiß rann an den Schläfen herab.

»Müde?« erklang eine sanfte, ruhige Stimme.

»Nun...« Sulu lächelte und verzog das Gesicht. »Wir duellieren uns seit fast zwei Stunden. Das Fechten macht mir Spaß, aber man kann alles übertreiben.«

Sein Partner nahm die Maske ab, und darunter kam ein helles Gesicht zum Vorschein, in dem weiße Zähne glänzten. Auf der Stirn zeigte sich eine dünne Feuchtigkeitsschicht, als habe der Mann gerade erst zu schwitzen begonnen. Vor einigen tausend Jahren hatten sich klingonische Kolonisten auf dem Planeten Radu niedergelassen, aber im Gegensatz zu ihren aggressiven Verwandten waren die Radu ein friedliebendes Volk, das seine Intelligenz nicht in den Dienst des Kriegs stellte.

»Sind Sie wirklich nicht erschöpft?« fragte Sulu. »Soweit ich weiß, herrscht auf Radu eine Schwerkraft, die nur geringfügig vom terranischen Standard abweicht. Aber Sie scheinen die Ausdauer eines Vulkaniers zu haben.«

»Danke«, sagte Varth Regev und strich sein kupferfarbenes Haar glatt. »Ich bemühe mich, in Form zu bleiben. Sollen wir jetzt in die Sauna gehen?«

Die Dampfschwaden in der Sauna waren so dicht, daß Sulu kaum zwei Meter weit sehen konnte. Varths Gestalt bot sich ihm nur schemenhaft dar, aber trotzdem erkannte er dicke Muskelstränge. *Ich bemühe mich, in Form zu bleiben.* Was für eine Untertreibung!

Varth nahm auf der warmen Fliesenbank Platz, und Sulu setzte sich neben ihn. »Worum ging es bei dem Interkom-Anruf?« brummte der Radu. »Erkundigte sich jemand nach dem Captain?«

»Nein, diesmal nicht«, entgegnete der Steuermann,

schloß die Augen und versuchte, die fast unerträgliche Hitze zu ignorieren. »Dr. McCoy fragte nach Dr. Saenz.«

»Bestimmt aus rein beruflichen Gründen«, kommentierte Varth unschuldig.

Sulu lächelte stumm, wirkte wie ein meditierender Buddha.

»Sie ist klein«, stellte der Radu fest. »Aber wer gegen sie antritt, sollte sie nicht unterschätzen.«

»Ich schätze, den Captain hat's ganz schön erwischt«, sagte Sulu, ohne die Augen zu öffnen. »Ein deutlicher Hinweis auf Dr. Saenz' Fähigkeiten.«

»Versteht sich der Captain so gut auf den Nahkampf?«

Sulu nickte kurz. »Für gewöhnlich übt er mit Mr. Spock. Und sie sind – ich meine, sie *waren* – ebenbürtige Gegner. Nun, ich habe gehört, daß Dr. Saenz einige Zeit auf Vulkan verbracht hat.«

»Offenbar hat sie dort den einen oder anderen Trick gelernt.«

»Ja«, bestätigte Sulu. »Der Captain schien ziemliche Schmerzen zu haben. Ich fürchte, dadurch wird sich seine Stimmung nicht gerade verbessern.«

Varth wirkte betroffen. »Vermutlich haben Sie recht.«

Sulu musterte ihn durch den wallenden Dunst und wischte sich die kondensierte Feuchtigkeit von der Stirn. »Er nimmt Sie ziemlich hart ran, was?«

»Er hält nichts von mir«, stellte Varth sachlich fest. »Aber der Grund dafür ist mir ein Rätsel. Wenn ich nur wüßte, was ich falsch gemacht habe...«

Sulu klopfte ihm kurz auf die Schulter. »Es liegt nicht an Ihnen. Sie wissen sicher, daß Sie gute Arbeit leisten.«

»Ja«, pflichtete ihm der Radu bei.

»Es ist nur... Der Captain und Mr. Spock standen sich sehr nahe. Er kann sich nur schwer damit abfinden, daß jemand anders die Stelle des Vulkaniers einnimmt. Aber ich kenne ihn als fairen und gerechten Kommandanten. Er wird sich an Sie gewöhnen.«

»Hoffentlich bald«, murmelte Varth.

Kirk rollte langsam vom Bett, verfluchte das beständige Summen und zuckte zusammen. Stechender Schmerz erinnerte ihn an die Schulterverletzung. Erschrocken riß er die Augen auf und entspannte sich wieder, als er die vertraute Umgebung seiner Kabine sah. Er schüttelte den Kopf und versuchte, sich zu erinnern: der Zweikampf in der Sporthalle, ein unglücklicher Sturz, Emma Saenz, die ihn behandelte... Er errötete plötzlich, als er sich daran entsann, sie geküßt zu haben – und weil sonst Leere in seinem Gedächtnis herrschte. Wann und wie war er zurückgekehrt? Hatte man ihn etwa *getragen?*

Das Summen wiederholte sich, verklang erst, als Kirk zur Tür wankte und sie öffnete.

Ingrid Tomson stand im Korridor und öffnete den Mund, um etwas zu sagen. Doch sie schloß ihn wieder, als die den Captain sah, und ihre blassen Wangen verfärbten sich, gewannen einen rosaroten Glanz.

»Ja?« brummte Kirk. Er ahnte, was für einen Anblick er bot: nackte Brust, an der rechten Schulter ein Aerosolverband, als einziges Kleidungsstück eine weiße, weite Hose – von der Tomson vermutlich annahm, sie gehöre zu einem altertümlichen Schlafanzug. Er schwankte ein wenig – die Wirkung des Sedativs hatte noch nicht ganz nachgelassen.

Es dauerte nur einige wenige Sekunden, bis sich Ingrid Tomson von ihrer Überraschung erholte. Sie wirkte jetzt nicht mehr ruhig und phlegmatisch, sondern nervös und aufgeregt. »Es tut mir leid, Sie zu stören, Sir, aber Sie wiesen mich an, sofort Bericht zu erstatten, wenn...«

»Kommen Sie zur Sache, Lieutenant«, sagte Kirk scharf.

»Inzwischen haben sich neue Anhaltspunkte ergeben, und wir glauben jetzt, den Täter identifizieren zu können.« Tomson lächelte zuversichtlich. »Ich hielt es für besser, Sie persönlich zu benachrichtigen, Sir. Wir haben den mutmaßlichen Mörder noch nicht verhaftet, und ich wollte vermeiden, daß irgend jemand mithört.«

»In Ordnung. Kommen Sie herein, Lieutenant.«

Tomson betrat die Kabine, und hinter ihr erklang ein dumpfes Fauchen, als das Schott zuglitt.

»Ein Mitglied der Besatzung?« fragte Kirk interessiert, ohne den Enthusiasmus des Sicherheitsoffiziers zu teilen.

»Ja, Sir. Bisher sind es nur Indizien, aber meiner Meinung nach reichen sie aus, um die betreffende Person unter Arrest zu stellen.«

»Wen meinen Sie?«

»Lieutenant Commander Scott, Sir...«

»Scotty? Das kann doch nicht Ihr Ernst sein, Tomson...«

»Als wir Fähnrich al-Baslama ein Wahrheitsserum verabreichten, konnte er sich deutlich an alle Einzelheiten erinnern. Bei seiner Aussage ergab sich folgendes: Eine halbe Stunde vor dem Verschwinden des Gefangenen suchte Mr. Scott den Arrestbereich auf und verhielt sich recht seltsam. Er blieb einige Minuten lang vor dem Kraftfeld stehen, beobachtete den Romulaner und murmelte etwas, bevor er wieder ging.«

»Das genügt wohl kaum, um ihn zu verhaften, Lieutenant. Verhören Sie ihn meinetwegen, aber...«

»Das ist noch nicht alles, Sir. Al-Baslama entsann sich auch daran, daß die energetische Barriere genau in dem Augenblick desaktiviert wurde, als man auf ihn schoß. Dem Nachrichtendienst von Starfleet liegen keine Informationen über einen Schirmfeld-Neutralisator vor. Nun, wenn weder der Pirat noch Fähnrich al-Baslama die Schildprojektoren ausgeschaltet haben, so gibt es nur eine mögliche Erklärung.«

»Man unterbrach die Energiezufuhr vom Maschinenraum aus«, sagte Kirk.

»Ja, Sir. Jemand manipulierte das für Notfälle bestimmte zweite Kontrollsystem.«

»Mr. Scott arbeitet zwar im Maschinenraum, aber das bedeutet nicht unbedingt, daß er die Kontrollen bediente.«

Tomson schüttelte den Kopf. »Tut mir leid, Sir. Wir haben einige Techniker und Ingenieure befragt, und Fähnrich Dobson gab zu Protokoll, daß Mr. Scott die entsprechenden Konsolen überprüfte, als das Kraftfeld im Zugang der Arrestzelle zusammenbrach.«

In Kirks Wangen zuckte es. Er starrte stumm zu Boden, und es dauerte eine Weile, bis er wieder aufsah.

»Es dürfte Ihnen sehr schwer fallen, den Verdächtigen zu verhaften, Lieutenant«, sagte er langsam.

Tomson musterte ihn verwirrt.

»Mr. Scott befindet sich nicht mehr an Bord. Er ist mit einem Shuttle zur Starbase Zwölf unterwegs. Spock und Chapel begleiten ihn.«

Der Sicherheitsoffizier erbleichte. »Dann sollten wir einen offiziellen Haftbefehl herausgeben und die Fahndung einleiten.«

Kirk schüttelte sofort den Kopf. »Nein. Er kommt bestimmt zurück, Lieutenant.«

Tomson schnappte unwillkürlich nach Luft. »Sir, Mr. Scott könnte der Mörder sein, und derzeit hat er eine gute Fluchtmöglichkeit. Ich muß darauf bestehen, daß wir Starfleet benachrichtigen.«

»Ich erwarte meinen Chefingenieur in etwa fünf Stunden«, erwiderte Kirk fest. »Verhören Sie ihn unmittelbar nach seiner Rückkehr.«

»Und wenn er nicht zurückkehrt?«

»Eine solche Vorstellung halte ich für absurd. Wenn er sich auch nur zehn Minuten verspätet, können Sie Haftbefehl erlassen und *mich* in der Arrestzelle unterbringen.«

»Ja, Sir«, bestätigte Tomson kühl. Kirk zweifelte nicht daran, daß sie entschlossen war, ihn beim Wort zu nehmen.

KAPITEL 6

Die Sonne namens Eridani 40 glitt langsam hinter dem vulkanischen Horizont hervor — eine rötliche Scheibe, die sich bis zum Mittag in einen lodernden Feuerball verwandeln würde. Die Dunkelheit der mondlosen Nacht kroch fort, und das Grau der Wüste gewann scharlachrote Tönungen, während aus dem Indigoblau des Himmels ein noch sanftes Gelb wurde. Die Berge in der Ferne blieben pechschwarz.

Nichts war so still und friedlich wie die Morgendämmerung in der Ebene. Noch ruhte der heiße Wind, der über Vulkans Wüsten blies, wenn Eridani höher kletterte. Eine kühle Brise trug das melodische Zwitschern der *Teresh-kah*, der Silbervögel, mit sich; sie sangen nur, um die aufgehende Sonne zu begrüßen.

Ein einsamer, von der nächtlichen Wanderung erschöpfter Mann schloß die Augen und lauschte dem Gesang der *Teresh-kah*. Er stand völlig reglos, bis die ersten warmen Böen über die Landschaft strichen, ging erst weiter, als das Zwitschern verklang. Langsam setzte er einen Fuß vor den anderen und näherte sich der kleinen Wüstenstadt Shi-Kahr.

Im Osten erstreckten sich die dunklen Arlanga-Berge, ein gewaltiges, düster wirkendes Massiv. Dort hatte sich der Mann als siebenjähriger Knabe dem *Kahs-wan*-Test gestellt, einer Prüfung, die Reife beweisen sollte. Die Furcht zu versagen wurde damals so stark, daß er nicht den Beginn des Rituals in der Sas-a-shar-Öde abwartete, sondern schon vorher zu den Bergen ging. Im Gebirge drohten weitaus mehr Gefahren als in der Ebene, und wenn er sie bestand, brauchte er die Wüste nicht mehr zu fürchten. In jenem Jahr hatte er die Ödnis von ShiKahr zweimal durchquert, einmal nach Osten, zum Massiv, das zweitemal nach Westen, in Richtung Sas-a-shar.

Jetzt durchquerte Spock die Ebene zum drittenmal, eine fünfzehn Kilometer breite Wüste zwischen der vulkanischen Hauptstadt ShanaiKahr und dem Ort seiner Geburt.

ShiKahr war klein, und nur selten verirrten sich Touristen dorthin. Aus diesem Grund gab es nur eine Shuttle-Verbindung: Morgens flogen die Einheimischen zur Hauptstadt und abends kehrten sie wieder zurück. Spock hatte ShanaiKahr kurz nach dem Start des Abendshuttles erreicht, und er hätte eine Nacht und einen Tag auf den nächsten Flugtermin warten müssen. Statt dessen beschloß er, sich sofort auf den Weg zu machen.

Er sah keinen Sinn darin, sich mit einer entsprechenden Erklärung an Chapel zu wenden. Spock zog es vor, die Wüste allein zu durchqueren; Rücksichtnahme und Höflichkeit verboten, daß er seine Familie verständigte und darum bat, mit einem Gleiter abgeholt zu werden. Die Krankenschwester hätte darauf bestanden, ihn zu begleiten, und deshalb ließ er sie in dem Glauben, es sei ganz einfach, ein Shuttle zu finden. Auf diese Weise befreite er sie von ihrer Verantwortung ihm gegenüber. Bei der Bruchlandung in den Sanddünen von Starbase 12 hatte sie sich den Fuß gebrochen, und sie lehnte es ab, starke schmerzstillende Mittel zu nehmen, wies auf ihre Pflicht hin, sich um Spock zu kümmern. Der Vulkanier legte einen speziellen Druckverband an, doch Chapel konnte sich kaum auf den Beinen halten, und Spock stützte sie, als sie auf Vulkan die Raumfähre verließen. Im Terminal kaufte er ein Ticket für den Rückflug nach Starbase 12 – Scott reparierte dort die *Galileo* –, und Chapel nahm es ohne irgendwelche Einwände entgegen.

Spock vernahm den fast schrillen Schrei eines *Le matya*, und daraufhin kehrten seine Gedanken wieder in die Gegenwart zurück. Er blieb nicht noch einmal stehen, ging mit ruhigen, gleichmäßigen Schritten. Wenn der *Le matya* seine Witterung aufnahm, geriet er in große Gefahr, aber trotzdem regte sich keine Furcht in ihm. Er dachte an die vielen Mühen und Erniedrigungen, die ihm bevorstanden – vielleicht wäre ein schneller Tod besser gewesen...

Das Raubtier hatte noch nicht angegriffen, als Spock den Stadtrand erreichte, einen grünen Gürtel, der ganz ShiKahr umgab. Hier drohte ihm keine Gefahr mehr. In den Büschen und Sträuchern verbargen sich Sensoren, die unerwünschte Lebewesen fernhielten, Vulkanoiden, Humanoiden und Haustiere jedoch ungestört passieren ließen.

Die staubigen Straßen der Stadt waren so leer wie die Wüste. Hier und dort wirbelte der heiße Wind Sand auf. Spock begegnete niemandem, als er durch ShiKahr wanderte und sich dem Haus seines Vaters näherte. Vor der Gartenmauer verharrte er kurz. Das schwere Tor bestand aus massivem Gestein und dunklem, auf Hochglanz poliertem Ebenholz. Ein kleines Metallschild hing dicht unter Spocks Augenhöhe, und es zeigte eine Hieroglyphe, ein uraltes Symbol, dessen verbales Äquivalent nur noch dem betreffenden Clan bekannt war. Man benutzte es nicht in der modernen Schriftsprache, denn kein Fremder durfte den Namen eines Vorfahren aussprechen. Dieser Brauch hatte tiefe Wurzeln in der kollektiven vulkanischen Erinnerung, reichte bis zu einer Zeit zurück, in der man den Ahnen nicht nur mit Respekt begegnete, sondern sie als gottartige Entitäten verehrte.

Spock hielt die Hand vor das verschnörkelte Zeichen. Irgendwo summte es leise, und das schwere Tor schwang auf.

Ein unvorbereiteter Besucher wäre sicher sehr überrascht gewesen: Hinter der nackten Mauer erstreckte sich ein breites, hohes Dickicht aus Dutzenden von verschiedenen Pflanzen, erinnerte an einen tropischen Regenwald. Spock schritt über den steinernen Gartenpfad, und kurz darauf betrat er das Haus. Er durchquerte das Hauptzimmer, verlor keine Zeit damit, sich in dem großen Raum umzusehen. Eine lange, anstrengende Nacht lag hinter ihm, und er sehnte sich nach erholsamem Schlaf. Müde ging er durch den schmalen Flur, öffnete eine ganz bestimmte Tür.

Der Anblick seines alten Schlafzimmers schuf angenehme Ruhe in ihm. Alles wirkte vertraut; es schien sich überhaupt nichts verändert zu haben.

Mit einer Ausnahme.

Spock streifte den Umhang ab und trat auf das Bett zu, als sich eine junge Frau — kaum mehr als ein Mädchen — aufrichtete und ihre Blöße hastig mit dem Laken bedeckte. Er erkannte vulkanische Züge in ihrem Gesicht, doch seltsamerweise unternahm sie nicht den geringsten Versuch, ihre Gefühle unter Kontrolle zu halten. Spock spürte Schrecken, nahm dann eine Mischung aus Scham und Zorn wahr.

»Warum kommen Sie hierher?« zischte sie auf Englisch, und in ihrer Stimme vibrierte deutlicher Ärger. »Ich habe doch versprochen, daß ich alles in die Wege leiten werde.«

Die Worte blieben ohne jeden Sinn für Spock. Er schwieg, gab keine Antwort.

Einige Sekunden lang musterte ihn die junge Frau argwöhnisch, entspannte sich dann. »Wer sind Sie?« fragte sie auf Vulkanisch.

Spock war so sehr überrascht, daß er aus einem Reflex heraus erwiderte: »Spock.«

Trotz der Dunkelheit bemerkte er die Schönheit der Unbekannten. Glänzendes schwarzes Haar reichte bis zu ihrer Taille herab. Sie zwinkerte einige Male und schien nicht sicher zu sein, ob sie träumte oder wachte.

Eine schreckliche Ahnung suchte Spock heim: Vielleicht hatte er das falsche Haus betreten; und er war so dumm gewesen, einen Namen zu nennen. Wenn das stimmte... Bis zum nächsten Abend würden alle Bewohner ShiKahrs von seinem unverzeihlichen Verhalten erfahren. Angesichts dieser überaus peinlichen Situation verließen ihn die letzten Reste von Logik, und er antwortete mit einer Redewendung, die er von seiner Mutter gelernt hatte — mit englischen Worten, für die es kein vulkanisches Äquivalent gab.

»Ich bitte um Entschuldigung.« Spock verließ das Zimmer, und in Gedanken verfluchte er sein unzuverlässiges Erinnerungsvermögen. Hatte er die Hieroglyphe auf dem Tor falsch gedeutet? Wenn er seinen Sinnen nicht mehr trauen konnte, wie sollte er dann Sareks Haus finden?

Von Verwirrung halb betäubt, wankte er durch den Flur und näherte sich dem Ausgang, doch im Hauptraum blieb er noch einmal stehen. Er wirkte ebenso vertraut wie das Schlafzimmer. In der einen Ecke stand Sareks Harfe, in der anderen Amandas Klavier. Darüber hing ein Bild, ein viele Jahre altes Familienporträt, das von einem terranischen Künstler stammte.

Es zeigte eine sitzende Frau, aufrecht und würdevoll, das blonde Haar der vulkanischen Tradition gemäß hochgesteckt. Ein dünnes, kaum merkliches Lächeln umspielte ihre Lippen. Hinter und neben dem Stuhl stand ein sehr ernster, zehnjähriger Knabe. Er wahrte einen gewissen Abstand zu Amanda, und für sein Alter schien er recht klein zu sein. Spock erinnerte sich: Andere Kinder hatten ihn deswegen häufig verspottet. *Zwerg,* hörte er die gehässigen Stimmen. Und: *Mischling. Halbblut.* Kinder, die noch nicht alle Regeln der vulkanischen Disziplin beherrschten... Aufmerksam betrachtete er das Bild. Braunschwarzes Haar reichte dem Knaben tief in die Stirn; damals war es immer zu schnell gewachsen, sehr zum Verdruß seiner Mutter. Und die spitz zulaufenden Ohren — sie schienen viel zu groß zu sein, wenn man sie mit dem schmalen Gesicht verglich.

Amanda hatte recht behalten: Inzwischen herrschten die richtigen Proportionen.

Spock war immer davon überzeugt gewesen, daß es zwischen Mutter und Sohn nicht die geringste Ähnlichkeit gab. Doch als er jetzt genauer hinsah, glaubte er, subtile Gemeinsamkeiten zu erkennen. Zum Beispiel die Augen...

Er nahm auf dem bequemen, weich gepolsterten Sofa Platz. Die junge Frau in seinem Zimmer... Wahrscheinlich nur eine Halluzination, hervorgerufen von zu intensiven

Sinneseindrücken, von Erschöpfung und den Nachwirkungen seiner Hirnverletzung. Vielleicht hätte er darauf verzichten sollen, die Wüste zu Fuß zu durchqueren. Er überlegte kurz, ob er in seinen Raum zurückkehren und sich vergewissern sollte, daß dort wirklich keine Fremde schlief, aber er sank zurück, als ihm plötzlich die Augen zufielen.

»Spock.«

Er vernahm eine weiche, sanfte Stimme, hob die Lider und wußte zunächst nicht, wo er sich befand.

Amanda stand mit dem Rücken zum großen Fenster, durch das man in den Garten sehen konnte. Das Licht der aufgehenden Sonnen hüllte sie in einen strahlenden Halo, so daß ihr Gesicht verborgen blieb. Spock versuchte sich aufzurichten, aber seine Mutter schüttelte kurz den Kopf und nahm neben ihm Platz.

Sie war jetzt älter als die Frau auf dem Gemälde. Silberne Strähnen durchzogen das goldene Haar, und das harte Leben auf Vulkan hatte tiefe Falten in ihren Augenwinkeln hinterlassen. Sie streckte die Hand zum rituellen Gruß aus: Zeige- und Mittelfinger aneinandergepreßt, der Daumen über die anderen Finger gekrümmt – ein Symbol für die Einheit der Ehe oder des Blutes. Schon seit langem erfüllte sich Amanda Grayson nicht mehr den Wunsch, ihre Zuneigung mit einer Umarmung zum Ausdruck zu bringen. Sie hatte viele Jahre gebraucht, um diesen Instinkt zu überwinden.

Das sanfte Lächeln in ihren Mundwinkeln erinnerte Spock einmal mehr an seine Kindheit. Seltsamerweise spürte er kaum Emanationen von ihr: Ganz gleich, was sie angesichts der Wiederbegegnung mit dem Sohn empfand – sie schirmte ihre Gefühle ab. Eine für Menschen recht erstaunliche Fähigkeit, die sie von Sarek gelernt hatte.

»Ich habe heute nacht jemanden gehört, aber ich dachte zuerst, dein Vater sei früher als erwartet heimgekehrt. Sag jetzt bloß nicht, daß du den Weg von der Hauptstadt bis nach ShiKahr zu Fuß zurückgelegt hast.«

Wie du meinst, dachte Spock. »Vater ist nicht hier?« fragte er auf Englisch. Sarek und er benutzten immer Amandas Muttersprache, wenn sie sich mit ihr unterhielten. Sie konnte sich auch auf Vulkanisch verständigen – zumindest einigermaßen, wie sie selbst einschränkte –, aber die Zischlaute fielen ihr trotz der linguistischen Ausbildung sehr schwer.

»Er nimmt an einer Sondersitzung des Rates in Shanai-Kahr teil und meinte, bis heute abend sei er zurück.«

Spock spürte so tiefe Erleichterung, daß er sich deswegen fast schämte. Während der Wüstenwanderung hatte er immer wieder daran gedacht, wie Sarek auf das Fehlen seiner mentalen Schilde reagieren mochte. Bestimmt nahm er Anstoß an dem psychischen Chaos, das in seinem Sohn tobte. Was Amanda anging, machte er sich kaum Sorgen. Sie war keine Telepathin, konnte also nicht feststellen, wie es hinter seiner Stirn aussah, wie sehr er sich manchmal vom vulkanischen Ideal der Logik und Vernunft entfernte. Sie würde ihm nur Zuspruch gewähren und versuchen, ihn zu verstehen – Tugenden, die Sarek nicht teilte. Vielleicht verdankte es Spock seiner Mutter, daß es ihm nicht weiter schwerfiel, mit Menschen zusammenzuarbeiten, daß er zur Besatzung der *Enterprise* gehörte.

Wie lange noch? flüsterte es irgendwo in ihm. *Ein anderer Erster Offizier nimmt meinen Platz auf der Brücke ein, und wenn ich mich nicht vollständig erhole, wenn es mir nicht gelingt, ganz zu meinem ursprünglichen Ich zurückzufinden...*

Spock verdrängte diesen Gedanken.

»Ich habe mit Dr. McCoy gesprochen«, fuhr Amanda freundlich fort. »Er sagte mir, daß du eine bestimmte Arznei benötigst... Wenn du sie mir gibst, sorge ich dafür, daß du sie immer pünktlich bekommst.«

Spock nickte knapp – und drehte ruckartig den Kopf, als er eine Bewegung im Flur wahrnahm.

Eine Gestalt stand dort, schwarz und weiß, jene Erscheinung, die er in der vergangenen Nacht gesehen hatte. Bisher war er davon überzeugt gewesen, daß es sich um ein Trugbild handelte, doch jetzt...

Die Fremde verharrte im Korridor und wollte offenbar nicht stören. Sie trug ein schlichtes weißes Gewand, dessen Saum fast den Boden berührte, und das schwarze Haar war sorgfältig zusammengebunden und hochgesteckt. Ein vulkanisches Gesicht, ja, aber in Haltung und Gebaren entdeckte Spock etwas, das dem äußeren Erscheinungsbild widersprach, eine vage Impulsivität und Sprunghaftigkeit — Aspekte, die ein Mensch sicher übersehen hätte, einem Vulkanier jedoch sofort auffielen. Ein anderer Eindruck bestätigte sich: eine sehr junge Frau, höchstens neunzehn. Und außerordentlich attraktiv.

Amanda begegnete ihr mit solcher Herzlichkeit, daß Spock vermutete, sie sei eine Verwandte, von der er bisher nichts wußte. »T'Pala«, sagte sie. »Komm herein. Ich möchte dir Spock vorstellen.«

Ihr Tonfall weckte Unbehagen in dem Vulkanier. Er glaubte, ihn schon einmal gehört zu haben. Aber wo? Und wann?

Dann fiel es ihm ein. Als ihn Amanda seiner früheren Verlobten T'Pring vorgestellt hatte. Er erhob sich steif.

T'Pala bewegte sich mit müheloser, natürlicher Eleganz, betrat das Zimmer und blieb vor dem Porträt stehen. »Ihr Sohn«, sagte sie und begrüßte Spock mit einem ernsten Nicken, das nicht ganz über ihr Interesse hinwegtäuschte. Sie deutete kurz aufs Bild. »Die Ähnlichkeit ist unverkennbar. Wie ich hörte, sind Sie ein sehr verdienstvoller Mann.« T'Pala wandte sich an Amanda. »Wir haben uns bereits kennengelernt. Allerdings versäumte ich dabei meinen Namen zu nennen.«

Amanda sah ihren Sohn erstaunt an, und Spock spürte T'Palas Erheiterung. »In der vergangenen Nacht«, sagte er leise.

Seine Mutter schien sich vorzustellen, was geschehen war. Taktvoll wechselte sie das Thema. »T'Pala ist unser

Gast«, wandte sie sich an Spock. »Sie beendet gerade ihr Studium an der Akademie von ShanaiKahr.«

»Ihre Eltern sind sehr freundlich«, sagte T'Pala. »Sie boten mir an, hier zu wohnen, und dadurch konnte ich mein Studium ohne Unterbrechung fortsetzen.«

Es lag Spock nichts daran, eine oberflächliche Konversation mit der jungen Frau zu führen, aber um Amandas willen gab er höfliches Interesse vor. »Ihre Familie lebt also nicht in der Hauptstadt?« Andernfalls wäre sie wohl kaum Gast im Hause seines Vaters. Es kam recht häufig vor, daß man solche Vereinbarungen traf: Studenten, die weit entfernte Lehrinstitute besuchten, lebten bei fremden Familien, um Wohnkosten zu sparen.

T'Pala senkte den Blick. »Meine Eltern sind tot. Wenn Sie mich jetzt entschuldigen würden... Ich muß mich beeilen, um rechtzeitig das Shuttle zu erreichen. Heute stehen zwei mündliche Prüfungen auf dem Programm.«

Sie eilte fort, bevor Spock antworten konnte.

»Nun?« fragte Amanda.

Er wölbte die Brauen und zeigte einen Gesichtsausdruck, den seine Mutter gut kannte. »Ich habe noch kein vollständiges Bild von ihr gewonnen...«

»Aber?«

Spock runzelte die Stirn. »Nun, ihr Verhalten entspricht nicht ganz dem... äußeren Erscheinungsbild.«

»Ich dachte mir schon, daß dir das auffällt. Ihr Vater war Attaché in der terranischen Botschaft von ShanaiKahr. Er heiratete eine Vulkanierin und kehrte mit seiner Frau zur Erde zurück, kurz bevor T'Pala geboren wurde. Sie wuchs dort auf.«

»Zur einen Hälfte Mensch«, murmelte Spock. Partnerschaftsbeziehungen zwischen Terranern und Vulkaniern waren recht selten und beschränkten sich fast ausschließlich auf das diplomatische Personal. Derartige Verbindungen erforderten ein hohes Maß an Toleranz, um mit den erheblichen kulturellen Unterschieden fertig zu werden.

»Nach dem Tod ihres Vaters nahmen wir sie auf, und inzwischen wohnt sie schon seit einigen Monaten bei uns. Du hast vermutlich bemerkt, daß wir ihr dein Zimmer zur Verfügung gestellt haben.« Es war keine Frage, und deshalb hielt es Spock nicht für notwendig, eine Antwort zu geben.

»Hoffentlich macht es dir nichts aus, dich mit dem Gästezimmer zu begnügen«, fuhr Amanda fort. »Wir könnten T'Pala natürlich umquartieren...«

»Das wäre sehr unfreundlich«, warf Spock ein, und er meinte es ernst. Ganz gleich, welche besonderen Umstände herrschten: Der Gast kam immer an erster Stelle.

Amanda stand auf. »Ich fürchte, das Sofa war alles andere als bequem für dich. Ich helfe dir dabei, deine Sachen ins Gästezimmer zu bringen. Dann kannst du noch ein wenig schlafen.«

Spock ließ sich in den Korridor führen, bezweifelte jedoch, ob er noch einmal Ruhe fand. Er dachte an die Rückkehr seines Vaters Sarek — und an die seltsamen Emanationen, die er von T'Pala empfangen hatte.

Am frühen Nachmittag verließ Spock das Gästezimmer. Amanda befand sich im Hauptraum und saß auf dem Sofa, neben ihrem kleinen Schüler — einem sechsjährigen andorianischen Knaben mit blauer Haut und dünnen Fühlern. Der Junge sah mit kindlicher Bewunderung zu Amanda auf und sprach sehr schnell. Offenbar sagte er etwas Lustiges, denn die Frau lachte schallend. Spock blieb verlegen im Flur stehen; er hatte noch nie erlebt, daß seine Mutter sich zu einer derart emotionalen Reaktion hinreißen ließ. Das Kind schien sich darüber zu freuen. Mit einem leisen Kichern stimmte es in das Lachen ein.

Schon seit vielen Jahren gab Amanda privaten Unterricht. Sie besaß einen Doktortitel in englischer Literatur und einen akademischen Grad in Linguistik, und das versetzte sie in die Lage, sowohl Erwachsene als auch Kinder mit englischer Grammatik und Literatur vertraut zu machen. Genau aus diesem Grund hatte sie damals die vulkanische Botschaft auf der Erde besucht – wo sie Sarek kennenlernte. Auf Vulkan brauchten nur wenige einheimische Schüler Nachhilfeunterricht, und deshalb kümmerte sich Amanda in erster Linie um die Söhne und Töchter der Diplomaten, die in ShanaiKahr arbeiteten. Einige Kinder stammten von Terra und waren hierhergeschickt worden, um die vulkanische Kultur und Literatur kennenzulernen.

Amanda liebte ihren Beruf sehr und nutzte jede Gelegenheit, um Bücher zu erwerben. Im Laufe der Zeit ergab sich eine große Sammlung, in der kein wichtiges Werk der irdischen Literatur fehlte. Spock ließ seinen Blick über die Regale im Flur schweifen und betrachtete die vielen Bände. Der Duft von altem Papier weckte angenehme Kindheitserinnerungen. Behutsam griff er nach einem über vierhundert Jahre alten Buch, das ihm als Junge sehr gefallen hatte. Eine Zeitlang betrachtete er Frontispiz, eine Lithographie. Die Blätter waren bereits gelb gewesen, bevor man sie mit einem Konservierungsmittel behandelte, und der lederne Rücken – wie barbarisch, organisches Material dafür zu verwenden! – wies mehrere breite Risse auf. Spock schloß das Buch wieder, stellte es zurück und ging in den Garten, um auf Sarek zu warten.

Amanda bemerkte ihn nicht. Sie setzte den Unterricht fort, berührte den kleinen Andorianer zärtlich an der Schulter.

Eridani neigte sich dem Horizont entgegen, als Sarek aus der Hauptstadt zurückkehrte. Spock befand sich noch immer im Garten und beobachtete den Sonnenuntergang, aber er spürte die Präsenz seines Vaters, bevor er ihn sah.

Die befürchtete Konfrontation blieb aus. Sarek war freundlich, wahrte jedoch eine gewisse Distanz – um sie beide zu schützen?

»Zuviel Zeit ist verstrichen, seit wir dich zum letztenmal gesehen haben«, sagte der Botschafter. »Vielleicht bekommst du Gelegenheit, uns noch einmal zu besuchen. Wenn die Umstände besser sind.«

»Ja, vielleicht«, erwiderte Spock.

»Ich habe bereits mit einem Lehrer gesprochen... Tela'at Stalik kommt morgen hierher, und dann beginnt die erste Lektion.«

Spock fragte nicht, woraus sie bestand. Stalik galt auf ganz Vulkan als eine Kapazität auf dem Gebiet des *Kohlinar,* der völligen Emotionslosigkeit. Er stand im Rang eines *Tela'at,* eines *Ältesten,* und aufgrund seiner Erfahrungen und Weisheit genoß er großen Respekt. Sarek hätte keinen besseren Unterweiser finden können, um seinen Sohn die Gedankenregeln zu lehren. Spock bedankte sich, indem er kurz den Kopf neigte.

Die allgemeine Anspannung während des Abendessens hielt sich in Grenzen, und anschließend nahm die Familie wie üblich im Hauptzimmer Platz. Es fiel Spock auf, daß sich T'Pala nicht zu ihnen gesellte, doch er stellte keine entsprechende Frage und unterdrückte seine Neugier. Er setzte sich neben Amanda aufs Sofa und zupfte vorsichtig an den Saiten von Sareks Harfe. Das Instrument war mehr als dreihundert Jahre alt und hatte einen vollen, überaus angenehmen Klang – ein Erbstück, das aus seltenem Holz bestand. Beschämt dachte Spock an seine eigene Harfe und fragte sich, ob sie wieder in Ordnung gebracht werden konnte.

Eine Tür öffnete und schloß sich, und kurz darauf kam T'Pala herein. Sie war in einen dunklen Kapuzenmantel gehüllt und schien völlig außer Atem zu sein.

»Bitte verzeihen Sie«, sagte die junge Frau. »Der Unterricht des Tela'at hat etwas länger als sonst gedauert.«

Sarek musterte sie ruhig. »Entschuldigungen sind sinnlos. Dadurch ändert sich nichts an der Tatsache, daß Sie sich verspätet haben.«

T'Pala senkte demütig den Kopf, und Spock spürte ihre Betroffenheit. Die Szene erschien ihm fast schmerzhaft vertraut, und es fiel ihm schwer, seine Gelassenheit zu bewahren. Er hatte noch nie erlebt, daß Sarek das Verhalten eines Gastes kritisierte, und daraus schloß er, daß die junge Studentin eine große Bedeutung für seinen Vater hatte.

Bedrückende Stille schloß sich an.

Schließlich räusperte sich Amanda. »Falls du Hunger hast, T'Pala... In der Küche findest du etwas zu essen.«

»Danke«, erwiderte die junge Frau. Sie nickte ihnen zu und begab sich in ihr Zimmer. Als sie zurückkehrte, hatte sie den Umhang abgelegt und trug ein langes, weißes Gewand.

Sarek saß inzwischen am Schachkubus, und T'Pala nahm auf der anderen Seite Platz. Spock gelangte schon nach kurzer Zeit zu dem Schluß, daß er ein abendliches Ritual erlebte.

Früher einmal hatte er aktiv daran teilgenommen und sich nicht auf die Rolle eines Beobachters beschränken müssen.

Er strich auch weiterhin über die Saiten von Sareks Harfe, während ein großer Teil seiner Aufmerksamkeit dem dreidimensionalen Schach galt. T'Pala war ganz offensichtlich eine Anfängerin, denn sie spielte ohne erkennbare Strategie. Offenbar diente die Partie nicht zu Entspannung; der Zweck schien darin zu bestehen, T'Palas Konzentrationsvermögen zu verbessern.

»Wie erging es Ihnen bei den Prüfungen?« fragte Sarek.

»Die meisten Fragen habe ich richtig beantwortet. Glaube ich.« T'Pala betrachtete die Konstellation auf den drei Schachebenen und setzte eine Figur. »Konnten Sie bei der Sondersitzung einen Erfolg erzielen?«

Sarek seufzte. »Es fällt mir schwer, den Rat von meiner Ansicht zu überzeugen, und ich muß zugeben, daß ich die Gründe dafür nicht verstehe. Es ist falsch, in diesem besonderen Fall auf eine protektive Intervention zu verzichten.«

»Wie wird sich der Rat entscheiden?«

»Das läßt sich nicht voraussagen. Derzeit ist die eine Hälfte der Abgeordneten dagegen, Aritani zu schützen, während die andere eine derartige Maßnahme befürwortet.«

Spock ließ die Harfe sinken.

»Ich bin sehr an dieser Sache interessiert«, sagte T'Pala. »Aus diesem Grund: Einer der Prüfer forderte mich auf, meine diesbezügliche Meinung zu äußern und sie zu begründen.«

»Welchen Standpunkt vertraten Sie?« Sarek setzte seinen Springer und schlug T'Palas Läufer.

Die junge Frau blickte kummervoll in den Kubus und bedauerte ihren Fehler. »Ich habe mich gegen einen Schutz Aritanis ausgesprochen«, sagte sie, und ihr eifriger Tonfall deutete darauf hin, daß sie Sarek gefallen wollte – obgleich intellektuelle Eitelkeit dem vulkanischen Wesen widersprach. »Wir müssen die Erste Direktive der Föderation achten, die Einmischungen in die inneren Angelegenheiten anderer Völker verbietet. Die aritanische Kultur hat ein Recht darauf, ihre Zukunft allein zu bestimmen. Darüber hinaus lassen sich militärische Aktionen gegen die Angreifer nicht mit dem vulkanischen Prinzip der Gewaltlosigkeit vereinbaren. Schach.« Sie hob den Kopf, gespannt auf Sareks Reaktion.

Das Gesicht des Botschafters blieb völlig ausdruckslos, als er nach einer Möglichkeit suchte, seinen König in Sicherheit zu bringen. »Die Erste Direktive bezieht sich auf die Entwicklung einer Kultur. Wenn das betreffende Volk unwissentlich einen Weg einschlägt, der zu seiner Auslöschung führt – sind wir dann gezwungen, tatenlos zuzusehen? Dürfen wir nichts unternehmen, um die Katastrophe zu verhindern? Wenn wir in der Lage sind, jene Kultur zu schützen – sind wir dann nicht verpflichtet, dem Volk eine friedliche, ungestörte Entwicklung zu ermöglichen? In der Föderationsgeschichte gibt es viele Präzedenzfälle. Es geschähe nicht zum erstenmal, daß wir einem unterentwikkelten Planeten zu Hilfe eilen, der von externen Gefahren bedroht wird. Denken Sie nur an Yonada, Beteigeuze Zwei, Halcyon, Capella, Soyuz, Vtoroi... Die Liste ließe sich fortsetzen. Entweder haben Sie einen wichtigen Punkt übersehen, T'Pala, oder Ihre Informationen sind unvollständig. Aritani lehnt die Unterstützung der Föderation ab, weil wir bisher nicht imstande waren, wirkungsvollen Schutz vor den unbekannten Angreifern zu gewähren. Man hält uns für machtlos. Wir sollten uns auf das ursprüngliche Gesuch besinnen und unser ganzes Potential einsetzen, um den Aritaniern Frieden zu gewähren.«

T'Pala wandte sich an Sareks Sohn. »Sie haben den Planeten besucht, Spock. Sind Sie ebenfalls dafür, ihn zu schützen?«

Stille folgte. »Ich bin nicht zu einem Kommentar qualifiziert«, antwortete Spock schließlich.

»Aber Sie waren dort«, beharrte die junge Frau.

»Ich erinnere mich nicht daran.«

Spock spürte T'Palas Verlegenheit, als sie ihren Blick wieder auf den Kubus richtete und feststellte, daß sich Sarek zu einem Zug entschlossen hatte.

»Schachmatt«, sagte der Botschafter.

»Sie ist sehr jung«, sagte Amanda, nachdem sich T'Pala in ihr Zimmer zurückgezogen hatte. »Im nächsten Monat wird sie neunzehn. Ihre Mutter starb, als sie noch klein war, und nach dem Tod ihres Vaters kam sie zu uns. Sarek ist entfernt mit der Familie ihrer Mutter verwandt, und er kannte auch T'Palas Vater. Wenn man sie ins diplomatische Korps aufnimmt, wird sie weiterhin bei uns bleiben.«

»Du meinst das diplomatische Korps Vulkans?« fragte Spock. Er versuchte, seine Überraschung zu verbergen, aber es gelang ihm nicht ganz. Sarek bedachte ihn mit einem scharfen Blick.

»Sie erwarb die vulkanische Staatsbürgerschaft schon auf der Erde«, sagte der Botschafter kühl. »Zwar hat sie sich einige menschliche Verhaltensweisen zu eigen gemacht, aber sie möchte trotzdem für das DKV arbeiten. Sie bringt gute Voraussetzungen mit, um als Attaché der vulkanischen Botschaft auf Terra zugeteilt zu werden.«

Spock bemerkte, daß Sarek nicht darauf hinwies, T'Pala könne es bis zur Botschafterin bringen – nur die besten Angehörigen des DKV bekleideten so hohe Stellungen. Sarek war viele Jahre lang als Botschafter tätig gewesen und hatte seinen Sohn auf eine ähnliche Karriere vorbereitet. Er nannte ihn Spock – Vereiniger – und hoffte, er werden Vulkan und Terra eines Tages zusammenführen, auf daß die Kulturen von Menschen und Vulkaniern miteinander verschmolzen und eine gemeinsame Zivilisation entstand, die das Beste beider Welten enthielt.

Jetzt versuchte er, T'Pala zu helfen.

»Ich habe ihre Aufnahme ins DKV vorgeschlagen«, fuhr Sarek fort. »Aber das bietet ihr natürlich keine Garantie. Sie kann gute, wenn auch nicht überragende Studienleistungen vorweisen.« Er musterte Spock. »Gewisse Personen sind begabter als sie.«

Spock schwieg.

»Ihr Stärke liegt natürlich in den Sozialwissenschaften«, sagte Sarek.

»Woraus eine Neigung zur Politik folgt. Es ist also logisch, daß sie eine diplomatische Karriere anstrebt. Wenn sich ihr Interesse auf die Naturwissenschaften konzentrierte, wäre ein anderer Beruf geeigneter.«

»Logisch«, bestätigte Spock und nickte.

»T'Pala hat nicht nur Probleme mit dem Studium«, warf Amanda sanft ein. »Ihr Vater war Gerald Carstairs.«

Sarek maß sie mit einem tadelnden Blick.

»Der Name sagt mir nichts«, erwiderte Spock und sah Sarek an. »Er war dein Freund?«

»Ein Bekannter«, lautete die einschränkende Antwort. »Es ist sinnlos, etwas zu erörtern, das seine Bedeutung verloren hat, Gemahlin.«

Amanda neigte zustimmend den Kopf, und Spock hütete sich davor, dieses Thema noch einmal anzuschneiden. »Bitte entschuldigt mich.« Er stand auf.

»Schlaf gut«, sagte Amanda.

Spock ging ins Gästezimmer. Seine Eltern blieben im Hauptraum und schwiegen zunächst.

»Danke«, murmelte Amanda.

Sarek hob die Brauen und sah seine Gemahlin so an, als fürchte er, sie habe plötzlich den Verstand verloren.

»Für die Worte, die du eben an Spock gerichtet hast — was berufliche Alternativen betrifft. Und starr mich nicht so an. Ich bin zwar keine Telepathin, aber ich weiß trotzdem, was du denkst.«

Sarek seufzte übertrieben laut. Diesmal verzichtete er darauf zu behaupten, er habe nicht die geringste Ahnung, was Amanda meinte.

Eigentlich hatte McCoy das Summen des Türmelders ignorieren wollen, aber plötzlich fand er sich am Schott wieder. Seine Hoffnungen — und Befürchtungen — bestätigten sich nicht. Es stand keineswegs Emma im Korridor, sondern ein nervös wirkender Kirk, der ein kleines, papaierumwickeltes Objekt in der Hand hielt.

»Ja, Captain?« fragte McCoy kühl. Sein Blick hätte die vulkanischen Wüsten in frostige Tundren verwandeln können. Kirk hatte bereits Gelegenheit gefunden, auf der Brücke einige Worte mit dem Bordarzt zu wechseln, und bei jener Gelegenheit ließ McCoy keinen Zweifel daran, daß er stinksauer war.

Vermutlich wollte Kirk jetzt ein Friedensangebot machen — ohne zu ahnen, daß er damit genau das Gegenteil bewirkte. Das Feuer von McCoys Zorn brannte noch heißer.

»Darf ich eintreten?« fragte Jim unsicher.

McCoy zuckte mit den Schultern und ging in sein Arbeitszimmer. Der Captain folgte ihm, stellte das Objekt auf den Tisch und befreite es vom Papier.

Die kleine Karaffe enthielt klare Flüssigkeit. Es hätte Wasser sein können, aber McCoy wußte, daß es sich um schwarzgebrannten Alkohol handelte — das Produkt des Destillierapparats, der sich irgendwo im Maschinenraum verbarg. Man nannte es *Mondschein.* Reineres Äthanol ließ sich nicht herstellen, ohne zu riskieren, die *Enterprise* in die Luft zu jagen: sage und schreibe neunundneunzig Prozent. Nach dem ersten Schluck spürte man keinen Schmerz mehr. Der zweite befreite einen von allen Magengeschwüren. Und wenn man noch mehr trank, erwachte man später in der Krankenstation.

Eigentlich sollte der Captain gar nichts von der geheimen Brennerei wissen, denn sie stand im krassen Gegensatz zu den Vorschriften. Es war Kirk ziemlich schwergefallen, jemanden zu finden, der ihre Existenz eingestand, und noch länger dauerte es, bis er schließlich einen halben Liter Mondschein bekam. Der frühere Sicherheitsoffizier O'Shay hatte ihn in mehr oder weniger regelmäßigen Abständen damit versorgt, aber Tomson zeigte sich empört, als Kirk sie darauf ansprach. Sie hatte das Zeug nie probiert und wäre sicher sofort bereit gewesen, alle Leute unter Arrest zu stellen, die ihre Enthaltsamkeit nicht teilten.

Selbst Tersarkisow, der trinkfreudigste Ingenieur an Bord, gab sich völlig unschuldig – bis Kirk ihn davon überzeugte, daß der ›Mondschein‹ allein für den privaten Konsum des Captain bestimmt war und kein Kriegsgerichtsverfahren drohte.

Kirk schob die Karaffe über den Tisch. »Die Getränke gehen auf meine Rechnung.«

McCoy holte wortlos zwei Gläser hervor. Kirk sah darin ein gutes Zeichen und füllte sie. Für gewöhnlich wurde der Mondschein mit einer anderen Flüssigkeit gemischt, um den Alkoholgehalt herabzusetzen und den Geschmack zu verbessern, aber diesmal hielt sich Jim nicht damit auf. Er reichte dem verdrießlichen Arzt eines der beiden Gläser und nahm Platz. »Ich glaube, wir haben etwas zu besprechen.«

»Ach, tatsächlich?« McCoy drehte das Glas hin und her, sah den Captain nicht an.

Kirk trank einen kleinen Schluck und schüttelte sich. »Was ist dir über die Leber gelaufen, Pille?«

»Kannst du dir das nicht denken?«

»Nein.« Kirk breitete hilflos die Arme aus.

»Was macht deine Schulter, Jim?« fragte McCoy plötzlich.

Der Captain errötete. »Wer hat dir davon erzählt?«

»Lieber Himmel, du bewegst dich mit der Agilität eines neunzigjährigen Greises, der an Arthritis leidet«, sagte McCoy. »Ich habe Augen im Kopf, Jim. Und ich kann zwei und zwei zusammenzählen.«

»Was soll *das* denn heißen?«

McCoy konnte seinen Zorn kaum mehr unter Kontrolle halten. »Spiel nicht den Unschuldigen, Jim! Ich habe gesehen, wie Emma heute morgen aus deiner Kabine kam.«

»Ich verstehe«, sagte Kirk leise.

»Und du hast die *Frechheit* hierherzukommen — als könntest du alles in Ordnung bringen, indem du mir einen kleinen Krug mit Mondschein anbietest...« McCoy schien zu überlegen, ob er sein Glas an die Wand werfen sollte.

»Pille...« Kirk versuchte, möglichst ruhig zu sprechen. »Ich weiß, was du glaubst. Aber ich habe Emmas Quartier nur aufgesucht, damit sie meine Schulter behandelt...«

»Bringst du da nicht irgend etwas durcheinander?« preßte McCoy zwischen zusammengebissenen Zähnen hervor. »Sie hat *dein* Quartier verlassen.«

»Sie gab mir ein starkes schmerzstillendes Mittel, und ich schlief in ihrer Kabine ein. Heute morgen bin ich in meiner eigenen aufgewacht. Das ist alles.«

McCoy verschränkte die Arme und dachte über die Worte des Captains nach. Nach einer Weile seufzte er, schloß die Augen und neigte den Kopf zurück. »Du behauptest also, daß sich zwischen euch überhaupt nichts abgespielt hat...«

»Ich will ganz ehrlich sein, Pille: Ich finde Emma sehr attraktiv. Und ich kann mich nicht daran erinnern, was gestern abend nach der Injektion geschah.«

McCoy warf die Arme hoch. »Oh, das ist wirklich *großartig*. Danke für deine Offenheit, Jim. Ich weiß nun, daß du Emma attraktiv findest und dich nicht daran erinnerst, was gestern abend *geschah.* Glaubst du vielleicht, daß ich mich jetzt besser fühle?«

Kirk versteifte sich. »Wenn du weder mir noch Emma vertraust, solltest du deine zwischenmenschlichen Beziehungen überprüfen, Pille. Erwartest du von mir, daß ich lüge?«

In McCoys Augen blitzte es. »Nein, ich erwarte von dir, daß du Emma in Ruhe läßt.«

Kirk stand so plötzlich auf, daß er einen Teil der hochprozentigen Flüssigkeit verschüttete. An seinem Uniformpulli bildeten sich einige Flecken, aber er achtete nicht darauf, daß er nun nach Mondschein stank. »Sie gehört dir nicht, Pille. Du hast kein Recht, so etwas zu verlangen.«

»Ach, schwingst du dich plötzlich zum Verteidiger weiblicher Unabhängigkeit auf? Ausgerechnet du! Normalerweise hältst du alle Frauen an Bord dieses Schiffes für Freiwild. Meine Güte, in der halben Galaxis genießt du den Ruf, ein Schürzenjäger zu sein! Sicher hoffst du nur auf ein Abenteuer, und ich werde nicht zulassen, daß du Emmas Gefühle verletzt.«

»Was ist denn in dich gefahren, Pille? Du weißt doch, daß ich eine sichere Distanz zu allen weiblichen Offizieren an Bord der *Enterprise* wahre. Und ganz abgesehen davon – denk nur an den Altersunterschied zwischen dir und Emma. Sie könnte deine Tochter sein.«

»Sie ist älter als Joanna«, verteidigte sich McCoy mit Nachdruck. »Nun, offenbar hast du deine Einstellung gegenüber den weiblichen Besatzungsmitgliedern geändert. Sie sind nicht mehr tabu für dich. Du flirtest mit Emma, seit sie an Bord kam.«

Kirk dachte kurz nach und stellte sein Glas ab. »Dann höre ich sofort damit auf.«

Diese Bemerkung nahm McCoy den Wind aus den Segeln. »Versuch mal, dich in meine Lage zu versetzen, Jim.« Er vollführte eine vage Geste. »Du bist jünger und attraktiver als ich. Und vielleicht glaubst du, deine Männlichkeit beweisen zu müssen.«

»Frag Emma, wenn du mir nicht glaubst«, entgegnete Kirk sanft. »Vorausgesetzt, du vertraust ihr mehr als mir.«

McCoy stützte das Kinn auf die Hände. »Du ahnst nicht, welche Gefühle ich ihr entgegenbringe. Ich kann recht romantisch sein, Jim. Dies ist mehr als nur eine angenehme Affäre. Ich *liebe* Emma.«

»Ja, ich weiß. Wenn du möchtest, trete ich nicht mehr in der Sporthalle gegen sie an. Ich vermeide alle Kontakte mit ihr und...«

»Nein, das hätte keinen Sinn...« Schmerz glühte in McCoys vom Alkohol getrübten Augen. »Sie fühlt sich zu dir hingezogen, stimmt's?«

»Diese Frage mußt du ihr stellen, Pille. Ich kann nicht für sie sprechen.«

»Ja.« McCoy starrte ins Leere. »Ich schätze, ich sollte ein klärendes Gespräch mit Emma führen.«

»Das ist sicher eine gute Idee«, sagte Kirk.

Er ging und überließ McCoy die Karaffe.

Kirk saß im Kommandosessel auf der Brücke, dachte an den Chefingenieur und gab sich absurden Spekulationen hin. Als das Interkom summte, zuckte er heftig zusammen und wäre fast aufgesprungen. Er erhoffte sich eine Nachricht von Scott, schaltete den Kommunikator ein — und vernahm die Stimme des Sicherheitsoffiziers.

»Ich brauche Sie wohl nicht daran zu erinnern, daß die Frist verstrichen ist, Sir. Soll ich nun den Haftbefehl herausgeben?« Eigentlich hatte Tomson ein erstaunliches Maß an Geduld bewiesen: Scott war schon seit zwei Stunden überfällig.

»Lieutenant, ich bin sicher, es gibt einen einleuchtenden Grund dafür, warum Scott noch nicht zurück ist...«

»Selbst wenn Sie recht haben, Captain — ich muß ihn verhören«, erwiderte Tomson fest. »Und er könnte versuchen zu fliehen. Denken Sie an unsere Übereinkunft.«

Kirk holte tief Luft und lauschte seiner plötzlich fremd klingenden Stimme. »Ich beabsichtige keineswegs, mich meiner Verantwortung zu entziehen, Lieutenant.« Er zögerte kurz. »Ich beauftrage Sie hiermit, die Fahndung nach Mr. Scott einzuleiten.«

Einige Sekunden lang fragte er sich, ob Tomson darauf bestand, ihn in der Arrestzelle unterzubringen.

Kirk stand in der Beobachtungskammer des luftleeren Hangars, starrte durchs Fenster und sah, wie die *Galileo* durchs geöffnete Außenschott glitt. Sie ließ die Sterne und zwei Polizeishuttles der Föderation zurück. Hinter dem kleinen Raumschiff schlossen sich die stählernen Segmente, und kurz darauf ertönte das leise Zischen des Druckausgleichs. Die Schleuse öffnete sich, und Kirk betrat das Hangardeck, gefolgt von Tomson und Fähnrich al-Baslama.

Es schien ziemlich lange zu dauern, bis die Luke der *Galileo* aufschwang. Scott half Chapel beim Aussteigen, schlang den linken Arm um ihre Taille und stützte sie. Christine hinkte und schnitt ein schmerzerfülltes Gesicht. Scott blickte auf Kirk und seine Begleiter herab. »Jemand sollte Schwester Chapel in die Krankenstation bringen. Sie hat sich den Fuß gebrochen.«

»Al-Baslama«, sagte Kirk. Der große, kräftig gebaute Mann nickte, hob Chapel hoch und schien nicht die geringste Mühe zu haben, sie zu tragen.

»Nun ...«, sagte Christine. Sie hob überrascht die Brauen, leistete jedoch keinen Widerstand. »Es gibt weitaus unangenehmere Methoden, den Weg zur Krankenstation zurückzulegen.«

Scott wartete, bis al-Baslama und Chapel den Hangar verlassen hatten, richtete seine Aufmerksamkeit dann auf den Captain. »Bitte um Verzeihung, Sir, aber was zum Teufel ist eigentlich los? Unmittelbar nach dem Start vom Raumhafen der Starbase fing uns die Föderationspolizei mit einem Traktorstrahl ein, und man stellte mir die verrücktesten Fragen. Als ich antwortete, wir seien zur *Enterprise* unterwegs, lachte man mich aus.«

Tomson trat vor. »Mr. Scott, Sie stehen im Verdacht, den romulanischen Gefangenen ermordet zu haben.«

Der Chefingenieur musterte sie verblüfft und sah Kirk an. »Ist das wahr, Sir?« brachte er hervor. Es klang beleidigt. »Haben Sie Lieutenant Tomson autorisiert, Haftbefehle gegen mich zu erlassen?«

Kirk versuchte, Scotts Blick standzuhalten, doch nach kurzer Zeit senkte er den Kopf. »Ja, Mr. Scott. Sie sind sechs Stunden zu spät dran.«

»Kein Wunder, Sir. Beim Landeanflug stürzte die *Galileo* ab, und es dauerte eine Weile, sie zu reparieren.«

»Kam jemand zu Schaden?« fragte Kirk besorgt und dachte an Spock.

»Nur Schwester Chapel. Captain, jemand hat die Treibstoffindikatoren manipuliert ...«

»Vielleicht ist dafür die gleiche Person verantwortlich, die auch das Kraftfeld der Arrestzelle desaktivierte — indem sie vom zweiten Kontrollsystem im Maschinenraum aus die Energiezufuhr unterbrach.« Tomson deutete mit dem Zeigefinger auf Scott. »Sie.«

Der Chefingenieur zwinkerte verwirrt. »Soll das ein Witz sein, Lieutenant? Die Wartungsanzeigen wiesen auf eine Fehlfunktion des Kontrollsystems hin, und ich nahm eine entsprechende Überprüfung vor, konnte jedoch keinen Defekt feststellen. Worauf wollen Sie hinaus?«

Tomsons Blick war so kalt wie Eis. »Sie haben dafür gesorgt, daß die energetische Barriere im Zugang der Arrestzelle genau in dem Augenblick verschwand, als Sie Fähnrich al-Baslama mit einem Phaser betäubten. Und anschließend erschossen Sie den Gefangenen.«

Scott straffte zornig und stolz die Schultern, trat einen Schritt vor und sah Tomson an. »Mich trifft nicht die geringste Schuld, Lieutenant. Verhören Sie mich ruhig. Ich habe nichts zu verbergen. Nach der Überprüfung des Kontrollsystems bin ich zum unteren Deck des Maschinenraums zurückgekehrt, um die Untersuchung des romulanischen Kampfgleiters fortzusetzen. Drei Techniker haben mit mir zusammengearbeitet und können meine Angaben bestätigen. Ich nenne Ihnen gern die Namen.«

»Sind Sie bereit, sich unter dem Einfluß eines Wahrheitsserums befragen zu lassen?«

»Selbstverständlich, Miß Tomson.«

»Na schön. Begleiten Sie mich, Mr. Scott.«

Bevor der Chefingenieur Tomson folgte, wandte er sich noch einmal an Kirk. »Sie haben ihr von Fähnrich Lanz erzählt, nicht wahr, Captain?« fragte er rauh.

Kirk setzte zu einer Antwort an, aber Scott kam ihm zuvor und schüttelte den Kopf. »Das hätte ich nicht von Ihnen gedacht, Captain...«

Würdevoll ließ er sich von Tomson zum Arrestbereich begleiten.

KAPITEL 7

Spock wußte nicht, was mit ihm geschah.

Die Lektionen des weißhaarigen Tela'at Stalik führten nicht zu den erhofften Ergebnissen, bereiteten ihm eine Enttäuschung nach der anderen. Stalik kannte alle Feinheiten des *Kohlinar* und hatte das ehrenwerte Alter von 265 Jahren erreicht, aber es mangelte ihm an Geduld. Seiner Ansicht nach lernte Spock die Gedankenregeln viel zu langsam, und er zögerte nicht, sein Mißfallen zum Ausdruck zu bringen. Spock gab sich große Mühe, aber nach einer Weile gelangte er zu dem Schluß, daß Stalik mit voller Absicht mehrdeutige Formulierungen benutzte und den Lehrstoff zu schnell präsentierte. Einige Male spürte er die Versuchung, den Tela'at darauf anzusprechen, aber Höflichkeit und Respekt vor dem alten Vulkanier hinderten ihn daran.

Spocks Konzentrationsvermögen schien nicht etwa besser, sondern immer schlechter zu werden, und außerdem bildeten sich weitere Gedächtnislücken. Seine Verlegenheit nahm immer mehr zu, als sich beim Lernprozeß keine Erfolge einstellten, und er wurde verschlossener, reduzierte die Kontakte zu seinen Eltern auf ein notwendiges Minimum. Tagsüber verbrachte er viele Stunden in Staliks Gesellschaft, und während seiner freien Zeit las er Bücher oder saß allein im Garten, ohne die Ruhe der Meditation zu finden.

Spocks Vorrat an Geduld ging allmählich zur Neige, und es fiel ihm zunehmend schwerer, seine Beherrschung zu wahren. Er glaubte zunächst, daß Stalik, Amanda und die viel zu emotionale T'Pala nichts davon bemerkten — bis seine Mutter eines Tages die tägliche Arzneidosis von einer auf zwei Kapseln erhöhte. Sie hatte festgestellt, daß sich der Zustand ihres Sohnes verschlechterte, und daraufhin McCoys Rat eingeholt. Wut kochte in Spock, als er davon erfuhr, und er wandte sich abrupt ab, suchte wieder im Garten Zuflucht.

Er trat in die Hitze des vulkanischen Nachmittags und ging zu seinem Lieblingsplatz, einer steinernen Bank unter einem Baum, dessen Zweige weit herabreichten. Die Blätter raschelten leise im leichten Wind.

Plötzlich blieb er stehen. T'Pala saß im Schatten, die Augen geschlossen, das Gesicht in der Meditationstrance entspannt. Spock beneidete sie um den Frieden, der in ihren Zügen Ausdruck fand.

Leise wich er zurück, um sie nicht zu stören, um mit seinen eigenen Gedanken allein zu sein. Aber es war bereits zu spät. Die junge Frau nannte seinen Namen, bevor er die fragwürdige Sicherheit des Hauses erreichte.

Widerstrebend drehte er sich zu ihr um.

T'Palas Gesicht blieb im Schatten verborgen. »Ich würde gern etwas mit Ihnen besprechen«, sagte sie zögernd. »Wahrscheinlich können nur Sie mich verstehen.«

Sie bedeutete Spock, neben ihr Platz zu nehmen, aber er blieb stehen und beobachtete, wie T'Pala nervös hin und her rutschte.

»Was wissen Sie über mich?« fragte sie.

Spock sehnte sich danach, zu Amandas Büchern im Gästezimmer zurückzukehren und alles andere zu vergessen. »Ich weiß, daß in Ihren Adern auch menschliches Blut fließt und Sie auf der Erde aufgewachsen sind«, erwiderte er schroff. »Mehr nicht.«

T'Pala bestätigte seine Worte mit einem knappen Nikken. »Wie ich schon sagte... Diese Angelegenheit ist zu heikel und persönlich, um sie mit jemand anders zu erörtern. Ich... ich bewundere Ihre emotionale Kontrolle. Wie gelingt es Ihnen, sich so gut zu beherrschen?«

Zuerst dachte Spock, daß die junge Frau ausgerechnet diesen Augenblick wählte, um ihn zu verspotten, doch dann sah er den Ernst in ihren großen Augen. »Ich bin auf

Vulkan groß geworden und verbrachte viele Jahre damit, emotionale Disziplin und die vulkanischen Gedankenregeln zu lernen.«

»Ich hatte keine solche Möglichkeit«, erwiderte T'Pala niedergeschlagen. »Meine Mutter stammte von dieser Welt, aber sie starb, als ich drei war. Die vulkanische Kultur und Sprache kenne ich nur von der Schule her – und aus den Berichten meines Vaters. Es gab niemanden, der mich in den uralten Disziplinen unterweisen konnte.« Sie beugte sich vor und blickte fast *flehentlich* zu Spock auf. »Wären Sie bereit, mir zu helfen?«

Spocks erster Impuls bestand darin, sich einfach abzuwenden und zu gehen. Er war jetzt nahezu sicher, daß ihn T'Pala verhöhnte, doch ein kaum merkliches Vibrieren in ihrer Stimme veranlaßte ihn dazu, vor der Sitzbank zu verharren. Vielleicht wußte die junge Frau nicht Bescheid. Vielleicht hatten Sarek und Amanda ihr nichts von seinem Zustand erzählt. Ihre Frage nach seinen Erlebnissen auf Aritani deutete darauf hin, daß sie nichts ahnte... »Tela'at Stalik unterrichtet Sie, nicht wahr?«

»Ja, aber ich mache nur langsame Fortschritte. Es könnte Jahre dauern...«

»Was die vulkanischen Disziplinen angeht, ist er weitaus besser qualifiziert als ich.« Spock zögerte. »Ich wurde auf Aritani verletzt, und dadurch habe ich die Gedankenregeln vergessen.«

»Ich weiß«, antwortete T'Pala.

Ärger zitterte in Spock. »Weshalb richten Sie dann eine so lächerliche Bitte an mich?«

»Sie ist nicht lächerlich«, erwiderte die junge Frau hastig. »Sie erinnern sich nicht mehr an die Gedankenregeln, aber Sie verstehen es ausgezeichnet, Ihre Gefühle zu beherrschen. Sie sind ebenfalls zur einen Hälfte Mensch, und deshalb nehme ich an, daß Sie menschliche Methoden benutzen, um sich unter Kontrolle zu halten. Andererseits: Sie haben jahrelang auf diesem Planeten gelebt und gelernt, sich wie ein Vulkanier zu verhalten. Ich hingegen weiß noch immer nicht, worauf es ankommt. Wenn Sie es mir zeigen würden...«

»Warum?«

»Damit man mich akzeptiert. Ich besitze die vulkanische Staatsbürgerschaft und möchte mich ihr würdig erweisen. Außerdem ist es mein Wunsch, ins diplomatische Korps aufgenommen zu werden.«

»Ich verstehe«, sagte Spock kühl. »Weshalb ziehen Sie keine entsprechende Karriere auf der Erde in Erwägung?«

T'Pala ließ sich davon nicht beeindrucken. »Ich bin keine terranische Bürgerin mehr.«

»Wenn Sie lernen, sich wie eine Vulkanierin zu verhalten... Glauben Sie, dadurch bessere Chancen zu haben, vom DKV akzeptiert zu werden?«

T'Pala runzelte die Stirn. »Das klingt so, als seien meine Motive rein egoistischer Natur.«

»Die Schlußfolgerungen überlasse ich Ihnen«, kommentierte Spock scharf. »Wenn Sie Vulkanierin sein möchten, müssen Sie sich ohne irgendwelche Vorbehalte mit der vulkanischen Philosophie identifizieren. Sie können nicht die Aspekte der hiesigen Lebensweise wählen, die Ihnen gefallen. Vielleicht dauert es tatsächlich Jahre, bis Sie die emotionale Kontrolle erlernen, aber wenn Ihnen wirklich daran gelegen ist, so muß sie von innen kommen. Es darf sich nicht nur um eine Maske handeln, die Sie nach Belieben aufsetzen und abnehmen – jeder Vulkanier würde sofort den Unterschied erkennen. Wer den vulkanischen Weg aus rein opportunistischen Gründen beschreitet, entehrt sich selbst.«

T'Pala sprang mit einem Satz auf, und ihre Lippen bebten. »Ich bin *keine* Opportunistin. Es geht mir nicht nur darum, meine politischen Ambitionen zu befriedigen. Sie sind wie die anderen. Ich bekomme dauernd zu hören, der vulkanische Weg sei der einzig richtige, und es gebe keine Alternativen dazu. Ihrer blinden Loyalität fehlt jede Logik.«

»Die vulkanische Loyalität ist nicht blind«, widersprach

Spock heftig. »Ganz im Gegenteil. Aber ich bin nicht hierhergekommen, um darüber mit Ihnen zu diskutieren. Was Ihre Frage betrifft... Nein, ich kann Ihnen nicht helfen, Aufnahme im DKV zu finden. Jener Rest von Kontrolle, den ich noch auf meine Empfindungen ausüben kann, ist einzig und allein das Ergebnis jahrelanger Gewohnheit.«

»Ich habe Sie nicht darum gebeten, mir dabei zu helfen, ins diplomatische Korps Vulkans aufgenommen zu werden«, erwiderte T'Pala. »Es gibt sehr persönliche Gründe, die mich dazu bewegen, eine derartige Karriere anzustreben, und es liegt mir fern, sie irgend jemandem zu erklären. Ich bin nicht einmal bereit, sie Ihnen anzuvertrauen. Wenn ich das hinzufügen darf: Ich finde es sehr bedauerlich, daß Sie vermuten, meine Motive seien unehrenhaft.«

»Ihr Wunsch geht bestimmt in Erfüllung«, sagte Spock. »Mein Vater hat Sie dem DKV empfohlen.« Es klang alles andere als freundlich.

»Ich fürchte, selbst das genügt nicht.«

»Weil Sie zur einen Hälfte Mensch sind?«

T'Pala schob das Kinn vor. »Vielleicht.«

»Wenn Sie wirklich glauben, das diplomatische Korps lehne Sie aufgrund Ihrer menschlichen Verhaltensmuster ab, wäre meine Hilfe ohnehin zwecklos. Offenbar gehen Sie von völlig falschen Vorstellungen aus.«

Das Gesicht der jungen Frau verhärtete sich und wurde völlig ausdruckslos. »Sie wollen mir also nicht helfen.«

»Sie haben es erfaßt«, antwortete Spock eisig und ging ins Haus.

Emma wartete darauf, daß McCoy nach seinem Dienst aus der Krankenstation zurückkehrte. Sie stand im Korridor vor seinem Quartier, lächelte so fröhlich, als sei überhaupt nichts geschehen, und ignorierte die Tatsache, daß ihr der Arzt seit zwei Tagen aus dem Weg ging.

Grußlos trat er an ihr vorbei, und sie folgte ihm in die Kabine.

»Ich glaube, wir sollten uns unterhalten, Leonard. Du bist böse auf mich.«

McCoy blieb vor der Wandvitrine stehen und füllte ein Glas mit Mondschein. »Anscheinend trete ich vielen Leuten auf den Schlips«, brummte er.

»Wie bitte?«

»Schon gut. Ich meinte nur: Es ist dir also aufgefallen. Was zu trinken?«

»Nein. Bitte sag mir, warum du so sauer auf mich bist.«

»Während der letzten beiden Tage scheint dich das kaum interessiert zu haben. Ich dachte schon, du hättest gar nichts bemerkt. Du solltest mal gründlich nachdenken. Vielleicht kannst du dir deine Frage dann selbst beantworten. Prost.« McCoy hob das Glas, musterte Emma durch die klare, hochprozentige Flüssigkeit und trank einen großen Schluck.

»Ich finde dein Verhalten völlig rätselhaft.«

»*Du* findest *mein* Verhalten rätselhaft? Willst du mich auf den Arm nehmen?«

»Himmel, ich habe nicht die geringste Ahnung, wovon du redest.«

McCoy schüttelte den Kopf. »Ach, wirklich nicht?« Er seufzte übertrieben. »Warum muß ich den Leuten an Bord dieses Schiffes immer Dinge erklären, die ihnen eigentlich längst klar sein sollten?«

»Im *Ernst*, Leonard. Ich weiß nicht, was los ist«. Emmas Verzweiflung wirkte echt. »Mir fiel nur auf, daß du mich seit zwei Tagen meidest. Nicht einmal in der Krankenstation sprichst du mit mir. Zuerst dachte ich, du seiest depri-miert oder hättest schlechte Laune. Aber inzwischen glaube ich, daß mehr dahintersteckt.«

»Oho«, machte McCoy. »Zu *einigen* Schlußfolgerungen bist du also in der Lage.« Er verabscheute sich für den Sarkasmus in seiner Stimme, aber der Zorn auf Emma war stärker, verdrängte alles andere. Er haßte sie plötzlich, weil sie ihn in eine solche Lage gebracht hatte, weil sie noch immer so unschuldig wirkte. Er haßte sie, weil er sie nach wie vor liebte, weil er alles glaubte, was sie ihm sagte – selbst wenn sie behauptete, Jim habe gelogen und er dürfe keine voreiligen Schlüsse ziehen, solle sich nicht wie ein eifersüchtiger Narr benehmen...

Aber Emma sagte nichts dergleichen. Statt dessen nahm sie dort Platz, wo Jim am vergangenen Abend gesessen hatte, und richtete einen durchdringenden Blick auf McCoy. »Ich bleibe hier, bis ich genau weiß, womit ich dich so sehr gekränkt habe.«

McCoy ließ sich an der anderen Seite des Tisches nieder und stellte sich vor, wie Emma auf seinen Vorwurf reagieren mochte. Vermutlich stritt sie alles ab – und entlarvte sich damit als Lügnerin. Eine Frau, die voller Stolz auf ihre Ehrlichkeit hinwies... Er seufzte erneut; jetzt gab es kein Zurück mehr. »Der Captain hat mir gesagt, daß er die vorletzte Nacht in deiner Kabine verbrachte.«

»Ja, das stimmt«, sagte Emma und wartete.

»Willst du etwa behaupten, daß sich zwischen euch nichts abgespielt hat?«

McCoy beobachtete die subtilen Veränderungen in ihrem Gesicht, als sie zu verstehen begann, was ihn so sehr belastete. Zuerst sah er Überraschung – hochgezogene Brauen, die Augen noch größer als sonst –, doch dann folgte fast so etwas wie Wut. Sie preßte die Lippen zusammen, und in ihren Wangen mahlte es. Es gelang ihr, den Ärger im Zaum zu halten, aber das Blitzen in den Pupillen wies deutlich auf den emotionalen Sturm in Emma hin.

»Um Himmels willen!« platzte es aus McCoy heraus. »Erwartest du etwa von mir, daß ich so etwas ganz gelassen hinnehme, daß ich *nicht* eifersüchtig werde?«

Die Neuropsychologin atmete tief durch und lehnte sich zurück. Es flackerte noch einmal in ihren Augen, bevor das heiße Glühen verblaßte. »Nein«, sagte sie ruhig. »Es wäre dumm von mir zu verlangen, daß du nicht eifersüchtig wirst.« Sie faltete die Hände im Schoß und blickte darauf herab.

»Ich möchte dir zwei Fragen stellen, Leonard. Erstens:

Glaubst du wirklich, der Captain und ich ...?« Sie sah sich außerstande, den Satz zu beenden.

»Wenn ein Mann in deiner Kabine übernachtet, Emma ... Ist es dann wirklich absurd anzunehmen, daß ihr zusammen unter die Decke gekrochen seid und euch ... geliebt habt?«

»Wenn du so etwas vermutest, hättest du sofort zu mir kommen und mich darauf ansprechen sollen, Leonard. Statt dessen hast du zwei Tage lang geschmollt und gegrübelt. Auf diese Weise löst man keine Probleme.«

»Na schön«, sagte McCoy kühl und nickte. »Wie lautet die zweite Frage?«

»Was geht es dich eigentlich an, wie und mit wem ich meine Nächte verbringe? Bisher ist unsere Beziehung ohne Verpflichtungen.«

McCoy stand auf, wandte sich von Emma ab, legte die Hände auf den Rücken und blickte ins dunkle Nebenzimmer. »Vielleicht hast du recht«, sagte er nach einer Weile, und jetzt klang seine Stimme traurig. »Vielleicht geht es mich wirklich nichts an. Vielleicht habe ich kein Recht, eifersüchtig zu sein. Aber ich bin es trotzdem. Ich bin eifersüchtig, weil ich glaubte, unsere Beziehung sei etwas Besonderes. Ich bin eifersüchtig, weil du Gefühle in mir geweckt hast, die ich seit langer Zeit nicht mehr gespürt habe, weil ich dich nicht an einen anderen Mann verlieren möchte.«

»Du wirst mich nicht an einen anderen Mann verlieren. Wenn ich dich irgendwann verlasse, so geschieht das nur, weil mir keine andere Wahl bleibt.« Emma erhob sich ebenfalls, trat an McCoy heran und berührte ihn sanft an der Schulter. Er kehrte ihr nach wie vor den Rücken zu. »Wir kennen uns erst seit wenigen Tagen, und offenbar ist dir ein wichtiger Aspekt meines Wesens verborgen geblieben. Ich bin treu, Leonard. Ich könnte dich gar nicht verletzen – es sei denn, es wäre unvermeidlich. Selbst wenn ich mich zu Jim Kirk hingezogen fühlte – eine Affäre mit ihm käme mir nie in den Sinn.«

McCoy drehte den Kopf und sah sie an. »Findest du ihn attraktiv?«

Emma wich seinem Blick nicht aus. »Ich würde lügen, wenn ich das abstritte.«

Der Arzt wandte sich instinktiv zur Seite, um seinen Kummer zu verbergen. Emma hob die Hände, strich ihm über die Wangen. »Aber ich liebe *dich.* Ich habe Kirk ein Sedativ gegeben, und dadurch schlief er ein, bevor er meine Kabine verlassen konnte. Das ist alles.«

»Wirklich alles?« McCoy musterte sie hoffnungsvoll, und Emma hatte plötzlich Mitleid mit ihm. Sie holte tief Luft.

»Nein, nicht ganz. Er entspannte sich ein wenig zu sehr und... küßte mich. Sonst spielte sich nichts zwischen uns ab.«

McCoy seufzte erleichtert. Emma und Jim sagten also die Wahrheit. »Du hast eben zu Recht darauf hingewiesen, unsere Beziehung sei ohne Verpflichtungen. Möchtest du das ändern?«

Die junge Frau lächelte, als sie begriff, daß McCoy ihr glaubte. »Hast du irgendwelche Vorschläge?«

»Wie wär's, wenn wir heiraten?«

Emmas Lächeln verschwand abrupt, und in ihren Augen flackerte fast so etwas wie Panik. »Leonard... Nein, unmöglich.«

»Warum? Die Ehe mag recht altmodisch sein, aber sie erfreut sich noch immer großer Beliebtheit.«

»Dein Vorschlag hat durchaus einen gewissen Reiz«, erwiderte Emma. »Immerhin liebe ich dich. Aber... Du arbeitest hier an Bord der *Enterprise,* und ich muß damit rechnen, versetzt zu werden.«

»Kein Problem. Bitte einfach darum, auf Dauer der hiesigen Krankenstation zugeteilt zu werden. Versetzungen sind keine Schicksalsschläge, die man hinnehmen muß...«

»In meinem Fall schon. Ich kann nicht für immer an Bord dieses Raumschiffes bleiben.«

»Zum Teufel auch, Emma, was soll das heißen? Die Angehörigen der medizinischen Abteilung haben ein Recht darauf, ihren Einsatzort zu wählen – insbesondere dann, wenn sie verheiratet sind.« Erneut vibrierte Ärger in McCoys Stimme.

»Versuch bitte, mich zu verstehen. Ich habe eine spezielle Übereinkunft mit Starfleet getroffen.«

»Aber sie gilt bestimmt nicht für immer. Irgend jemand könnte seine Beziehungen spielen lassen...« – McCoy dachte an Captain Kirk – »... und dafür sorgen, daß man dich der *Enterprise* zuteilt. Was ist mit deiner Offenheit? Wenn du gegen eine Heirat bist, so kannst du es mir ruhig sagen.«

»Darum geht es nicht.« Emma schloß die Augen und suchte nach den richtigen Worten. »Bitte, Leonard. Es hat keinen Sinn, darüber zu reden. Man wird mich bald versetzen, und ich habe keine andere Wahl, als die neue Einsatzorder zu akzeptieren.«

McCoy riß die Augen auf. »Wie bald?«

»Das weiß ich leider nicht«, sagte Emma traurig und niedergeschlagen. »Wahrscheinlich habe ich nur noch wenig Zeit, und ich möchte sie mit dir verbringen. Ich mag dich wirklich sehr, sehr gern.«

McCoy schlang die Arme um sie und hauchte ihr einen Kuß auf die Stirn. »Ich werde nichts unversucht lassen, um dafür zu sorgen, daß du an Bord dieses Schiffes bleibst.« Er zögerte kurz. »Und bis dieser Fall geklärt ist... Ich möchte dich um einen Gefallen bitten.«

»Ich bin ganz Ohr«, sagte Emma.

Der Arzt schmunzelte. »Gib mir beim nächsten Mal Bescheid, wenn du zwei Tage zu spät zum Abendessen kommst.«

»Wenn Sie Fortschritte erzielen wollen, so ist Ihre Konzentration von zentraler Bedeutung«, sagte Tela'at Stalik streng.

Spock wandte den Blick vom Fenster ab und richtete ihn wieder auf die Statue mit der Flamme. Draußen fiel leichter Regen auf die durstige, ausgedörrte Wüste. Ein seltenes meteorologisches Phänomen: Die lodernde Sonne verbarg sich hinter einer dichten, grauen Wolkendecke.

Spock unterdrückte ein Seufzen und versuchte erneut, seine Gedanken zu sammeln. Mit gekreuzten Beinen saß er neben dem Tela'at und betrachtete die Statue, während Stalik zum zwanzigstenmal den mentalen Prozeß der Meditation erläuterte. Spocks innere Unruhe nahm ebenso zu wie seine Vergeßlichkeit. Staliks Unterricht wurde zu einer grauenvollen Parodie der Lektionen, die Spock als Kind absolviert hatte. Damals gelang es ihm, die Informationen aufzunehmen und zu verstehen, doch jetzt blieben die Worte völlig bedeutungslos.

Staliks monotone Stimme verdichtete Spocks Benommenheit, und müde starrte er in die Flamme. Mit jeder verstreichenden Sekunde wuchs sein Ärger auf den alten Lehrer. Der Unterricht schien kein Ende zu nehmen, und er fragte sich, wann der Tela'at endlich schwieg und ging.

»Spock«, sagte Stalik scharf.

Er zuckte zusammen, horchte in sich hinein und lauschte einer Stille, die auf unausfüllbare Leere hindeutete.

Die würdevolle Ruhe des Tela'at bildete einen sonderbaren Kontrast zu seinen Ausführungen. »Sie sind einer der schlechtesten Schüler, die ich kenne, Spock. Seit Wochen komme ich jeden Tag hierher, um Sie zu unterweisen, aber Sie beherrschen noch nicht einmal die erste Stufe der Meditation. Ich befürchte allmählich, daß Sie gar nicht in der Lage sind, noch einmal die Gedankenregeln zu erlernen.«

Spock versteifte sich, aber sein Gesicht blieb eine steinerne Maske. Er blickte weiterhin in die Flamme, als er entgegnete: »Vielleicht haben Sie recht, Tela'at.« Langsam drehte er den Kopf und sah Stalik an. »Warum setzen Sie die Lektionen fort, wenn Sie einen solchen Schluß gezogen haben?«

Die Stimme des alten Mannes klang weiterhin ruhig und gelassen, aber seine Worte übermittelten eine unmißverständliche Botschaft. »Es fällt mir schwer zu glauben, daß ein erwachsener Vulkanier nicht fähig ist, so einfache Konzepte zu verstehen.«

Spock widerstand der Versuchung, seine Schwierigkeiten mit den Folgen der Hirnverletzung zu erklären. Er wollte nicht noch mehr Schande auf sich laden, indem er Schwächen rechtfertigte. Statt dessen fragte er: »Warum verschwendet der Tela'at seine Zeit mit mir?«

»Aus Respekt vor Ihrem Vater.« Die Antwort des Unterweisers sollte Reue wecken, aber sie goß nur Öl ins Feuer von Spocks Zorn.

Der Respekt galt dem Vater, nicht dem Sohn. »Wenn der Tela'at nicht damit rechnet, daß ich Fortschritte mache, so könnte man eine derartige Zeitverschwendung für unlogisch halten.«

Diese Bemerkung kam einer schlimmen Beleidigung gleich. Stalik ließ sein Denken und Empfinden seit mehr als zwei Jahrhunderten von den strengen Prinzipien des *Kohlinar* bestimmen, und Spock hatte ihm gerade unlogisches Verhalten vorgeworfen. Der Tela'at verstand den Hinweis und erhob sich.

»Der Unterricht ist hiermit beendet«, sagte er. »Sie haben recht. Es wäre tatsächlich unlogisch, meine Bemühungen fortzusetzen.«

Spock verharrte an der Statue und sah dem Tela'at nicht nach.

Amanda beobachtete, wie Stalik das Haus verließ, und sie klopfte leise an die Tür des Gästezimmers. Sie erschrak, als Spock öffnete — der eigene Sohn erschien ihr plötzlich wie ein Fremder.

»Ist alles in Ordnung?« fragte sie. »Stalik war kaum zehn Minuten hier ...«

Spock starrte sie an. »Ich habe den Tela'at beleidigt, indem ich andeutete, weitere Lektionen seien unlogisch.«

»Unlogisch? Ich verstehe nicht, Spock ...«

»Der Unterricht war Zeitverschwendung, Mutter. Ich möchte nicht darüber diskutieren.« Er kehrte ins Zimmer zurück.

Amanda hielt ihn am Ellenbogen fest. »Und dein Vater? Was soll ich ihm sagen?«

Es schien Spock zu erzürnen, daß sie Sarek erwähnte. »Das ist mir völlig gleich.« Er schrie fast. »Sag ihm, was du willst.«

Amanda ließ den Arm los, wich zurück und musterte ihren Sohn verblüfft. »Was ist nur mit dir, Spock?«

»Das weißt du doch! Willst du mich beschämen, indem du mich zwingst, darüber zu sprechen?«

»Bitte. Ich verstehe nicht...«

Voller Kummer wandte sich Spock ab. »Die Gedankenregeln. Ich kann sie nicht noch einmal erlernen. Ich sehe mich außerstande, ein Vulkanier zu sein. Und offenbar bin ich nicht einmal in der Lage, mich wie ein Mensch zu beherrschen. Außerdem werde ich immer vergeßlicher.«

»Spock...«, sagte Amanda sanft. »Du wirst dich erholen, glaube mir... Es dauert nur eine Weile. Früher fiel dir das Lernen so leicht. Du mußt Geduld haben. Bestimmt geht es dir bald besser.«

»Nein.« Spock kämpfte gegen seine Verzweiflung an. »*Nein.* Begreifst du denn nicht, Mutter? Mein Zustand *verschlechtert* sich Tag für Tag...«

»Ich setze mich mit Dr. McCoy in Verbindung. Vielleicht sollten wir die Arzneidosis erhöhen...«

»Die Medikamente helfen mir nicht«, sagte Spock dumpf. »Vielleicht droht die Gefahr, daß ich völlig die Kontrolle über mich verliere, und deshalb muß ich so schnell wie möglich aufbrechen — um meiner Familie nicht noch mehr Schande zu bereiten.«

»Wohin willst du?«

»Ich lasse mich in der Krankenstation einer Starbase einweisen. Starbase Zwölf erscheint mir geeignet.«

Tränen glänzten in Amandas Augen, aber sie hütete sich davor, sie zu vergießen. Sie hatte viel zu lange mit Vulkaniern gelebt, um ein emotionales Ventil zu öffnen. »Nein«, sagte sie mit der Entschlossenheit einer Mutter. »Du wirst uns *nicht* verlassen. Du bleibst hier. Dies ist dein Heim.«

Spock schüttelte den Kopf. »Ich gehöre nicht hierher. Du und Vater... Ihr habt bereits genug Schande ertragen müssen, und jetzt kommt auch noch der Zwischenfall mit dem Tela'at hinzu.«

»Verdammt, Stalik ist mir völlig gleich«, platzte es aus Amanda heraus. Sie versuchte jetzt nicht mehr, ihr Temperament zu zügeln. »Selbst wenn er alles erzählt und ganz ShiKahr Bescheid weiß — was soll's? Und behaupte nicht, daß wir uns deiner schämen. Das ist doch absurd.«

In Spocks Wangen zuckte es. »Mutter, du vergißt, daß ich Telepath bin.«

Amanda preßte sich die Hand auf den Mund, aber es gelang ihr nicht, das erste Schluchzen zu ersticken. Sie war überrascht. Und sie litt. Spock hatte sie nie mit Worten verletzt, ihr nie etwas vorgeworfen. Und jetzt ließ er sich sogar zu einer Lüge hinreißen: Es lag ihr fern, sich ihres Sohnes zu schämen. Amanda wirbelte um die eigene Achse und floh in ihr Zimmer.

Spock stand wie erstarrt, entsetzt von seinem Verhalten. Was war in ihn gefahren? Warum hatte er ausgerechnet ihr Leid beschert, seiner eigenen Mutter? Sie befand sich nun in ihrem Raum, in einem Seitenflügel des Hauses. Ein Mensch hätte sicher nicht gehört, daß sie leise weinte, aber Spock...

Ein seltsames Geräusch, das ihn an etwas erinnerte. Seine Gedanken glitten in die Vergangenheit, und für einige Sekunden wurde er zu einem vierjährigen Knaben, der vor dem elterlichen Schlafzimmer stand und einem leisen Schluchzen lauschte. Erst nach einer ganzen Weile begriff er, daß es von seiner Mutter stammte. Der kleine Spock war zutiefst erschrocken. Sein Vater trat in den Flur, und daraufhin wurde es still. »Tröste deine Mutter«, sagte Sarek, und er sprach so sanft wie noch nie zuvor. »Du bist ihr einziges Kind.«

Er verstand nicht, kam jedoch der Aufforderung nach.

Jetzt suchte er vergeblich nach der Kraft, dem Beispiel des vierjährigen Kindes zu folgen und noch einmal zu Amanda zu gehen, um sie zu trösten.

Statt dessen suchte er die Küche auf, öffnete den Schrank, holte die Arzneiphiole hervor und entnahm ihr die Kapseln. Einmal mehr bestätigte sich ihre hohe ästhetische Qualität – Spock beobachtete ihr purpurnes Schimmern –, aber sie erfüllten nicht den geringsten Zweck. Er schloß die Hand um sie.

Nun, vielleicht waren sie nicht *völlig* nutzlos...

KAPITEL 8

CAPTAINS LOGBUCH: STERNZEIT 7006.4

Starfleet Command hat der *Enterprise* den Befehl übermittelt, Aritani zu verlassen und Delegierte nach Vulkan zu bringen, wo eine Sondersitzung des Föderationsrates stattfindet. Die *Fidelity* – ein Patrouillenschiff, das man vor kurzer Zeit diesem Sektor zuwies – wird unsere bisherigen Aufgaben wahrnehmen und Aritani von der Umlaufbahn aus überwachen. Ich bezweifle allerdings, ob sich die Piraten durch ihre Präsenz davon abhalten lassen, weitere Aktionen gegen die planetare Bevölkerung zu unternehmen. Bei der Konferenz auf Vulkan soll entschieden werden, ob die Föderation den Aritaniern Schutz gewährt, obgleich die Pflanzer inzwischen unsere Hilfe ablehnen. Es gibt zwei verschiedene Fraktionen: Die eine beharrt darauf, die Entscheidung der Aritanier zu achten und auf protektive Maßnahmen zu verzichten. Die andere weist darauf hin, daß die natürlichen Ressourcen des Planeten fremde Mächte dazu verleiten könnten, gegen den Willen der Bewohner mit einem Abbau der Rohstoffe – Uritanium und Dilithium – zu beginnen. Es braucht wohl nicht extra darauf hingewiesen zu werden, daß in einem solchen Fall kaum etwas von dem landschaftlichen Paradies Aritanis übrigbliebe. Dem Geheimdienst Starfleets liegen bereits erste besorgniserregende Anhaltspunkte vor. Offenbar erwägt das romulanische Prätoriat die Möglichkeit, auf jener Welt eine Bergbau-Kolonie zu gründen.

Es ist noch immer nicht geklärt, wer den gefangenen Romulaner ermordet hat. Die Anklage gegen

Lieutenant Commander Montgomery Scott wurde aufgrund mangelnder Beweise fallengelassen. Drei Zeugen bestätigten, daß er sich zum Tatzeitpunkt im Maschinenraum befand. Lieutenant Tomson teilte mir mit, daß sie keine weiteren Spuren gefunden hat, die eine baldige Aufklärung versprechen.

Spock erwachte plötzlich, und das Herz klopfte ihm bis zum Hals empor. Er schnappte nach Luft, blickte sich um und sah die vertraute Umgebung des Gartens. Er lag unter dem Baum, dessen Zweige weit herabreichten, starrte verwirrt zu den Blättern empor, die sich in einem sanften Wind hin und her neigten. Er hatte geträumt, entsann sich an visionäre Szenen, die von Purpur geprägt wurden — und Entsetzen in ihm entstehen ließen.

Der Vulkanier richtete sich auf, atmete ruhiger und langsamer. Ging es bei seinem Traum um die Arzneikapseln? Er hatte sie eine Zeitlang in der Hand gehalten, auf sie herabgestarrt und überlegt, was geschehen mochte, wenn er sie alle auf einmal schluckte. Irgendein Rest von Logik warnte ihn vor den möglicherweise fatalen Konsequenzen einer Überdosis, und fast widerstrebend gelangte er zu der Erkenntnis, daß Selbstmord unter den gegebenen Umständen unlogisch war. Daraufhin traf er eine rasche Entscheidung, warf die Kapseln in den Abfallvernichter und beobachtete, wie sie sich auflösten.

Die langen Zweige schützten Spock vor dem blendend hellen Licht der Mittagssonne. Nichts erinnerte mehr an den kühlenden Regen des vergangenen Tages. Spock hatte stundenlang im Garten gesessen, und nun erhob er sich steif, strich den Umhang glatt, ging ins Haus und kehrte in sein Zimmer zurück.

Die Flamme der Meditationsstatue brannte noch immer, und Spock dachte kurz an Stalik. Als er seinen Blick auf das rote Flackern konzentrierte, fielen ihm die Worte des Tela'at ein, und plötzlich ergaben die Silben einen Sinn. Mit überkreuzten Beinen nahm er vor der Statue Platz, achtete nicht auf das Stechen in den Muskeln und fixierte sein ganzes Selbst auf das pulsierende Licht.

Logik. Man mußte zuerst die Frage formulieren, um eine Antwort zu erhalten. In Spock warteten gleich mehrere Fragen, und er begann nun damit, sie zu sortieren, sich gründlich damit zu fassen. Heute wollte er wenigstens eine von ihnen beantworten.

Jedes Problem läßt sich lösen. So lautete eine von Staliks Weisheiten. Vielleicht hatte er recht.

Am späten Nachmittag verließ Spock sein Zimmer und trat in den Flur.

Amanda hatte gerade ihren Unterricht beendet; offenbar war es die letzte Lektion, denn sie gab dem andorianischen Knaben ein Geschenk. Es handelte sich um eins ihrer seltenen Bücher, gebunden in rotes Leinen. Typisch für sie, die im wahrsten Sinne des Wortes einzigartigen Bände jenen Schülern zu geben, die daraus den größten Nutzen zogen. Spock neigte den Kopf zur Seite, konnte jedoch den Titel nicht lesen.

Der kleine Andorianer schien die Bedeutung der Geste zu erfassen. Er legte das Buch behutsam beiseite, schlang beide Arme um seine Lehrerin und schmiegte sich an sie.

Spock überlegte, ob er sich zurückziehen sollte, aber er gab seiner Neugier nach und beobachtete die beiden so unterschiedlichen Gestalten. Wie mochte seine Mutter reagieren?

Der andorianische Junge preßte sich so heftig an Amanda, daß sie fast das Gleichgewicht verlor. Sie erholte sich sofort von ihrer Überraschung, erwiderte die Umarmung des Knaben und lächelte liebevoll.

Spock wich zurück, so daß ihn Lehrerin und Schüler nicht sehen konnten, als er zur Tür ging. Er wartete, bis der Andorianer das Haus verlassen hatte, trat dann leise an Amanda heran.

Sie drehte sich um, stieß fast gegen ihren Sohn und musterte ihn verblüfft. »Sie siehst du denn aus? Dein Umhang ist zerknittert und schmutzig.«

Mit keinem Wort erwähnte sie den seelischen Schmerz vom vergangenen Tag, und ihr Gesicht wirkte nicht vorwurfsvoll, nur besorgt. Einige Sekunden lang beneidete Spock den kleinen Andorianer.

»Ich möchte mich für die unhöfliche und unrichtige Bemerkung entschuldigen, die ich gestern an dich richtete, Mutter...«

»Schon gut.« Amanda winkte ab. Sie wußte ebensogut wie Spock, daß sich Vulkanier normalerweise nicht entschuldigten.

»Das ist noch nicht alles. Aus irgendeinem Grund verlor ich gestern die Beherrschung, und mein Verhalten dir und Tela'at Stalik gegenüber ist unverzeihlich. Ich bedauere es zutiefst. Wenn es mir möglich wäre, die Worte zurückzunehmen...«

»Es ist nicht deine Schuld. Du bist krank. Und außerdem: Ganz gleich, was du mir sagst – ich könnte nicht böse auf dich sein.«

»Meine Gedankenstrukturen wurden von Verwirrung und Unlogik geprägt. Inzwischen ist es mir gelungen, sie wieder unter Kontrolle zu bringen. Ich werde Stalik besuchen, um mich auch bei ihm zu entschuldigen und ihn zu bitten, mich wieder zu unterrichten. Ich bezweifle allerdings, ob er dazu bereit ist.«

Hoffnung leuchtete in Amandas Zügen. »Du hältst es also für sinnvoll, die Lektionen fortzusetzen. Und du bleibst bei uns.«

»Ja. Zumindest eine Weile.«

Amanda musterte ihren Sohn. »Du *bist* wieder du selbst, nicht wahr? Das freut mich sehr. Wir haben uns große Sorgen um dich gemacht. Da fällt mir ein... Deine Arznei befindet sich nicht mehr an ihrem Platz. Hast du sie genommen?«

Spock nickte.

»Gut«, sagte Amanda erleichtert. »Das Medikament ist

sicher sehr wichtig. Vielleicht erzielt es jetzt eine Art kumulative Wirkung.« Sie seufzte. »Ich bin ja so froh, daß es dir besser geht.«

Spock schwieg und gab durch nichts zu erkennen, daß er die Kapseln in den Abfallvernichter geworfen hatte. Sollte seine Mutter ruhig glauben, daß er sie weiterhin einnahm. Er beschloß, selbst mit McCoy zu sprechen, falls sich sein Zustand wieder verschlechtern sollte. Bestimmt konnte ihm der Arzt eine zweite Phiole mit Neodopazin schicken.

Amandas Hinweis auf die Arznei berührte etwas in Spock, und sein Unterbewußtsein stellte eine Verbindung zu den Ereignissen auf Aritani her. Er versuchte, den vagen Eindruck festzuhalten, bevor sich das Erinnerungsgespinst wieder auflöste.

Furcht... Das Gefühl einer unmittelbar drohenden Gefahr.

In jener Nacht träumte Spock wieder von purpurnem Schimmern, aber diesmal betraf es nicht die Kapseln, sondern hohe Berge mit steilen Hängen.

Kirk saß voller Unbehagen im Sessel des Befehlsstands und befingerte den steifen Kragen seiner Paradeuniform. Die Brückencrew wußte natürlich, daß der Captain seit einigen Wochen nicht gerade in bester Stimmung war. »Vielleicht ist er jetzt noch gereizter, weil ihm die Uniform zu eng wird«, flüsterte Sulu Chekov zu. Der Steuermann drehte den Kopf, warf Kirk einen kurzen Blick zu und beobachtete, wie er einen Bericht abzeichnete. Kirk vernahm leises Lachen, hob abrupt den Kopf und spürte, daß die Erheiterung der Offiziere ihm galt.

»Wir haben Tellar erreicht und schwenken in eine Umlaufbahn, Captain«, sagte Sulu glatt.

»Audiovisueller Kontakt mit der tellaritischen Delegation«, antwortete Kirk. Es klang nicht gerade begeistert.

Uhura hatte bereits auf die Anweisung gewartet und betätigte einige Tasten. »Kom-Kanal geöffnet, Captain.«

Der Wandschirm zeigte den tellaritischen Botschafter: eine stämmige Gestalt mit borstenartigem Haar, fliehender Stirn und dicken Brauenhöckern. Kirk konnte sich nicht des Eindrucks erwehren, daß der Tellarit erhebliche Ähnlichkeit mit einem Schwein aufwies, und sein Gebaren hielt dem Vergleich durchaus stand. Der Diplomat starrte Kirk aus kleinen, zornig blitzenden Augen an und rümpfte eine Nase, die mehr wie eine Schnauze wirkte.

Kirk rang sich ein kaum überzeugendes Lächeln ab. »Captain James T. Kirk, Kommandant des Raumschiffs *Enterprise.* Ist Ihre Gruppe bereit, sich an Bord beamen zu lassen?«

»Ich bin Botschafter Zev«, stieß der Tellarit mit einem heiseren Baß hervor. Seine Stimme überraschte, klang ganz und gar nicht wie das erwartete Quieken. »Wird auch Zeit, daß Sie sich melden. Wir haben fast eine Stunde lang gewartet!«

Kirk preßte kurz die Lippen zusammen. Es war eine unverfrorene Lüge, und das wußte Zev auch: Die *Enterprise* hatte den Planeten pünktlich erreicht. Aber Tellariten ließen nie die Gelegenheit ungenutzt, einen Streit zu beginnen. Wenn man ihnen sagte, der irdische Himmel sei blau, behaupteten sie dreist, er glühe in einem orangefarbenen Ton, so wie das Firmament Vulkans – und anschließend fügten sie sicherheitshalber noch einige sehr persönliche Schimpfworte hinzu. Es handelte sich um eine Eigenheit der tellaritischen Kultur, die Kirk nicht ausstehen konnte.

»Der Tansfer erfolgt in wenigen Minuten.« Der Captain unterbrach die Verbindung und fragte sich, wer auf die dumme Idee gekommen war, Tellar in den Völkerbund der Föderation aufzunehmen. Er atmete erleichtert auf, als Zevs schweineartige Schnauze vom Wandschirm verschwand. »Mr. Varth.«

Der Erste Offizier wandte sich von Spocks Konsole ab und sah Kirk an. Sein Gesicht zeigte konzentrierte Aufmerksamkeit – und auch eine gewisse Anspannung. Er trug ebenfalls eine Paradeuniform, doch sie glänzte im

Blau der wissenschaftlichen Abteilung, eine Farbe, die einen guten Kontrast zu dem kupferfarbenen Haar bildete. »Sir«, erwiderte er in einem sanften Tenor.

»Begleiten Sie mich zum Transporterraum.«

»Ja, Sir.«

Kirk verließ den Befehlsstand und nahm seine schlechte Laune mit. Varth folgte ihm in taktvollem Abstand.

Sulu übernahm das Kommando und seufzte, als sich die Doppeltür des Turbolifts schloß.

»Was setzt ihm so sehr zu?« erkundigte sich Uhura leise.

Sulu zuckte stumm mit den Schultern.

Kirk wahrte ein verdrießliches Schweigen, bis der Lift das Transporterdeck erreichte. »Hatten Sie schon einmal mit Tellariten zu tun, Mr. Varth?« fragte er in einem zuversichtlichen, von Erfahrung geprägten Tonfall.

»Ja, Sir«, erwiderte der Erste Offizier. »Mein Stubengenosse im Wohnheim der Akademie stammte von Tellar.«

Kirk bedachte Varth mit einem durchdringenden Blick. *Was hatte ein Tellarit an der Starfleet-Akademie zu suchen?* dachte er und biß sich auf die Zunge. Wortlos zählte er bis zehn, um sich wieder unter Kontrolle zu bringen — und verzichtete auf einen Vortrag darüber, daß man bei Tellariten nie die Beherrschung verlieren durfte.

Scott und McCoy warteten bereits im Transporterraum; in ihren Paradeuniformen boten sie einen ungewohnten Anblick. Sie unterhielten sich ungezwungen, doch als der Captain eintrat, schwiegen sie plötzlich. Vermutlich glaubte Scott nach wie vor, Kirk habe Tomson von Fähnrich Lanz erzählt und ihn dadurch in Verdacht gebracht. Jim fragte sich kurz, ob auch McCoy noch immer sauer auf ihn war.

Der Arzt räusperte sich und zupfte am Kragen seiner Uniform. »Ich hoffe inständig, daß wir nicht mehr viele Delegationen an Bord holen müssen. Himmel, ich habe langsam die Nase voll. Man kann Menschen als energetische Matrix durch den Raum schicken, aber wenn's um bequeme Kleidung geht, versagt die moderne Wissenschaft.«

»Dies ist die letzte Gruppe«, sagte Kirk.

»Gott sei Dank«, seufzte Scott. »Ich bin froh, wenn wir all diesen Pomp und Prunk hinter uns haben.« Er wandte sich an den jungen Radu und lächelte väterlich. »Nun, Mr. Varth... Hatten Sie jemals das Pech, unmittelbare Bekanntschaft mit Tellariten zu schließen?«

»Ja«, brummte Kirk, bevor Varth Antwort geben konnte.

Der Erste Offizier sah ihn an und nickte höflich. Als er ganz sicher sein konnte, daß Kirk nichts hinzufügen wollte, erklärte er: »Während des Studiums an der Akademie schloß ich Freundschaft mit einem Tellariten.«

»Das kann doch nicht Ihr Ernst sein!« Scott riß entsetzt die Augen auf. »Ich dachte, so etwas sei praktisch unmöglich. Sicher braucht man besondere diplomatische Fähigkeiten, um die kleinen, schweineartigen...«

»Mr. Scott«, warnte Kirk.

»... um die, äh, von der Natur benachteiligten *Geschöpfe* auch nur zu tolerieren. Von Sympathie ganz zu schweigen. Sind Sie sicher, daß Ihr Volk mit den Klingonen verwandt ist? Ich kann mir kaum ein absurderes Paar vorstellen: ein Klingone und ein Tellarit.«

Varth lächelte. »Wir Radu besitzen die besondere Fähigkeit, mit allen Leuten gut auszukommen. Ich habe noch nie jemanden kennengelernt, mit dem ich mich nicht anfreunden könnte.« Bei den letzten Worten glitt sein Blick zum Captain.

Kirk schnitt eine Grimasse. »Ich schätze, uns bleibt nichts anderes übrig, als Zev und sein Gefolge an Bord zu beamen, Mr. Scott.«

»Aye.« Der Chefingenieur seufzte erneut. »Leider.« Er trat hinter die Transporterkonsole.

Energiesäulen schimmerten, und drei gedrungene Gestalten materialisierten auf der Transferplattform. Die größte von ihnen stieß ein dumpfes Grollen aus.

»Ich bin Botschafter Zev.« Es klang nicht wie eine Vorstellung, eher nach einer hysterischen Anklage.

»Und ich bin Captain Kirk. Mein Erster Offizier Varth, Chefingenieur Scott und unser Bordarzt McCoy.«

Zev schob das stoppelige Kinn vor. »Ist das der Grund, warum wir so lange darauf warten mußten, an Bord gebeamt zu werden?« Er deutete auf die Paradeuniformen. »Haben Sie unsere Zeit damit vergeudet, Ihrer Eitelkeit zu frönen? Und um hier die halbe Besatzung Ihres Schiffes zu versammeln?«

Kirk lächelte, als er sich vorstellte, Zev in die große Schnauze zu zwicken. Es hätte ihm ein immenses Vergnügen bereitet. »Dies ist wohl kaum die halbe Besatzung, Botschafter. Die Mannschaft der *Enterprise* besteht aus über vierhundert Personen. Ganz abgesehen davon: Unsere Tradition verlangt, daß wichtige Diplomaten wie Sie von den Senior-Offizieren empfangen werden...«

»Lächerliche Zeitverschwendung!« knurrte Zev und winkte mit einem kurzen, dicken Arm. »Bringen Sie uns jetzt zu unserem Quartier.«

»Wenn Sie gestatten, Sir...«, wandte sich Varth leise an Kirk.

»Er gehört Ihnen«, erwiderte der Captain, und sein Lächeln verblaßte.

Der Radu holte tief Luft. »Wie können Sie behaupten, Sie hätten lange auf uns warten müssen?« donnerte er. McCoy zuckte unwillkürlich zusammen. »Das ist glatt gelogen! Sie wissen, daß wir pünktlich eingetroffen sind. Indem Sie uns Eitelkeit vorwerfen, entlarven Sie sich selbst. Im Gegensatz zu gewissen anderen Leuten legen wir Wert auf ein tadelloses Erscheinungsbild. Was die ›halbe Besatzung‹ angeht... Wie ich feststellen kann, sind auch Sie nicht allein gekommen. Ihr Gefolge ist bestimmt nur hier, um Eindruck zu schinden.«

Kirk, Scott und McCoy starrten Varth so verblüfft an, als sei er gerade übergeschnappt. Der Radu ignorierte sie und maß die Tellariten mit einem herausfordernden Blick.

Zev gab ein krächzendes Geräusch von sich, das der Captain als tellaritisches Gelächter interpretierte. »In bezug auf meine Attachés bin ich Ihnen keine Erklärung schuldig, Sohn eines Klingonen.«

»Und das gilt auch für uns.«

»Nun, vielleicht haben Sie recht«, knurrte Zev zufrieden. »Ich schlage vor, Sie halten mich nicht länger mit Ihrem dummen Gerede auf. Führen Sie uns zu unserem Quartier. Ich hoffe, es ist angemessen vorbereitet. Häufig bringt man uns in Zimmern unter, deren Proportionen Ihren viel zu großen Körpern entsprechen.«

»Sie können uns wohl kaum für Ihren zwergenhaften Wuchs verantwortlich machen«, höhnte der Radu.

»Mr. Varth...«, warf Kirk ein. »Es tut mir leid, Ihren Austausch von Komplimenten zu unterbrechen, aber Sie sollten unseren Gästen jetzt ihre Kabinen zeigen.«

»Gewiß, Captain«, erwiderte Varth freundlich. Er bedeutete den Tellariten, ihm zu folgen.

Zev kicherte, als er und seine Begleiter an Kirk vorbeiwankten. »Captain, ich gehörte zu Botschafter Gavs Delegation, die sich vor einigen Jahren an Bord Ihres Schiffes befand, und ich muß sagen, Ihr neuer Erster Offizier ist weitaus besser als der andere. Er hat wenigstens Charakter.«

Kirk blieb ernst.

Die Tellariten schlossen sich Varth an wie kleine Enten, die ihrer Mutter folgten. Kurz bevor sich das Schott schloß, erklang noch einmal die Stimme des Radu im Korridor. »Ich dachte immer, die Begriffe *Tellarit* und *Diplomat* schlössen einander aus.«

»Ist es denn zu fassen?« brachte McCoy hervor.

»Ich befürchtete schon, Zev erlitte einen Wutanfall«, kommentierte Scott. »Aber statt dessen schien er Gefallen an Varths Worten zu finden.«

Der Arzt nickte. »Unser neuer Erster scheint echt was auf dem Kasten zu haben.«

»Meinst du, Pille?« erwiderte Kirk skeptisch.

McCoy drehte sich zu ihm um. »Lieber Himmel, Jim, sei doch nicht so verdammt streng mit ihm. Es ist wohl kaum seine Schuld, daß er Spock vertritt.« Er schob sich an Kirk vorbei. »Kommen Sie, Scotty. Jetzt brauchen wir keine anderen Diplomaten mehr zu begrüßen, und das muß gefeiert werden. Was halten Sie von einem Schluck Mondschein?«

»Könnte ich Sie kurz sprechen, Mr. Scott?« fragte Kirk steif.

Der Chefingenieur blieb stehen. »Es dauert nicht lange«, sagte er zu McCoy.

Kirk wartete, bis der Arzt den Transporterraum verlassen hatte.

Scott hob die Hand. »Captain, ich glaube, ich weiß, worüber Sie mit mir reden möchten... Es ist alles in Ordnung. Sie haben nur Ihre Pflicht wahrgenommen.«

»Scotty... Ich versichere Ihnen, daß ich nichts von Fähnrich Lanz erzählt habe. Tomson wollte sofort einen Haftbefehl herausgeben, aber ich sprach mich dagegen aus. Als Sie sich verspäteten, blieb mir keine andere Wahl mehr. Es tut mir leid.«

Scott senkte den Kopf. »Ich weiß sehr zu schätzen, daß Sie sich bemühten, mir zu helfen. Und ich bedauere nun, Ihnen Vorwürfe gemacht zu haben. Schwamm drüber?«

»Schwamm drüber.«

Scott lächelte und straffte die Schultern. »Warum kommen Sie nicht mit und leisten mir und dem Doktor Gesellschaft? Sie sehen aus, als könnten Sie ein Gläschen Mondschein vertragen.«

»Danke, Scotty. Vielleicht später.«

Aber Kirk hatte nicht die geringste Absicht, McCoys Quartier aufzusuchen. Es dauerte sicher noch eine Weile, bis er dort wieder willkommen war.

James Kirk sah sich nicht gerade mit einer sehr angenehmen Situation konfrontiert, aber es hätte auch weitaus schlimmer sein können. Der Empfang für die Delegierten fand im Freizeitraum statt, und diesmal schien tatsächlich die halbe Besatzung zugegen zu sein. Kirk beobachtete den Ersten Offizier, der mit dem Botschafter von Radu sprach. Varth war sehr betroffen und verlegen gewesen, als er erfuhr, daß sich die Delegation seines Heimatplaneten gegen einen Schutz von Aritani aussprach, und offenbar hatte er beschlossen, einen eigenen diplomatischen Beitrag zu leisten.

Auf der anderen Seite des Saals winkte der saurianische Gesandte und rief so laut, daß Kirk ihn nicht länger überhören konnte. Widerstrebend trat er näher.

Neben dem Saurianer standen Emma Saenz und Leonard McCoy, und beide trugen die hellblauen Uniformen der medizinischen Abteilung. Emma sah in ihrer weitaus besser aus. Der Saurianer und die Neuropsychologin grinsten breit und schienen sich prächtig zu fühlen. Ganz im Gegensatz zu Kirk und McCoy, die nur kurz nickten und ernst blieben.

Der Captain wandte sich sofort an den Diplomaten und hob die Stimme, um den Lärm zu übertönen. »Botschafter Taureng, die allgemeine Fröhlichkeit deutet darauf hin, daß Ihre Delegation dem gastronomischen Angebot bei diesem Empfang eine bestimmte Spezialität Ihrer Heimat hinzugefügt hat.«

»Ich bin immer gern zu Diensten, Captain«, erwiderte Taureng heiter. Ganz offensichtlich hatte er ebenfalls nicht gezögert, den wichtigsten und lukrativsten Exportartikel seines Planeten zu genießen. Der saurianische Botschafter überragte Kirk um rund dreißig Zentimeter, und die Haut des Hünen war pechschwarz. Seine Freundlichkeit stand in einem angenehmen Kontrast zu dem aggressiven Gebaren des kleinen Tellariten, der einige Meter entfernt die Gesandte von Cygnus V bedrängte. »Bitte erlauben Sie mir, Ihnen ein Glas zu holen.«

Kirk wollte widersprechen und darauf hinweisen, daß Botschafter an Bord seines Schiffes nicht in die Rolle von Kellnern zu schlüpfen brauchten, aber Taureng bahnte sich bereits einen Weg durchs Gedränge. Vermutlich nutzte er die gute Gelegenheit, um auch sein eigenes Glas zu füllen.

Der Captain richtete einen unsicheren Blick auf Emma und McCoy. Der Arzt konzentrierte sich viel zu sehr auf seinen saurianischen Brandy; mit übertriebener Faszination beobachtete er die funkelnde, bernsteinfarbene Flüssigkeit. Emma beugte sich ein wenig vor. Sie schien weit und breit die einzige nüchterne Person zu sein.

»Wie weit gehen die Meinungen der verschiedenen Delegationen auseinander?« fragte sie und nickte einer nahen Gruppe zu. Botschafter Zev setzte sein Streitgespräch mit der Cygnusianerin fort, und ein andorianischer Diplomat hörte gelassen zu.

»In bezug auf die aritanische Frage?« Kirk sprach laut genug, damit ihn Emma und McCoy hören konnten, aber er hütete sich davor, die Aufmerksamkeit des Tellariten zu wecken. »Ungefähr die Hälfte unserer Gäste ist für Schutzmaßnahmen. Die Tellariten und Radu sind dagegen. Die Andorianer beziehen noch keinen klaren Standpunkt, und die Cygnusianer gehören zu den energischsten Befürwortern. Deshalb ist der Tellarit so erregt.«

Die Cygnusianerin saß neben dem Andorianer auf einem breiten Sofa. Sie fand es recht anstrengend, längere Zeit zu stehen, denn die Schwerkraft auf Cygnus V war um etwa zehn Prozent geringer als der terranische Standard. Unter anderen Umständen hätte man ein spezielles Ambiente für sie schaffen können, um ihr den Aufenthalt an Bord angenehmer zu gestalten, aber es blieb nur noch wenig Zeit, bis die Abstimmung auf Vulkan stattfand. Deshalb mußte die Cygnusianerin mit der *Enterprise* vorliebnehmen, anstatt mit einem Raumschiff zu reisen, das multiple Biotope bot. McCoy verabreichte ihr in regelmäßigen Abständen kreislaufstabilisierende Injektionen, aber selbst die geringste körperliche Aktivität erschöpfte sie sehr. Neben dem Andorianer wirkte sie wie eine elegante, anmutige Riesin. Sie war noch größer als ein Saurianer und blickte auf den Tellariten herab, obgleich sie saß. Unter der halbtransparenten weißen Haut zeichneten sich dünne, fragile Knochen ab — selbst ein menschliches Kind hätte sie mühelos brechen können. Die Botschafterin bewegte sich betont vorsichtig und suchte häufig die Nullschwerkraftzone auf dem Sportdeck auf, um sich zu entspannen. Sie antwortete mit dünner, atemlos klingender Stimme, wenn ihr der wütend grollende Tellarit eine direkte Frage stellte.

»Begreifen Sie denn nicht, daß Sie damit einen der wichtigsten Grundsätze der Föderation verletzen?« ereiferte sich Zev. »Die Aritanier haben Hilfe ausdrücklich abgelehnt, und deshalb dürfen wir nicht eingreifen. Ich frage mich, warum man überhaupt eine Konferenz einberufen hat. Der Fall ist doch völlig klar.«

Die Cygnusianerin reckte ihren langen Hals und musterte den Tellariten kritisch. »Ein typischer Irrtum derjenigen, die den Kodex der Föderation nicht richtig verstehen.«

»Wollen Sie mich beleidigen?« grollte Zev.

»Die Erste Direktive verbietet Repräsentanten der Föderation, irgendeinen Einfluß auf die soziologische oder technische Entwicklung einer Kultur zu nehmen. Indem wir Aritani eine zweite Chance geben, unser Angebot zu nutzen, mischen wir uns nicht in die kulturelle Evolution ein. Das Gegenteil ist der Fall: Wir schützen die Aritanier vor einem externen Faktor, der ihre Entwicklung behindert. Wir achten das Nichteinmischungsprinzip.«

»Aber wir ignorieren die Entscheidung der aritanischen Regierung«, rief Zev.

»Davon kann keine Rede sein.« Die Cygnusianerin schüttelte den schmalen, hohen Kopf. »Wir erlauben es den Aritaniern, ihren Standpunkt noch einmal zu überdenken. Eine solche Möglichkeit hätten sie nicht, wenn die Piraten ihre Angriffe fortsetzen können.«

»Jedem Volk steht es frei, den Tod zu wählen. Bei der sogenannten zweiten Chance geht es dort nur um folgendes: Die Föderation will nicht, daß Aritanis natürliche Ressourcen von den Romulanern genutzt werden.«

»Von den Romulanern?« wiederholte Emma leise.

»So lauten die letzten Gerüchte«, erwiderte Kirk.

»Wenn die Romulaner den Planeten übernehmen, droht den Aritaniern die Auslöschung«, sagte die Cygnusianerin. »Die Rihannsu würden bestimmt nicht zögern, alle Bewohner umzubringen und die Rohstoffe ohne Rücksicht auf das Ökosystem abzubauen. Es bliebe nur eine leblose Wüste zurück.«

»Trotzdem bin ich der Ansicht, daß wir die Entscheidung der Aritanier respektieren müssen«, beharrte Zev.

Dünne Falten furchten die Stirn der Cygnusianerin. »Sie übersehen einen wichtigen Punkt. Als uns die Aritanier aufforderten, ihre Welt zu verlassen, hielten sie uns für machtlos. Vielleicht ändern sie ihre Meinung, wenn wir beweisen, daß wir ihnen helfen können.«

»Und wie sollen wir das anstellen?« fragte der Tellarit spöttisch.

»Ein Problem, das Starfleet und die Geheimdienste lösen müssen.« Die Cygnusianerin hob ihr Glas und trank einen Schluck Brandy.

»Verdammt, wenn die Piraten wirklich einen Schirmfeld-Neutralisator einsetzen, sind wir überhaupt nicht imstande, den Aritaniern Hilfe zu gewähren!«

Die cygnusianische Botschafterin antwortete mit einem glockenhellen Lachen. Zev wandte sich verärgert von ihr ab und sah den Andorianer an. »Ich bleibe dabei: Wir dürfen nicht eingreifen. Was meinen Sie, Thelev?«

Der alte Andorianer verzog das schrumpelige Gesicht und schürzte die Lippen. »Ich kann mich nicht zu diesem Thema äußern, Zev. Bitte haben Sie Verständnis dafür. Ich bin von meiner Regierung beauftragt, mich auf keine Diskussionen einzulassen, bis die Abstimmung stattfindet.«

»Ganz offensichtlich hat Ihre Regierung nicht den Mumm, eindeutig Stellung zu beziehen. Sie will es sich mit niemandem verderben und erst hören, was die übrigen Delegierten zu sagen haben.«

Thelev schenkt Zevs Zorn keine Beachtung und richtete seinen Blick auf die Cygnusianerin. »Betrunkene Tellariten sind außerordentlich unangenehm«, stellte er fest.

»In der Tat«, erwiderte die zarte und riesenhaft große

Frau. »Noch weitaus unangenehmer als nüchterne Tellariten. Wie dem auch sei: Zev weckt Heimweh in mir.«

»Wieso?«

»Er erinnert mich an einen cygnusianischen *Drelu.*«

Der Tellarit brüllte, sprang ans Sofa heran und streckte beide Hände noch dem dünnen Hals der Cygnusianerin aus. Emma stand in unmittelbarer Nähe, reagierte sofort und hielt den wütenden Zev fest. Vergeblich versuchte er, sich aus ihrem Griff zu befreien.

»Wie können Sie es zulassen, daß mich diese Frau anfaßt, Captain? Wenn ich verletzt bin, so wird meine Regierung alle notwendigen Schritte einleiten, um Sie zur Rechenschaft zu ziehen!«

Genau in diesem Augenblick kehrte Taureng mit zwei Gläsern und einer Flasche zurück. »Bei allen saurianischen Göttern...«

Kirk sah verärgert auf den Tellariten herab, der sich noch immer hin und her wand. »Sie haben einen anderen Delegierten angegriffen, Botschafter Zev. Wenn Sie Ihre aggressiven Instinkte nicht unter Kontrolle halten können, sollten Sie diesen Raum verlassen und sich in Ihre Kabine zurückziehen.«

»Befehlen Sie diesem Teufelsweib, mich endlich loszulassen!«

Varth trat an Kirks Seite. »Vielleicht kann ich helfen, Sir.«

Diesmal war Kirk dankbar für die Präsenz seines neuen Ersten Offiziers. Er deutete auf den Tellariten. »Nur zu, Mr. Varth.«

Emma gab den tellaritischen Botschafter frei, und Zev fluchte, als er Varth folgte. Der Radu richtete einige scharfe und wenig schmeichelhafte Bemerkungen an ihn.

In der Tür blieb Zev noch einmal stehen, drehte sich um und sah die Cygnusianerin an. »Damit ist die Sache nicht erledigt! Ich werde mich rächen!«

Die Frau lachte nur und winkte.

»Ich verstehe das nicht«, sagte Emma. »Was ist ein *Drelu?*«

Die cygnusianische Botschafterin schmunzelte. »Ein Aas-Tier. Es ernährt sich von den Exkrementen anderer Geschöpfe.«

Taureng reichte Kirk ein Glas, und der Captain nahm es erleichtert entgegen. »Ich habe eine Flasche aus meinem persönlichen Vorrat mitgebracht«, erklärte der Saurianer. »Dieser Brandy hat hundertzwanzig saurianische Jahre im Faß gelagert. Sie ahnen gar nicht, was das für einen Unterschied macht.«

»*Drelu*, hm?« murmelte McCoy nachdenklich. »Das muß ich mir merken.«

»Zum Glück war Varth hier, um uns von Zev zu befreien«, sagte Emma und seufzte. »Ist der Umgang mit Diplomaten immer so schwer?«

Die Frage galt Kirk, aber Taureng kam dem Captain zuvor. »Nur dann, wenn die Diplomaten von Tellar stammen.«

Jim trank einen Schluck und atmete tief durch.

»Mit etwas Glück ergeben sich keine zusätzlichen Probleme.«

Kirks Hoffnungen erfüllten sich nicht. Zwei Stunden nach Mitternacht weckte ihn das Summen des Interkoms. Sicherheitsoffizier Tomson teilte ihm mit, man habe die Cygnusianerin am Fuß einer Nottreppe gefunden. In ihrem Leib war kein einziger Knochen heil geblieben.

KAPITEL 9

T'Pala saß unter dem Baum im dunklen Garten. Sie gab keinen Ton von sich, als Spock näher kam.

Der Vulkanier war froh, daß er nun wieder einen mentalen Schild errichten konnte, der ihn zumindest teilweise vor den unkontrollierten emotionalen Emanationen der jungen Frau schützte.

»Meine Eltern sind besorgt«, sagte er und zog den Mantel enger um die Schultern. Ein kalter Wind strich durch die mondlose Nacht. »Den ganzen Tag über haben wir nichts von Ihnen gehört, und Sie verzichteten darauf, das Abendessen mit uns einzunehmen. Wir vermuteten zunächst, Sie seien noch immer in ShanaiKahr. Fühlen Sie sich nicht wohl?«

T'Pala drehte den Kopf zur Seite. »Ihnen dürfte klar sein, welche Nachricht ich heute in der Hauptstadt bekam. Nun, wie lautet Ihre Schlußfolgerung?«

»Man lehnte Ihre Aufnahme ins diplomatische Korps ab.«

T'Pala sah ihn wieder an, und ihre Augen funkelten. Ein oder zwei Sekunden lang befürchtete Spock, daß sie geweint hatte, aber ihre Wangen schienen trocken zu sein. »Ja«, bestätigte sie.

Spock dachte kurz nach. »Sie sind noch sehr jung, T'Pala. Ich schlage vor, Sie setzen Ihr Studium fort und stellen im nächsten Jahr noch einmal einen Aufnahmeantrag. Vielleicht sind Sie dann reif genug, um für den diplomatischen Dienst zugelassen zu werden.«

Die junge Frau schüttelte bitter den Kopf. »Meine Reife hat damit überhaupt nichts zu tun. Der Grund für die Ablehnung liegt ganz woanders. Wahrscheinlich könnten Sie ihn gar nicht verstehen.«

»Vielleicht irren Sie sich«, erwiderte Spock sanft. »Worum geht es dabei?«

T'Pala rang mit sich selbst. »Um meine Herkunft...«

Spock nickte langsam. »Ich weiß genau, was Sie meinen.«

»Dann sollten Sie auch wissen, welchen Vorurteilen ich hier begegne«, platzte es aus T'Pala heraus. Es gelang ihr nicht, Zorn und Enttäuschung zu unterdrücken. »Selbst wenn man mich aufgenommen hätte... Ich bezweifle, ob ich glücklich geworden wäre. Ich gehöre nicht hierher. Sie haben damals die richtige Entscheidung getroffen, als Sie Vulkan verließen.«

Spock setzte zu einer Antwort an, doch T'Pala unterbrach ihn bereits im Ansatz. »Sie sind auf Vulkan aufgewachsen. Im Gegensatz zu mir. Ich hatte als Kind keine Gelegenheit, die mentalen Disziplinen zu lernen. Meine Güte, ich spreche nicht einmal akzentfrei Vulkanisch.«

»Ich kann mir kaum vorstellen, daß man Ihren Antrag aus diesen Gründen ablehnte.«

Die junge Frau nickte. »Ja, das stimmt. Ich weiß, daß man Ihnen das Angebot unterbreitete, für das DKV zu arbeiten, aber Sie zogen eine Karriere in Starfleet vor...«

Spock bedachte T'Pala mit einem durchdringenden Blick.

»Meine Probleme basieren also nicht auf dem Umstand, daß ich zur einen Hälfte Mensch bin. Nein, es steckt mehr dahinter.« Die junge Frau blickte auf ihre im Schoß gefalteten Hände und seufzte. »Ich wünschte, Sarek wäre mein Vater.«

Spock versteifte sich unwillkürlich. »Sarek war nicht der Grund, warum man mir eine berufliche Laufbahn im diplomatischen Korps nahelegte. Außerdem: Er hat eine Empfehlung für Sie ausgesprochen.«

T'Pala sah zu ihm auf. »Das meinte ich nicht. Ich bedauere es, die Tochter Gerald Carstairs' zu sein. In diesem Zusammenhang bleiben selbst Sareks Empfehlungen ohne Einfluß.«

Spock wölbte verwundert eine Braue.

»Hat Ihnen niemand etwas gesagt?«

»Ich habe den Namen schon einmal gehört. Kommt ihm irgendeine besondere Bedeutung zu?«

»Er zwang uns dazu, die Erde zu verlassen. Und er erklärt, warum kein vulkanischer Mann bereit ist, sich mit mir zu binden.«

»Meiner Ansicht nach spricht nichts dagegen, daß Sie eine adäquate Bindungspartnerin wären«, sagte Spock.

T'Pala nickte dankbar und schloß die Augen. »Aufgrund seiner Arbeit hatte mein Vater Zugang zu geheimen Forschungsunterlagen. Die Vulkanier warfen ihm vor, jene Informationen an die Romulaner verkauft zu haben.«

»Stimmt das?«

»Es wurde nie offizielle Anklage erhoben, aber er mußte aus dem diplomatischen Korps ausscheiden. Als er im letzten Jahr starb, kehrte ich nach Vulkan zurück. Ich rechnete mit Schwierigkeiten, weil ich Carstairs Tochter bin. Und jetzt haben sich meine Befürchtungen bestätigt.«

Spock nahm neben der jungen Frau Platz und holte tief Luft. »Selbst Vulkanier sind nicht perfekt, T'Pala«, sagte er. »Wie alle intelligenten Wesen neigen sie zu Vorurteilen. Aber ich bin sicher, das Prüfungskomitee lehnte Sie nicht nur deshalb ab, weil Ihr Vater Gerald Carstairs hieß.«

T'Pala wandte sich um und wich in den Schatten zurück. »Denken Sie, was Sie wollen – es spielt keine Rolle. Ich will keine Schande über mich bringen, indem ich eine Loyalität anbiete, auf die man keinen Wert legt. Ich werde diesen Planeten bald verlassen.«

»Das halte ich für falsch«, erwiderte Spock. »Wenden Sie sich noch einmal an das DKV und erkundigen Sie sich nach den Ablehnungsgründen. Ich bin sicher, man wird Ihnen offen Auskunft geben. Vielleicht ergibt sich dadurch eine Möglichkeit für Sie, doch noch Aufnahme zu finden.«

Aber T'Pala hörte nicht auf ihn. Wortlos stand sie auf und ging fort.

Es war keine sehr angenehme Nacht. Die erste Hälfte der Ruheperiode verbrachte Kirk damit, die tellaritische Delegation und den Andorianer Thelev zu befragen, der die Cygnusianerin als letzter lebend gesehen hatte. Kirk entschied sich zu einer Maßnahme, die sein Verlangen nach Rache zumindest teilweise befriedigte: Er stellte die Tellariten in ihrem Quartier unter Arrest, überhörte die lauten Flüche Zevs und hoffte inständig, daß sich keine weiteren Probleme ergaben.

Auch in dieser Hinsicht erwartete ihn eine Enttäuschung.

Kirk hatte sich gerade wieder auf seiner Koje ausgestreckt und die Augen geschlossen, als erneut das Interkom summte. Er stöhnte leise und schaltete das kleine Gerät ein.

Der Captain atmete erleichtert aus, als er Uhuras Stimme vernahm. Wenigstens meldete Tomson nicht den Tod eines weiteren Diplomaten.

Das dunkle, anmutige Gesicht auf dem Schirm lächelte entschuldigend. »Tut mir leid, Sie stören zu müssen, Captain. Ich nahm an, nach all der Aufregung seien Sie noch immer wach...«

Kirk brummte. »Was ist los, Lieutenant?«

»Seit der Ermordung der cygnusianischen Botschafterin überwache ich alle Kommunikationskanäle — eine Standardprozedur, Sir. Ich habe gerade eine sehr niedrige Frequenz kontrolliert und dabei etwas empfangen, das... Nun, es ist schwer zu erklären. Vielleicht handelt es sich nur um statische Störungen. Aber es könnten auch sorgfältig abgeschirmte Signale sein. Ich weiß nicht, was ich davon halten soll, Sir. Vielleicht bin ich einfach zu mißtrauisch.«

»Angesichts unserer Passagiere können wir gar nicht vorsichtig genug sein, Lieutenant.« Kirk erinnerte sich daran, daß die *Enterprise* schon einmal Diplomaten befördert hatte. Damals waren sie von einem orionischen Kreuzer verfolgt worden. »Haben Sie die Signale angepeilt?«

»Ja, Sir. Sie werden von diesem Schiff aus gesendet.« Uhura verbarg ihre Überraschung nicht. »Um ganz genau zu sein: Der Sender befindet sich in McCoys Kabine.«

Kirk glaubte, seinen Ohren nicht trauen zu können. »In *McCoys* Kabine?«

»Ja, Sir. Ein Irrtum ist nicht möglich.«

»Ich kümmere mich darum, Uhura. Danke dafür, daß Sie mich verständigt haben.«

»Es war meine Pflicht, Sir.«

Kirk justierte den kleinen Codegeber und trat zurück, als das Schott von McCoys Quartier aufglitt.

Das einzige Licht im Zimmer stammte von der Schreibtischlampe. Emma drehte den Kopf und musterte ihn erstaunt. Es überraschte Kirk nicht, sie hier anzutreffen, aber er hatte nicht damit gerechnet, daß sie ein winziges Sendegerät in der Hand hielt.

Irgend etwas schnürte ihm den Hals zu, als er den Phaser auf die Neuropsychologin richtete. »Geben Sie es mir.«

Stumm reichte sie ihm den Sender.

»Pille?« fragte der Captain heiser.

Im dunklen Schlafzimmer blieb alles still.

Kirk drehte den Strahler weiterhin auf Emma gerichtet und kämpfte gegen die Panik an. »Lieber Himmel, wenn Sie ihm irgend etwas angetan haben...«

»Er hat ein Sedativ bekommen und wird noch einige Stunden schlafen«, antwortete Emma. Ihre Stimme klang völlig neutral, brachte weder Schuld noch Feindseligkeit oder Ärger zum Ausdruck. »Warum haben Ihre Leute ausgerechnet diese Frequenz überwacht?«

Kirk zitterte vor Wut, und er versuchte, sich wieder völlig unter Kontrolle zu bringen, ebenso ruhig zu sein wie Emma. »Zum Teufel auch, warum benutzen Sie ein solches Gerät?«

»Ich brauche es für meine Arbeit«, sagte die Frau und stand auf. Kirk winkte mit dem Phaser.

»Setzen Sie sich.«

Emma nahm wieder Platz. »Captain, bevor Sie die Sicherheitsabteilung verständigen...«

»Seien Sie still.« Er konnte es nicht ertragen, ihr zuzuhören. Das Gesicht der Neuropsychologin wirkte völlig ehrlich und offen, und Kirk fürchtete, daß er ihr glaubte, wenn sie ihre Unschuld beteuerte. Die Vorstellung, daß Emma eine Verräterin war, erschien ihm geradezu absurd.

»Schießen Sie ruhig, aber ich werde nicht schweigen. Bitte setzen Sie sich zuerst mit Admiral Komack in Verbindung und sagen Sie ihm, was geschehen ist. Bitte. Warten Sie noch, bevor Sie Lieutenant Tomson Bescheid geben.«

Kirk hielt den Phaser schußbereit in der Hand und trat ans Interkom heran.

»Ich bin auf Ihrer Seite«, versicherte Emma.

Vielleicht wollte ihr der Captain glauben; er verzichtete zunächst darauf, die Sicherheitsabteilung zu alarmieren. »Uhura, ich möchte Admiral Komack von McCoys Quartier aus eine Nachricht schicken. Sie ist sehr wichtig. Bitte übermitteln Sie mir die Antwort, sobald sie eintrifft.«

»Danke«, murmelte Emma.

Kirk nahm auf der anderen Seite des Tisches Platz und zielte weiterhin auf die Frau. »Die Entfernung ist nicht sonderlich groß. Wir müßten eine Antwort bekommen, bevor McCoy erwacht.« Er preßte kurz die Lippen zusammen. »Ich habe jede Menge Zeit.«

SAENZ, EMMA MARIA. SICHERHEITSKLASSIFIKATION VERTRAULICH. DIE VERWENDUNG DES SENDERS WURDE VON MIR PERSÖNLICH AUTORISIERT. ADMIRAL KOMACK ENDE.

Kirk steckte den Phaser ins Halfter zurück und seufzte erleichtert. Emma hatte sich vorgebeugt, und ihr Kopf ruhte auf den Armen. Der Captain streckte die Hand aus, berührte sie sanft an der Schulter und lächelte, als sie aufsah.

»Komack?« fragte Emma und gähnte.

Kirk nickte. »Tut mir leid. Ich wußte nichts davon.«

Sie streckte sich. »Danke dafür, daß Sie Tomson nichts gesagt haben. Niemand darf davon erfahren, nicht einmal Leonard.« Emma musterte den Captain ernst. »Mein Leben hängt davon ab.«

»Ich behalte alles für mich.« Kirk wollte aufstehen, überlegte es sich dann anders und blieb sitzen.

»Was zwischen uns geschehen ist...«

Sie hob die Brauen, und ihre Reaktion erinnerte Jim an Spock. »Zwischen uns hat sich *überhaupt nichts* abgespielt«, betonte sie.

»Ja«, sagte er langsam. »Ja, Sie haben recht.« Er erhob sich, ging zur Tür und blieb noch einmal stehen. »Dabei sollte es auch bleiben.«

»Wenn Sie möchten...«

»Ja, das möchte ich.« Neuerlicher Ärger regte sich in Kirk – Emma bot ihm keine Hilfe an. Sie schien sogar Spaß daran zu haben, so wie Spock, wenn er vorgab, terranische Redewendungen nicht zu verstehen.

Nach einigen Sekunden beugte sie sich vor. »Ich habe nicht die geringste Absicht, Sie oder Leonard zu verletzen«, sagte sie ernst. »Sie beide bedeuten mir viel.«

Kirk sah den Glanz in ihren Augen und ging rasch, bevor er sich dazu hinreißen ließ, Emma noch einmal zu küssen.

»Bei allen Raumteufeln...« Kirk wurde fast aus dem Kommandosessel geworfen, als die *Enterprise* erbebte.

»Captain!« rief Sulu aufgeregt. »Der Warptransit ist unterbrochen.«

»Manuelle Kontrolle, Mr. Sulu.«

»Funktioniert nicht, Sir.«

»Captain!«

Uhuras Stimme klang so nervös, daß Kirk ruckartig den Kopf drehte.

»Die technische Abteilung meldet eine Explosion, Sir... Im zentralen Maschinenraum.«

»Geben Sie mir Scotty.«

»Captain...« Kirk hörte krampfhaftes Husten im Hintergrund. »Hier ist Scott.« Offenbar fiel es dem Chefingenieur schwer, verständliche Worte zu formulieren.

»Was ist bei Ihnen los, Scotty? Irgendwelche Verletzte?«

»Nein, Sir. Aber jemand hat den Warpantrieb in die Luft gejagt. Dichter Qualm hindert uns daran, das Ausmaß des Schadens zu beurteilen, aber ich glaube, es wurde auch die manuelle Kontrolle betroffen. Die Kühlmodule und Materie-Antimaterie-Wandler sind zum Glück unbeschädigt geblieben. Ich schätze, wir können die Sache bald in Ordnung bringen. Wer auch immer dafür verantwortlich ist: Er wollte nur, daß wir aufgehalten werden.« Scott brach ab und hustete ebenfalls.

Kirk wartete geduldig. »Wie lange brauchen Sie für die Reparatur?«

»Es sind noch nicht alle Schadensmeldungen eingetroffen. Nun, ich nehme an, es dauert mindestens einen solaren Tag, bis wir den Warptransit fortsetzen können.«

»Schicken Sie Ihre Leute zur Krankenstation, Mr. Scott. Es klingt ganz so, als litten sie an Rauchvergiftungen. Lassen Sie sich ebenfalls untersuchen.«

»Aye, Sir.«

»Sobald McCoy Sie gesundgeschrieben hat, erwarte ich einen vollständigen Bericht.«

Kirk wandte sich wieder dem Interkom zu, um die Sicherheitsabteilung zu verständigen, als Tomsons Stimme aus dem Lautsprecher drang. »Oh, Lieutenant Tomson, ich wollte mich gerade mit Ihnen in Verbindung setzen. Beginnen Sie mit einer gründlichen Untersuchung, wenn sich der Rauch im Maschinenraum verzogen hat. Scott meint, die Explosion sei kein Unfall.«

»Im Maschinenraum kam es ebenfalls zu einer Explosion, Sir?«

»Was soll das heißen, *ebenfalls*?« In Kirks Magengrube krampfte sich etwas zusammen.

Eine Detonation in Taurengs Zimmer hatte den Saurianer in den Korridor geschleudert, und dort war er an die Wand geprallt. Sein Assistent stand in unmittelbarer Nähe des verborgenen Sprengkörpers und war auf der Stelle tot. Tomson fügte hinzu, der Botschafter befinde sich derzeit im Operationssaal; sein Zustand sei kritisch.

Kirk schaltete das Interkom aus und sah sich zum zweitenmal innerhalb kurzer Zeit mit der unerquicklichen Aufgabe konfrontiert, einer Regierung mitzuteilen, daß jemand einen Anschlag auf ihre Delegation verübt hatte.

»Irgend jemand an Bord dieses Schiffes will nicht, daß wir Vulkan rechtzeitig erreichen«, murmelte er.

CAPTAINS LOGBUCH: STERNZEIT 7006.9

Lieutenant Tomson hat mir inzwischen Bericht erstattet. Ihre Ermittlungen führten zu folgendem Ergebnis: Der unbekannte Täter, der sowohl im Maschinenraum als auch im Quartier des Botschafters Taureng Bomben versteckte, ist nicht nur ein Sprengstoffexperte – es wurden keine Spuren der verwendeten Substanz gefunden –, sondern kennt sich auch bestens in der *Enterprise* aus.

Die Sicherheitsabteilung nahm eine sorgfältige Überprüfung vor: Kein Besatzungsmitglied ist im Umgang mit Sprengstoff unterwiesen worden. Lieutenant Tomson meint, dafür gebe es nur eine Erklärung.

Jemand aus meiner Crew ist ein romulanischer Agent.

Emma Saenz und Kirk standen sich auf einer großen Matratze in der Sporthalle gegenüber.

»Was macht die Schulter?«

Kirk zuckte übertrieben mit den Achseln, um zu zeigen, daß er wieder voll einsatzfähig war. »Ich habe keine Schmerzen mehr«, sagte er und fügte lächelnd hinzu: »Die Schulter hat uns einige Probleme bereitet, nicht wahr?«

Emma wußte natürlich, was er meinte. Sie schmunzelte und verbeugte sich traditionsgemäß.

Als sie sich wieder aufrichtete, griff Kirk sofort an.

Die Neuropsychologin reagierte genau so, wie er es gehofft hatte. Sie wich dem Angriff nicht aus und versuchte, ihn zu Boden zu werfen.

Der Aufprall war stark genug, um Kirk das Gleichgewicht zu rauben. Er hielt Emma an den Armen fest und rollte sich so schnell herum, daß sie unter ihm lag. Die Frau leistete erheblichen Widerstand, und fast wäre es ihr gelungen, sich zu befreien. Aber diesmal errang reine Kraft den Sieg über agiles Geschick, und Emma mußte sich mit der Niederlage abfinden.

»Sie lernen schnell«, schnaufte sie.

»Ich habe einen guten Lehrer. Nicht nur Sie verstehen sich darauf, andere Leute zu überraschen.«

Aber an Emmas Lernfähigkeiten gab es ebenfalls nichts auszusetzen. Nach dem ersten unorthodoxen Angriff stellte sie sich auf Kirks Taktik ein, und der Kampf endete unentschieden.

Auf dem Weg zur Sauna blieb Kirk plötzlich stehen. Vielleicht hielten sich andere Besatzungsmitglieder in der Kammer auf, und er wollte allein mit Emma sprechen. Er wandte sich ihr zu, und sie musterte ihn neugierig. Sie war noch immer ein wenig außer Atem, und der rötliche Schimmer auf den Wangen erhöhte ihre Attraktivität. So zart. Und so stark...

Kirk rief sich zur Ordnung und wählte einen förmlichen Tonfall. »Ich brauche Ihre Hilfe, Doktor.«

»Die ich Ihnen gern gewähre«, erwiderte sie ruhig.

Der Captain schluckte. »Ich muß den Unbekannten finden, der für die Bombenanschläge in meinem Schiff verantwortlich ist. Vermutlich hat die gleiche Person den romulanischen Gefangenen und die cygnusianische Botschafterin umgebracht.«

Emma trat einen Schritt zurück und stützte die Hände in die Hüften. Sie wirkte fast beleidigt. »Sind Sie denn überhaupt nicht in der Lage, irgendwelche Schlußfolgerungen zu ziehen, Captain? Glauben Sie etwa, Komack hat mich nur hierhergeschickt, damit ich Spock behandle?«

»Nein...«

»Was die jüngsten Zwischenfälle angeht, trifft mich weitaus mehr Schuld als Sie. Seien Sie gewiß: Ich arbeite an der Sache.«

Diese Worte tilgten das Unbehagen aus Kirk. Er entspannte sich und seufzte. »Haben Sie bereits etwas entdeckt?«

»Ich möchte lieber nicht darüber reden. Was diesen Aspekt meiner Tätigkeit betrifft, erhalte ich meine Anweisungen direkt von Komack.«

Kirk zuckte innerlich zusammen, ließ sich jedoch nichts anmerken. »Ich verstehe. Aber Ihnen dürfte klar sein, daß ich großes Interesse daran habe, die derzeitige Situation zu klären.«

»Es befindet sich ein Spion an Bord«, erwiderte Emma. Sie dachte kurz nach und fügte so leise hinzu, daß Kirk ihre Stimme kaum hörte: »Besser gesagt: zwei.«

Der Captain nickte kummervoll.

»Wenn es mir gelungen ist, den feindlichen Agenten zu identifizieren, gebe ich Ihnen sofort Bescheid«, versprach Emma, ging zu den Umkleidekabinen und gab Kirk keine Gelegenheit, ihr weitere Fragen zu stellen.

Lavendelfarbenes Blau, das sich erst in Purpur verwandelte, dann in ein dunkles Violett. Vage Grautöne kamen hinzu, bevor Schwärze alles andere verschlang. Die Finsternis kroch heran, eine gestaltlose Flut, die über Hügel hinwegströmte, an Bergen emporgischtete, an grauen und kohleschwarzen Bergen... Spock ließ sich davon erfassen, verlor den Halt, stürzte in die Dunkelheit, fiel immer schneller in einen bodenlosen Abgrund. Er drehte sich um die eigene Achse, und schon nach wenigen Sekunden verlor er die Orientierung. Ein Schrei hallte durch die Nacht...

Abrupt richtete er sich auf. Der Traum ... er wiederholte sich ständig, und jede neue Version wies subtile Unterschiede auf. Sicher dauerte es nicht mehr lange, bis die Berge ihr Geheimnis verloren.

Er warf einen kurzen Blick auf das Wandchronometer und kleidete sich fürs Abendessen um. Sein Körper wirkte nicht mehr dünn und ausgezehrt. Während der vergangenen Woche hatte er Amandas Kochkünste genossen und erheblich zugenommen. Er entwickelte sogar die Angewohnheit, nachmittags einige Stunden zu schlafen. Spock brauchte die Kraft, um ein ganz bestimmtes Ziel zu erreichen: Er wollte so schnell wie möglich zur *Enterprise* zurückkehren.

Er war davon überzeugt, daß er gute Fortschritte machte und seinen Dienst bald wieder antreten konnte. Die Lükken in seinem Gedächtnis schlossen sich; nur der Zwischenfall auf Aritani blieb rätselhaft für ihn. Aber er hielt an der Überzeugung fest, daß ihm der deutlicher werdende Traum bald jene letzten Reminiszenzen zurückbrachte. Er beherrschte auch wieder die Gedankenregeln. Am vergangenen Morgen hatte ihm der Tela'at den letzten Unterricht erteilt.

»Ihre Veränderung erstaunt mich, Spock«, erklang Staliks Erinnerungsstimme. »Während meiner langen Tätigkeit als Lehrer habe ich noch nie erlebt, daß jemand die Gedankenregeln so schnell lernt wie Sie. Dies ist die letzte Lektion. Sie brauchen meine Hilfe nicht mehr.«

Spock verneigte sich. »Ich bin sehr dankbar dafür, daß Sie mein Lehrer sind. Ihre Bereitschaft, nach meinem ungebührlichen Verhalten zurückzukehren, verdient höchsten Respekt. Diesmal werde ich nicht vergessen, was ich von Ihnen gelernt habe.« Er hob die Hand zum vulkanischen Gruß. »Glück und langes Leben, Tela'at Stalik.«

Der Unterweiser erwiderte den Gruß. Das Alter ließ seine Finger zittern. »Das vulkanische Glück heißt Zufriedenheit und Erfüllung. Ich habe beides gefunden und ein langes Leben hinter mir. Möge es Ihnen ebenso ergehen.«

Zwischendurch: [redacted] Spock sammelt Kräfte für sein Ziel: die Rückkehr zur Enterprise. Amandas Kochkünste tun ihr übriges: Er hat erheblich zugenommen. [redacted] Wir Irdischen allerdings leiden meist weniger an Auszehrung – und bevorzugen deshalb leichtere, kleine Mahlzeiten zwischendurch. Besonders beliebt ist hierfür etwas Würziges, Heißes wie die… [redacted]

Spock begleitete den Tela'at zur Tür und sah ihm nach, als er über den staubigen Pfad ging. Stalik war selbst nach vulkanischen Maßstäben sehr alt. Vermutlich würde er bald sterben, und dann ging sein enormes Wissen verloren — abgesehen von dem Teil, den er an seine Schüler weitergegeben hatte. Spocks Dankbarkeit beschränkte sich nicht nur auf höfliche Rhetorik.

Er dachte noch immer an Stalik, als er das Gästezimmer verließ und durch den Flur schritt. Ein Schatten fiel ihm auf, ein Schemen, der sich bewegte.

»T'Pala«, sagte er aus einem Reflex heraus. Seit der Begegnung im Garten hatte er die junge Frau nicht mehr gesehen.

T'Pala trug einen pechschwarzen Mantel, und darüber bildete ihr blasses Gesicht einen vagen Fleck. Sie schien beabsichtigt zu haben, ihr Zimmer heimlich aufzusuchen, denn sie zuckte heftig zusammen, als sie Spocks Stimme hörte.

»T'Pala«, wiederholte er. »Sie sind lange fortgeblieben, und meine Eltern haben sich große Sorgen um Sie gemacht. Leisten Sie uns beim Abendessen Gesellschaft?«

Spock bemerkte ein trotziges Blitzen in ihren Augen, bevor sie den Kopf senkte. »Nein. Ich bin nur gekommen, um meine Sachen zu holen. Ich werde Vulkan verlassen.«

Spock dachte kurz nach. »Wohin wollen Sie?«

»Vielleicht zur Erde. Ich weiß es noch nicht. Aber eins steht fest: Hier gibt es keinen Platz mehr für mich.«

»Haben Sie das Prüfungskomitee nach den Gründen für die Ablehnung befragt?«

»Es wäre sinnlos gewesen«, erwiderte T'Pala heftig. »Der vulkanische Weg kann nicht von mir beschritten werden. Vulkan bietet mir keine Heimat, und daher brauche ich mich den Bewohnern dieser Welt nicht verpflichtet zu fühlen.«

»T'Pala...«

Sie hob die Hand und unterbrach Spock. »Wenn Sie morgen früh erwachen, bin ich schon abgereist. Sie sehen mich nie wieder.«

Spock seufzte. Offenbar war es sinnlos, diese Diskussion fortzusetzen. T'Pala hatte die Entscheidung getroffen, Vulkan zu verlassen — so wie er vor vielen Jahren. Vielleicht fiel es ihr leichter. Sie stand allein; ihre Eltern lebten nicht mehr. »Auch ich werde mich bald auf den Weg machen«, sagte er.

T'Palas Gesichtsausdruck änderte sich schlagartig. Sie musterte ihn mit deutlicher Besorgnis. »Sind Sie sicher, daß Sie sich gut genug erholt haben?«

Spock nickte. »Mein Vater sagte mir, daß die *Enterprise* in vierunddreißig Komma sieben Standardstunden eintrifft. An Bord befinden sich Delegierte, die an der aritanischen Konferenz teilnehmen wollen.«

T'Pala maß ihn mit einem sonderbaren Blick. »Ihre Arznei wirkt also?«

Spock zögerte. »Um ganz offen zu sein: Ich nehme sie nicht mehr.«

Die junge Frau trat einen Schritt vor. »Halten Sie das für klug? Haben Sie mit dem Arzt darüber gesprochen?«

»Das ist nicht nötig. Mein Zustand hat sich ganz offensichtlich verbessert, was den Schluß zuläßt, daß ich keine Medikamente brauche.«

»Nicht alle Arzneien entfalten sofort ihre Wirkung«, beharrte T'Pala. »Manchmal ist ein kumulatives Potential notwendig, um einen therapeutischen Effekt zu erzielen. Wenn das hier der Fall ist, besteht die Gefahr, daß Sie bald einen Rückfall erleiden. Versprechen Sie mir, sich mit einem Arzt zu beraten.«

T'Palas Anteilnahme schien echt zu sein, und Spock sah keinen Grund, ihre Bitte abzulehnen. »Na schön. Vielleicht wäre es angebracht, mit Dr. McCoy darüber zu sprechen. Möchten Sie wirklich nicht mit uns zu Abend essen?« Möglicherweise konnte Sarek sie dazu bewegen, ihre Entscheidung noch einmal zu überdenken.

T'Pala schüttelte den Kopf und wandte sich der Tür ihres Zimmers zu.

»In dem Fall...«, sagte Spock auf Vulkanisch, »Glück und langes Leben, T'Pala.«

»Leben Sie wohl, Spock«, antwortete die junge Frau auf Englisch.

In jener Nacht träumte Spock erneut von Purpur, und diesmal gesellten sich dunkelrote, blaue und orangefarbene Tönungen hinzu. Die Farben schimmerten, verschmolzen miteinander, teilten sich wieder und gewannen feste Formen. Er sah purpurne Berge, den dunkelblauen Himmel, eine scharlachrote Sonne, die gerade hinter dem Horizont verschwand und das Firmament grau verfärbte. Spock blickte sich um, beeindruckt von der Schönheit des Planeten, vom Duft wilder Blumen...

»Riechst du das, Pille?« fragte Jim Kirk. Spock freute sich darüber, ihn wiederzusehen. Er nannte den Namen des Captains, aber Jim wandte sich nicht um, schien ihn gar nicht zu hören. Er stand auf dem Plateau, atmete den Duft der Blumen in tiefen Zügen.

Spock drehte den Kopf und sah auch Montgomery Scott und Leonard McCoy. Gemeinsam wanderten sie durch eine wundervolle Landschaft. Ein Paradies, ja – aber sehr gefährlich. Spock beschloß, die Gefährten zu warnen, aber es kamen völlig andere Worte von seinen Lippen.

»Ich verstehe nicht ganz, warum Sie die beiden Bezeichnungen ›Auge‹ und ›Weide‹ miteinander verbinden, Mr. Scott.« Er versuchte, Jim und die beiden anderen Männer aufzufordern, den Planeten zu verlassen, sich sofort zur *Enterprise* zurückzubeamen, aber er hatte keine Kontrolle über Zunge und Stimmbänder. Eine bereits vertraute Verzweiflung erfaßte ihn.

Scott konnte mit der Bemerkung des Vulkaniers nicht viel anfangen. Dies sei ein herrlicher Ort, meinte er, und das müsse selbst Spock zugeben. Ein herrlicher Ort. Ein herrlicher Planet.

Aritani.

Spock triumphierte. Endlich konnte er von Aritani sprechen. Endlich erinnerte er sich daran, was auf der Welt der Pflanzer geschehen war.

Die Freude verwandelte sich in Erschrecken, als er plötzlich feststellte, daß seine Freunde verschwunden waren, daß er völlig allein in rabenschwarzer Finsternis stand. *Ich habe nichts zu befürchten,* dachte er. *Meine Augen werden sich rasch an die Dunkelheit gewöhnen, und ich kann gut genug hören, um rechtzeitig gewarnt zu sein...* Die untergegangene Sonne hatte alle schimmernden Farben mitgenommen, nur Schwärze und diffuse Gräue zurückgelassen. Spock betrachtete die Anzeigen des Tricorders, als er übers Plateau schritt und sich dem Berghang näherte. Es fiel ihm nicht schwer, alle Einzelheiten seiner Umgebung zu erkennen; es bestand keine Gefahr, daß er abrutschte und fiel...

Abrutschte und fiel...

Nein, er würde nicht fallen.

Spock erreichte den Hang, ging in die Hocke – und nahm das matte Wabern eines Transporterfeldes wahr. Von einem Augenblick zum anderen begriff er, daß man ihn gesehen hatte, und unmittelbar darauf folgte eine andere Erkenntnis. Es gab nur zwei Alternativen für ihn: Entweder ein qualvoller Tod durch Brandphaser – oder ein ungewisses Schicksal jenseits des Plateaus.

Er sprang.

Spock schreckte aus dem Schlaf, als er das Gefühl hatte, in einen tiefen Abgrund zu stürzen. Er bebte am ganzen Leib, atmete mehrmals tief durch und stand auf.

Jetzt wußte er, was er dem Captain hatte mitteilen wollen – und er war entschlossen, sich mit der *Enterprise* in Verbindung zu setzen, bevor *sie* erneut versuchten, ihn umzubringen. Spock trat an das Subraum-Funkgerät heran, das Gästen von Außenwelt zur Verfügung stand. Kirks Schiff trennten sicher nur noch einige Dutzend Lichtjahre von Vulkan. Mit anderen Worten: Er konnte damit rechnen, daß er fast sofort Antwort erhielt.

Spock stellte die richtige Frequenz ein und ging auf Sendung. »*Enterprise,* bitte kommen. Hier ist Commander Spock auf dem Planeten Vulkan. Empfangen Sie mich, *Enterprise*?«

Es blieb ihm keine Zeit, auf eine Antwort zu warten. Seltsame Geräusche drangen aus dem Wohnzimmer, deuteten auf einen Kampf hin. Die dumpfe, erstickt klingende Stimme Sareks, der den Namen seines Sohnes nannte... Rief er ihn um Hilfe? Oder war es eine Warnung?

Spock verließ das Gästezimmer, betrat den Hauptraum. Dunkelheit. Irgendwo das Blitzen von Stahl. Zwei Gestalten rangen miteinander, und eine von ihnen trug einen weiten Wüstenmantel.

Die andere... Sarek.

Spock lief los und sah, wie der Angreifer einen Dolch hob. Sarek taumelte zurück, und als Spock ihn festhielt, als er ihn an der Brust berührte, spürte er warmes Blut.

Er ließ seinen Vater zu Boden sinken und stellte sich dem Unbekannten, der erneut mit seiner Waffe ausholte. Spock erkannte sie wieder: Es handelte sich um den Zeremoniendolch aus dem Zimmer, das T'Pala als Unterkunft diente. Er neigte den Oberkörper zurück, um dem Hieb zu entgehen, und gleichzeitig schloß er seine Hand um den Unterarm des Attentäters. Der Fremde kämpfte mit vulkanischer Kraft, aber bevor es ihm gelang, sich aus dem Griff zu befreien, mußte er das Messer fallen lassen.

Beide Männer sprangen danach. Der Angreifer erreichte es zuerst und traf seinen Widersacher am Handgelenk. Spock wich zurück und verfluchte seine Schwerfälligkeit — die Klinge hatte eine Ader durchtrennt, und Blut quoll daraus aus. Er mußte den Fremden möglichst schnell überwältigen; wenn er sich zuviel Zeit ließ, schwächte ihn der Blutverlust, und dann war er seinem Gegner hilflos ausgeliefert.

Er stürmte los und trachtete vergeblich danach, den Unbekannten zu Fall zu bringen. Erneut blitzte die Klinge, und Spock mußte langsam zurückweichen — bis er über den bewußtlosen Sarek stolperte, das Gleichgewicht verlor und stürzte.

Benommen blieb er liegen. Die Kraft floß aus ihm heraus, und er leistete kaum Widerstand, als der Angreifer nach seinen Handgelenken griff und sie mit chirurgischer Präzision aufschnitt. Hilfloser Zorn brodelte in Spock: Es mußte erneut den Anschein haben, als sei es seine Absicht gewesen, rituellen Selbstmord zu begehen. Die Konturen der Umgebung verschwammen, und Spock erschlaffte. Er sah keinen Sinn darin, seine letzten Energien mit einem sinnlos gewordenen Kampf zu verschwenden.

Plötzlich umhüllte strahlendes Licht den Attentäter, und seine Gestalt löste sich auf. Dunkelheit folgte. Der Dolch fiel mit einem leisen Klappern zu Boden.

T'Pala trat näher und hielt einen Phaser in der rechten Hand. Tränen strömten über ihre Wangen, aber das Gesicht wirkte trotzdem ruhig und gefaßt – wie das einer Vulkanierin.

Die junge Frau kniete neben Spock und sagte mit beherrscht klingender Stimme: »Ich habe Hilfe gerufen.«

Spock wollte den Kopf drehen, um festzustellen, wie es Sarek ging, aber die Bewegung strengte ihn viel zu sehr an. Wie aus weiter Ferne vernahm er sein mühsames Keuchen.

T'Pala schien immer weiter zurückzuweichen, und er konnte kaum mehr ihre Worte verstehen.

»Verzeihen Sie mir. Die Fremden meinten, man würde mich hier nie akzeptieren. Sie versprachen mir eine steile Karriere in den Diensten des Prätors, ganz gleich, ob ich für sie im DKV oder bei irgendwelchen anderen Institutionen arbeite. Ich weigerte mich, Verbrechen zu begehen, aber ich berichtete von Ihren Träumen. Und ich erzählte ihnen, daß Sie kein Neodopazin mehr nehmen. Verzichten Sie auch in Zukunft darauf. Lesen Sie Silaks Artikel. Dann verstehen Sie mich bestimmt.

Man bat mich darum, sowohl den Sicherheitsscanner als auch die Alarmanlage auszuschalten, und ich erklärte mich dazu bereit. Aber als ich sah, wie der Eindringling Sie mit dem Dolch angriff ...«

T'Pala senkte den Kopf. »Eigentlich wußte ich von Anfang an, daß ich unmöglich ihrem Weg folgen konnte. Wie dumm von mir, mich mit ihnen einzulassen. In ihren Augen habe ich versagt, und das bedeutet: Sie geben mir sicher keine zweite Chance.«

Die junge Frau drehte den Phaser um und richtete den Lauf auf ihre Brust. Spock versuchte zu sprechen, aber seine Kehle war wie zugeschnürt.

»Ich habe noch mehr Schande über die Familie meiner Mutter gebracht«, fuhr sie auf Vulkanisch fort. »Und auch über die meines Vaters. Die Logik läßt mir nur eine Möglichkeit.

Glück und langes Leben, Spock.«

Für den Bruchteil einer Sekunde wurde Spock geblendet: T'Palas Gestalt leuchtete auf, strahlte heller als die Sonne Vulkans.

Dann kehrte die Dunkelheit zurück.

KAPITEL 10

CAPTAINS LOGBUCH: STERNZEIT 7007.3

Ein besonderes Lob gebührt Mr. Scott, der rund um die Uhr arbeitete, um den Warpantrieb möglichst schnell zu reparieren. Die Folgen des Bombenanschlags im Maschinenraum haben nur zu einer Verzögerung von knapp vierundzwanzig Stunden geführt. Unsere voraussichtliche Ankunftszeit beträgt jetzt...

Das Interkom summte, und der Captain desaktivierte die Aufzeichnungseinheit. »Hier Kirk.«

»Tomson, Sir.«

»Ich hoffe, diesmal haben Sie gute Nachrichten.«

Tomson errötete, als sie in der Stimme des Captains einen Hauch Sarkasmus zu hören glaubte; sie war alles andere als zufrieden darüber, daß sich bei den Ermittlungen kaum Hinweise ergeben hatten. »Ich bin mir nicht ganz sicher, Sir. Aber Sie sollten sich diese Sache einmal ansehen.«

»Um was geht's, Lieutenant?«

Tomson zögerte. »Ich schlage vor, wir sprechen in der Sicherheitsabteilung darüber, Sir.«

»Meinetwegen.« Kirk unterbrach die Verbindung. »Mr. Varth, Sie haben das Kommando.«

Tomson hob ein kleines, schwarzes Objekt und zeigte es Kirk.

»Was ist das?« fragte der Captain und betrachtete eine glatte, glänzende Oberfläche. Nichts deutete darauf hin, welchem Zweck der Gegenstand diente.

»Wir wissen es noch nicht genau, Sir«, antwortete Tomson. »Offenbar handelt es sich um einen miniaturisierten Subraum-Sender. Aber derzeit sendet er nicht, und er empfängt auch keine Signale. Eins steht fest: Es ist ganz gewiß kein gewöhnliches Starfleet-Gerät.«

»Ah«, machte Kirk. »Ich glaube, ich weiß, wo Sie das Ding gefunden haben, Lieutenant...«

Tomson runzelte verwirrt die Stirn. »Wirklich, Sir?«

»Ja. Ich schlage vor, Sie vergessen es einfach.« *Emma sollte in Zukunft vorsichtiger sein,* dachte Kirk.

»Wie Sie meinen, Captain.« Tomson wußte nicht so recht, was sie von der Sache halten sollte. »Dann können wir vermutlich darauf verzichten, Varth zu überwachen...«

»Varth?« Kirk riß die Augen auf. »He, einen Augenblick. Wo *haben* Sie dieses Instrument gefunden?«

»In Varths Kabine, Sir. Ich ordnete eine gründliche Durchsuchung des ganzen Raumschiffes an, Sir, und wir fanden das Gerät in Varths Kleiderschrank.«

»Sie haben die Unterkünfte von Besatzungsmitgliedern ohne meine Erlaubnis durchsuchen lassen, Lieutenant?«

Rote Flecken bildeten sich auf Tomsons Wangen. »Ich sah keine andere Möglichkeit, neue Spuren zu entdecken, Sir. Wenn Sie wollen, stellen wir die Suche sofort ein.«

»Das entspricht tatsächlich meinem Wunsch«, entgegnete Kirk schroff. »Und was diesen Apparat betrifft... Ich nehme ihn mit.« Er steckte das schwarze Objekt ein.

»Es gibt keinen anderen konkreten Anhaltspunkt«, kommentierte Tomson kummervoll.

Kirk ignorierte ihren Einwand. »Lassen Sie Mr. Varth für ein Verhör in den Arrestbereich bringen. Sie finden ihn auf der Brücke. Derzeit hat er das Kommando über dieses Schiff.«

Emma Saenz befand sich in der Krankenstation und untersuchte ein Mannschaftsmitglied. Kirk griff nach ihrem Arm, überhörte den Protest der Neuropsychologin und führte sie ins Laboratorium. Sie sah ihn aus blitzenden Augen an.

»Verdammt, Captain! Was fällt Ihnen eigentlich ein, mich bei der Untersuchung eines Patienten zu stören ...«

»Immer mit der Ruhe«, brummte Kirk. Er hielt ihr das kleine Gerät vor die Nase und zog die Hand zurück, als sie danach greifen wollte.

»Woher haben Sie das?«

»Sagen Sie mir zuerst, was dieses Ding zu leisten vermag.«

»Wahrscheinlich lenkt es Subraum-Signale ab. Und es läßt sich auch als Sender verwenden.«

»Hat es einen Sinn, Subraum-Signale abzulenken?«

»Ich denke schon – wenn Sie jemanden daran hindern möchten, ganz bestimmte Nachrichten zu empfangen. Woher stammt das Gerät?«

»Aus Varths Quartier«, erwiderte Kirk leise.

Emma schien nicht sehr überrascht zu sein. »Ja ... Es ergibt einen gewissen Sinn. Radu ist dagegen, Aritani zu schützen. Das erklärt die Ermordung der cygnusianischen Botschafterin und des saurianischen Assistenten.«

»Kommen Sie, Doktor. Die Radu sind loyale Anhänger der Föderation. Varths Familie dient schon seit Generationen in Starfleet.«

Emma sah skeptisch zu Kirk auf. »Das spielt keine Rolle, Captain. Irgend jemand versucht zu verhindern, daß Aritani geschützt wird. Sehr wahrscheinlich hat die betreffende Person überhaupt nicht das Gefühl, die Föderation zu verraten. Wenn Sie mich jetzt entschuldigen würden ... Ich muß mich um einen Patienten kümmern.«

Als Kirk auf die Brücke zurückkehrte, wandte sich eine nervöse Uhura zu ihm um. »Ich konnte Sie nicht in Ihrem Quartier erreichen, Sir ...«

»Ich habe Varth im Arrestbereich verhört.« Kirk versuchte, dem fassungslosen, ungläubigen Blick Sulus keine Beachtung zu schenken. »Was ist denn, Uhura?«

»Es geht um Mr. Spock, Sir. Er hat sich mit uns in Verbindung gesetzt ...«

Aufregung zitterte in Kirk. »Sind wir Vulkan bereits nahe genug, um einen visuellen Kontakt herzustellen?«

»Ja, Sir, aber Mr. Spock sendet nicht mehr.«

»Ach? Hat er eine Nachricht übermittelt?«

»Nein. Zumindest nicht in dem Sinne. Es ist eine recht seltsame Angelegenheit. Er hat sich gerade gemeldet und identifiziert, als ... seine Stimme verklang.«

»Interferenzen?« Kirk dachte an das Gerät, das Tomson in Varths Kabine gefunden hatte.

»Nein, Sir. Der Kommunikationskanal ist noch immer geöffnet. Es hat eher den Anschein, als sei Mr. Spock ... fortgegangen.«

»Haben Sie geantwortet?«

»Selbstverständlich, Sir. Aber er reagierte nicht darauf.« Sorge glänzte in Uhuras dunklen Augen.

Kirk wußte, was sie empfand, legte ihr kurz die Hand auf die Schulter. »Halten Sie den Kanal auch weiterhin offen, Lieutenant. Bis sich *irgend jemand* meldet. Ich möchte wissen, warum Spock versucht hat, Verbindung mit uns aufzunehmen.«

Uhura lächelte dankbar. »Aye, Sir.«

»Captain?«

Kirk drehte sich zu Sulu um. »Ja?«

»Sir, Sie erwähnten eben, Mr. Varth sei im Arrestbereich. Darf ich fragen, was man ihm vorwirft?«

»Gibt es irgendeinen besonderen Anlaß für Ihr Interesse, Mr. Sulu?«

Der Steuermann schluckte. »Wir sind Freunde, Sir.«

Kirk verbarg seine Überraschung. »Mr. Varth steht derzeit in seinem Quartier unter Arrest. Vielleicht lasse ich ihn bald frei. Oder auch nicht. Es kommt ganz darauf an.« Er zögerte kurz. »Nein, Sie dürfen nicht fragen, was man ihm vorwirft.«

»Ja, Sir.« Mit steinernem Gesicht drehte sich Sulu um und sah wieder auf den Wandschirm. *Der Captain hat bestimmt seine Gründe,* dachte Sulu. Er hatte Varth darauf hingewiesen, Kirk sei ein fairer und gerechter Kommandant, der seine Entscheidungen nicht von Sympathie oder Antipathie beeinflussen ließ...

Doch jetzt regte sich profundes Unbehagen in Sulu.

»Prioritäts-Nachricht von Admiral Komack, Captain«, sagte Uhura. »Mit dem Sicherheitscode verschlüsselt.«

»Ich nehme sie in meiner Kabine entgegen«, sagte Kirk.

Kurze Zeit später kehrte er mit einem schmunzelnden Varth zurück. Als sich die Tür des Turbolifts öffnete, wußte der Captain sofort, daß irgend etwas nicht stimmte. Die Blicke aller Anwesenden richteten sich auf ihn, und in Uhuras Zügen stand Mitleid geschrieben.

Varth begab sich sofort zur wissenschaftlichen Station, doch Kirk blieb vor Uhura stehen.

»Sie haben Mr. Spock lokalisiert, nicht wahr, Lieutenant?« fragte er leise. *Lieber Himmel, hoffentlich sagt sie mir jetzt nicht, daß er tot ist...*

»Ja, Sir.« Ihre Stimme war kaum mehr als ein Flüstern. »Ich habe die Frequenz offen gehalten, und schließlich antwortete ein Offizier der vulkanischen Sicherheitsabteilung. Er meinte, Mr. Spock sei ins Krankenhaus von Shanai-Kahr eingewiesen worden.«

»Was ist geschehen?«

»Ich habe beim Hospital nachgefragt und bekam dort die Auskunft, daß es Spock ziemlich schlecht geht. Aber er schwebt nicht in Lebensgefahr.« Uhura zögerte, senkte den Kopf und mied Kirks Blick.

»Und?« drängte der Captain.

Sie holte tief Luft und sah wieder auf. »Angeblich deuten die Umstände darauf hin, daß Mr. Spock versucht hat, seinen Vater umzubringen und anschließend Selbstmord zu begehen.«

Emma Saenz saß auf einem Stuhl und schüttelte niedergeschlagen den Kopf. »Ich habe befürchtet, daß so etwas passiert«, sagte sie. Ihre Stimme klang nicht vorwurfsvoll, nur traurig.

McCoy schob das Kinn vor. »Ganz gleich, was man

Spock zur Last legt – ich bin sicher, er ist völlig unschuldig. Ich werde ihm einen Besuch abstatten.«

»Nein!« Emma ballte die Faust und schlug so wuchtig auf den Tisch, daß Kirk und der Arzt zusammenzuckten. »Es läge Spock bestimmt nichts daran, Sie jetzt zu empfangen. Er könnte die Schande kaum ertragen. Ich weiß aus Erfahrung...«

Kirk unterbrach die Neuropsychologin. »Doktor Saenz, wir wissen inzwischen, daß Sie Erfahrungen mit Vulkaniern gesammelt haben.«

»Du magst viele Vulkanier *behandelt* haben, Emma«, sagte McCoy hitzig, »aber ich *kenne* Spock, und zwar schon seit vielen Jahren. Daher weiß ich ganz genau, daß er jetzt unsere Hilfe braucht.«

Emma schüttelte noch einmal den Kopf.

»*Ich* kenne Spock besser als sonst jemand«, warf Kirk ein. »Und ich bin davon überzeugt, daß er niemandem etwas antun könnte. Deshalb werde ich mit ihm sprechen und versuchen, seine Unschuld zu beweisen.«

Emma stand ruckartig auf und zitterte vor Zorn. »Meine Herren, ich begreife einfach nicht, warum Sie meine medizinisch begründete Meinung ignorieren. Leonard, warum hast du überhaupt einen neurologischen Spezialisten angefordert, wenn du nicht bereit bist, auf ihn zu hören?«

»He, du brauchst nicht gleich aus der Haut zu fahren.« McCoy bedeutete ihr, wieder Platz zu nehmen. »Ich habe deine ›medizinisch begründete Meinung‹ zur Kenntnis genommen. Auf deinen Rat hin gab ich Spock Neodopazin. Auf deinen Rat hin schickte ich ihn wesentlich früher in sein Quartier zurück, als mir lieb war. Aber jetzt ist Schluß. Spock ist unser Freund, und wir kennen ihn besser als du.«

Emma setzte sich und verschränkte die Arme. »Ihr versteht noch immer nicht ganz. Spock hat eine Hirnverletzung erlitten, und dadurch kann selbst jemand wie er gewalttätig werden. Seine vorherigen Verhaltensweisen spielen überhaupt keine Rolle, Leonard. Es ist zu einer Persönlichkeitsveränderung gekommen, und deshalb kennst du ihn *nicht* mehr. Wenn ihr wirklich seine Freunde seid, so solltet ihr ihm zusätzliches Leid ersparen. Laßt ihn gehen.«

»Ihn *gehen* lassen?« fragte Kirk und runzelte die Stirn. »Wie meinen Sie das?«

»Spock reagierte nicht auf die Medikamente. Er stellt eine Gefahr für sich und andere dar. Es bleibt mir nichts anderes übrig, als zu empfehlen, ihn nach Ebla Zwei zu schicken.«

McCoy explodierte geradezu. »Ich werde nicht zulassen, daß man Spock in einem Sanatorium für wahnsinnige Verbrecher unterbringt!«

»Sie haben ihn seit einem Monat nicht mehr gesehen, Doktor Saenz«, stellte Kirk fest und musterte die Neuropsychologin. »Wollen Sie ihn nicht wenigstens untersuchen, bevor Sie ihn für unheilbar erklären und abschreiben?«

»Ich stand dauernd mit seiner Familie in Verbindung«, erwiderte Emma kühl. »Sie erinnern sich bestimmt daran, daß ich bei Spock psychotische Phasen befürchtete. Ich habe ausdrücklich dagegen protestiert, ihn nach Vulkan fliegen zu lassen.«

Emma atmete tief durch. »Wenn Sie ihn jetzt besuchen, so erreichen Sie zwei Dinge. Erstens: Sie beschämen Spock zutiefst. Zweitens: Ihnen bricht das Herz, weil Sie ihn in einem solchen Zustand sehen.«

Kirk und McCoy wechselten einen stummen Blick und dachten an die Möglichkeit, daß Emma vielleicht recht hatte.

»Unser Beschluß steht fest«, sagte Jim.

McCoy betrat Emmas Quartier, ohne vorher anzuklopfen. Der Bildschirm auf dem Tisch zeigte ein vulkanisches Gesicht, und die Frau schaltete das Gerät hastig aus.

»Ziehst du Erkundigungen über Spock ein?« fragte McCoy sanft und fast spöttisch. Er hatte mehrmals erlebt, daß Emmas Temperament zu hohe Wellen schlug, aber diesmal blieb sie erstaunlich lange verärgert. Er wußte nicht recht, wie er darauf reagieren sollte. »Geht es ihm besser?«

Die Neuropsychologin gab keine Antwort, sah nicht einmal von dem Schirm auf.

McCoy verlagerte unruhig das Gewicht aufs andere Bein. »Ich bin nur gekommen, um dir zu sagen, daß wir den vulkanischen Orbit erreicht haben und uns jetzt auf den Planeten beamen lassen. Du kannst uns gern begleiten, wenn du möchtest.«

Emma drehte sich um und hob den Kopf. Ihr Gesicht wirkte sorgenvoll, und der Glanz in ihren Augen hatte sich getrübt. »Ich habe meine Meinung nicht geändert.«

»Ich wollte keineswegs deine medizinische Kompetenz in Frage stellen. Jim und ich ... Himmel, wir sind dazu *verpflichtet*, alles zu tun, um Spock zu helfen. Verstehst du das denn nicht?«

»Doch, ich glaube schon.« Emma starrte wieder auf den Bildschirm, aber ihr Blick reichte in die Ferne. McCoy spürte deutlich, daß sie konzentriert über etwas nachdachte. Nur ihre Lippen bewegten sich, als sie fragte:

»Ihr drei ... Ihr steht euch wirklich sehr nahe, stimmt's?«

»Drei?« wiederholte McCoy verwirrt.

»Du, Spock und der Captain. Spock liegt dir und Kirk sehr am Herzen.«

»Das habe ich dir doch gesagt, als wir uns zum erstenmal begegneten.«

Ein wehmütiges, melancholisches Lächeln zitterte in Emmas Mundwinkeln. »Ja, das hast du ... Damals liebte ich dich noch nicht. Damals hatte ich noch keine Ahnung, wie es ist ...« Sie brach ab.

McCoy trat an den Stuhl heran und berührte Emma an der Schulter. »Komm mit uns«, sagte er leise. »Vielleicht braucht Spock auch deine Hilfe.«

Sie stand auf, doch die Frau, die sich dem Arzt zuwandte, schien nur noch wenig Ähnlichkeit mit Emma

Saenz zu haben. Sie lächelte noch immer, aber ihre Unterlippe vibrierte kaum merklich. McCoy begriff plötzlich, daß sie versuchte, nicht zu weinen.

Er nahm sie in die Arme, drückte sie behutsam an sich.

Sie wich zurück, und in ihrer Stimme erklang eine sonderbare, rätselhafte Ironie. »Spock? Er braucht mich ganz sicher nicht. Außerdem: Selbst wenn ich wollte — ich könnte dich gar nicht begleiten.«

»Und warum nicht?«

»Ich verlasse das Schiff, Leonard. Man hat mir einen neuen Auftrag erteilt. Wenn du zurückkehrst, bin ich bereits fort.«

Mit diesen Worten schmiegte sich Emma an McCoy und schloß die Augen.

»Es ist meine Pflicht, Sie nach Waffen zu durchsuchen.« Der Vulkanier richtete einen kleinen Scanner auf Kirk.

Jim verzog das Gesicht. Die vulkanische Sicherheitsabteilung hatte McCoy und ihn identifiziert, und eine zusätzliche Kontrolle erschien ihm überflüssig.

»Geben Sie mir Ihren Kommunikator«, sagte der Wächter.

»He, jetzt gehen Sie zu weit«, entfuhr es Kirk.

»Ich habe keineswegs die Absicht, irgendwohin zu gehen«, erwiderte der Vulkanier und blickte gelassen auf den Captain herab. Er überragte Jim um mindestens dreißig Zentimeter, und obgleich er schlank war, schien sein Körper nur aus Muskeln zu bestehen.

»Na schön«, seufzte Kirk, reichte ihm den Kommunikator und spürte, wie vage Verzweiflung an seiner Selbstsicherheit nagte. Die Vulkanier konnten und wollten natürlich nicht riskieren, daß Spock aus dem Krankenhaus zur *Enterprise* gebeamt wurde, aber offenbar rechneten sie nicht unbedingt, daß der Captain des Raumschiffes ihre Einstellung teilte.

Vielleicht ist ihr Mißtrauen sogar gerechtfertigt, dachte Kirk.

McCoy ließ die Kontrolle stumm über sich ergehen und trennte sich kommentarlos von seinem Kommunikator. Kirk spürte eine gewisse Enttäuschung. Er hatte gehofft, daß der Arzt seinen Abscheu in bezug auf alles Vulkanische deutlich zeigte und dadurch eine viel zu ernste Situation mit etwas Humor auflockerte. Aber McCoy schwieg, seit sie sich auf Vulkan befanden. Irgend etwas bedrückte ihn, und dabei ging es nicht um Spock.

Der Wächter blickte auf die Anzeigen des Scanners, nickte knapp und führte die beiden Terraner zur Tür des Behandlungszimmers. Hinter dem schimmernden Kraftfeld ruhte ein blasser Spock auf der Liege und atmete schwer. Dünne, dunkelgrüne Kunststoffschläuche gingen von den Armen aus und verschwanden in einem Gerät über dem Bett. Eine Vulkanierin – vermutlich die zuständige Ärztin – beobachtete einen Bildschirm mit Lebensindikatoren.

»Ihr Gespräch wird aufgezeichnet«, sagte der Wächter. Er hob kurz den Arm, und in dem energetischen Schild entstand eine breite Strukturlücke. Hinter Kirk und McCoy schloß sie sich wieder.

Die vulkanische Ärztin drehte sich nicht um, als sie eintraten. Sie veränderte die Justierungen des Monitors und schien ganz darauf konzentriert zu sein, den Zustand ihres Patienten zu beurteilen.

»Was hältst du von ihm, Pille?« fragte Kirk leise.

»Soweit ich das beurteilen kann, geht es ihm recht gut – sieht man einmal von dem Blutverlust ab.« McCoy räusperte sich und sprach die Vulkanierin an. »Bitte entschuldigen Sie, Ma'am...«

Die Ärztin drehte den Kopf und maß ihn mit einem kühlen Blick.

McCoy ließ seinen Charme spielen. »Wir sind Freunde von Mr. Spock, Ma'am, und wir machen uns große Sorgen um ihn. Der Wächter im Korridor wollte uns nicht sagen, wie es um ihn steht. Können Sie uns erklären, was geschehen ist?«

Die Vulkanierin sah wieder auf den Bildschirm. »Die Pulsadern des Patienten wurden aufgeschnitten. Er verlor viel Blut. Jetzt erholt er sich langsam.«

»Warum stellte man ihn unter Arrest?« erkundigte sich Kirk.

Das Gesicht der Ärztin blieb eine steinerne, unbewegte Maske, aber trotzdem gelang es ihr, eine unmißverständliche Botschaft zu übermitteln: Sie machte kein Hehl daraus, die Präsenz der beiden Menschen als Störung zu empfinden. »Die besonderen Umstände deuten darauf hin, daß der Patient zuerst seinen Vater mit einem *Ahn-vahr* angriff und dann die Waffe gegen sich selbst richtete.«

»Mit einem *Ahn*-wie?«

»Es handelt sich um einen Zeremoniendolch. Vor mehr als tausend Jahren wurde er benutzt, um rituellen Selbstmord zu begehen, wenn die betreffende Person glaubte, sie habe Schande über ihre Familie gebracht. Unsere Sicherheitsabteilung wartet darauf, daß der Vater des Patienten das Bewußtsein wiedererlangt. Wenn alle Einzelheiten der Ereignissequenz geklärt sind, kann entschieden werden, ob der Patient weiterhin unter Arrest bleibt oder nicht.«

»Sarek schwebt also nicht in Lebensgefahr?« vergewisserte sich Kirk.

Die Vulkanierin wölbte ihre Brauen und erinnerte Jim damit an Spock. »Ich glaube, meine Erklärungen lassen einen solchen Schluß zu.«

Sie beugte sich über die Liege, musterte Spock und richtete ihre Aufmerksamkeit dann wieder auf den Monitor. Von einem Augenblick zum anderen kletterten die kleinen Pfeile der Lebensindikatoren höher, und genau darauf schien die Ärztin gewartet zu haben. Sie hob den rechten Arm, holte aus und versetzte Spock einen Schlag, der den Kiefer eines Menschen zertrümmert hätte.

Kirk stieß einen wütenden Schrei aus und wollte sich auf die Vulkanierin stürzen, aber McCoy hielt ihn fest.

»Jim, du Narr! Das ist die schönste Sache, die ich seit langem gesehen habe.«

Kirk starrte den Arzt an, als sei dieser übergeschnappt.

»Jim...« McCoy grinste von einem Ohr zum anderen. »Die Ärztin versucht gerade, Spock aus der Heiltrance zu wecken.«

Die Vulkanierin holte zu einem zweiten Hieb aus, aber Spock hob die Hand. »Das genügt.«

Die hochgewachsene Frau nickte ihm zu, bedachte die Menschen mit einem letzten Blick – *Was seid ihr doch für Einfaltspinsel*, sagten ihre Augen – und gab dem Wächter ein Zeichen. Erneut bildete sich eine Strukturlücke, und die Ärztin trat in den Korridor.

Der Patient setzte sich auf.

»Spock!« McCoy konnte sich nicht länger beherrschen. »Sie kennen die Gedankenregeln!«

Der Vulkanier hob eine Braue. »Offensichtlich, Doktor McCoy.«

Die beiden Terraner sahen sich an und lachten erleichtert. »Sie haben wirklich Nerven«, brummte McCoy. »Mir ausgerechnet jetzt mit Logik zu kommen... Geben Sie es ruhig zu, Sie Riesenelf: Sie freuen sich darüber, daß wir hier sind.«

Spock gab sich kühl, aber das Funkeln in seinen Augen verriet ihn. »Wenn ich mich nicht irre, haben Sie mich hierhergeschickt, um meine Logik wiederherstellen zu lassen, Doktor. Allerdings kann ich kaum leugnen, daß mich diese Begegnung mit Zufriedenheit erfüllt.« Ernst fügte er hinzu: »Captain, ich habe eine sehr wichtige Nachricht für Sie...«

»Kann ich mir denken. Uhura meinte, Sie hätten versucht, sich mit der *Enterprise* in Verbindung zu setzen.«

»Wie Sie sehen, hinderte man mich daran, einen Kontakt mit Ihnen herzustellen.«

»Was ist geschehen?«

»Mein Vater wurde angegriffen, und ich eilte ihm zu Hilfe.« Spock musterte die beiden Männer. »Wissen Sie, wie es ihm geht?«

»Es besteht keine Gefahr für ihn«, sagte McCoy.

Kirk nickte. »Die Sicherheitsabteilung wartet darauf, daß er wieder zu sich kommt. Um ihm einige Fragen zu stellen. Um die exakte ›Ereignissequenz‹ in Erfahrung zu bringen.«

Spock runzelte die Stirn. »Ich *bin* bei Bewußtsein und in der Lage, eine detaillierte Aussage zu machen.«

Kirk und McCoy wirkten verlegen. »Offenbar hält man Sareks Auskünfte für wichtiger«, erwiderte der Captain sanft. »Man wirft Ihnen Mordversuch vor. Einige Indizien deuten darauf hin, daß Sie Ihren Vater umbringen wollten und dann Hand an sich selbst legten.«

»T'Pala«, flüsterte Spock. Ein Schatten fiel auf sein Gesicht und verschwand sofort wieder.

»Wie bitte?« fragte Kirk.

»Schon gut. Ich verstehe. Nun, ich versichere Ihnen, daß ich mir nichts zuschulden kommen ließ.«

»Ich glaube Ihnen, Spock«, sagte McCoy großzügig.

»Danke für Ihr Vertrauen, Doktor. Leider läßt sich die vulkanische Sicherheitsabteilung nicht so leicht überzeugen.«

»Wir können von Glück sagen, daß Sie beide überlebt haben«, brummte Kirk. »Wer auch immer Sie zu töten versuchte – er hat den Job vermasselt. Haben Sie den Angreifer erkannt?«

»Ich bin leider nicht imstande, das Individuum zu identifizieren, aber zweifellos handelte es sich um einen Romulaner. Vulkanier dringen nicht in fremde Häuser ein, um jemanden zu ermorden. Übrigens verdanken mein Vater und ich unser Überleben keineswegs einem metaphysischen Faktor namens Glück. Jemand rettete uns.«

»Es war noch eine vierte Person zugegen? Wo befindet sie sich jetzt? Wenn sie aussagt, brauchen Sie nichts mehr zu befürchten.«

Spock blickte in die Ferne. »Eine Frau... Sie kam bei dem Zwischenfall ums Leben. Eine Phaserentladung desintegrierte sie und den Angreifer.«

»Oh, tut mir leid.«

Spock schwieg einige Sekunden lang, bevor er fortfuhr: »Was die wichtige Nachricht betrifft, Captain... Ich wollte sie Ihnen schon längst mitteilen, konnte mich jedoch nicht daran erinnern.«

»Wie lautet sie?«

»Nachdem ich Sie, Dr. McCoy und Mr. Scott mit der aritanischen Repräsentantin allein ließ, nahm ich eine neuerliche Sondierung mit dem Tricorder vor, ging zum Rande des Plateaus und näherte mich dem Berghang. Captain, in den Gebirgen gibt es große Vorkommen an Uritanium und Dilithium...«

»Das wissen wir bereits!«

»Ja, natürlich. Aber darum geht es nicht. Als ich den Tricorder auf die Berge richtete, materialisierten zwei Kampfgleiter. Direkt vor mir. Ich konnte ganz deutlich die Piloten sehen, obwohl völlige Finsternis herrschte. Es waren Romulaner.«

»Aber von welcher Operationsbasis aus haben sie sich auf den Planeten gebeamt?« fragte Kirk. »Es gab keine Raumschiffe in der Nähe. Wenn der Transfer von Bord eines getarnten Kreuzers aus erfolgte, hätte das Schirmfeld desaktiviert werden müssen – und dann wären wir sofort in der Lage gewesen, eine Sensorerfassung vorzunehmen.«

»Sie vermuten, daß sich die Piraten nach *unten* beamten, Captain«, entgegnete Spock. »Als die Kampfgleiter materialisierten, registrierte mein Tricorder eine geringe energetische Entladung unter der Planetenoberfläche. Die uns bekannten Tarnvorrichtungen lassen kein stabiles Schirmfeld und den gleichzeitigen Einsatz eines Transporters zu. Aber wir wissen, daß die Romulaner an einer technischen Innovation arbeiten, die zumindest eine teilweise Tarnung während des Tranfers ermöglicht. Wenn die Sensoren der *Enterprise* zu jenem Zeitpunkt auf die Planetenoberfläche gerichtet gewesen wären, hätte der Computer den schwachen Energieschub wahrscheinlich als eine kurze seismische Aktivitätsphase interpretiert.«

»Worauf wollen Sie hinaus, Spock?« warf McCoy ein.

»Auf folgendes, Doktor: Die Kampfgleiter wurden nicht nach unten gebeamt, sondern nach *oben.*«

»Das erklärt alles!« platzte es aus Kirk heraus. »Wir haben einen Schild errichtet, um die Aritanier zu schützen, und den Piraten gelang es scheinbar, ihn zu durchdringen.«

»Die Angreifer brauchten gar keinen Neutralisator«, stellte Spock fest. »Sie befanden sich bereits unter dem Schirm und konnten die Planetenoberfläche ganz nach Belieben aufsuchen.«

»Es war also kein Unfall«, sagte McCoy düster. »Die Romulaner sahen Sie und stießen Sie über den Rand des Plateaus.«

»Nein, Doktor. Ich bin gesprungen.«

»*Was?*«

»Es gab nur zwei Alternativen für mich: die Brandphaser der Piraten — oder ein Sprung in die Tiefe.«

»Sie haben die richtige Entscheidung getroffen.« Kirk schauderte und erinnerte sich an den Geruch von verbranntem Fleisch.

McCoy wechselte das Thema. »Ich muß sagen, Ihre Rekonvaleszenz ist erstaunlich, Spock. Ich werde empfehlen, alle hirnverletzten Vulkanier in erster Linie mit Neodopazin zu behandeln.«

»Doktor...« Spock zögerte kurz. »Kennen Sie das Wirkungspotential von Neodopazin auf die vulkanische Psyche?«

McCoy zuckte mit den Schultern. »Nicht besonders gut. Es ist eine neue Arznei, die ich bei Ihnen zum erstenmal verwendete. Dr. Saenz hat bereits einige Erfahrungen mit ihr gesammelt, und sie hält eine Menge davon.«

»Gibt es hier ein Lesegerät?« Spock drehte den Kopf von einer Seite zur anderen.

»Ja, dort drüben. Aber ich verstehe nicht ganz...«

»Ein... Freund riet mir, den letzten von Silak verfaßten

Artikel zu lesen. Würden Sie bitte eine entsprechende Anfrage für mich eingeben?«

»Natürlich.« McCoys Finger huschten über die Tastatur. Er tippte den Namen, fand einen Querverweis und rief den gespeicherten Artikel ab. »Er ist erst zwei Wochen alt...« Überraschung zeigte sich in den Zügen des Arztes, und dann lächelte er. »He, wie findet ihr das? Eine Studie von Silak, Wreen und... Saenz.«

»Emma?« fragte Kirk.

»Genau die. Sie hat nicht übertrieben, als sie behauptete, mit dem neuen Medikament gearbeitet zu haben. Ich dachte allerdings, es seien noch keine Tests an Vulkaniern durchgeführt worden...« McCoy runzelte die Stirn, als er die projizierten Sätze las.

»Zu welchem Schluß kommen die Autoren?« erkundigte sich Spock.

McCoy betätigte eine Taste, richtete seinen Blick auf den letzten Absatz des Artikels – und versteifte sich plötzlich.

»Nun, Pille?«

Der Arzt konnte es kaum fassen. »›Unsere Untersuchungen ergaben, daß Neodopazin bei Vulkaniern ganz eindeutig kontraindiziert ist...‹«, las er laut. »›Das Medikament verursacht erhebliche Nebenwirkungen wie Paranoia, Konzentrationsverlust, Einschränkungen des Erinnerungsvermögens, Verwirrung, Reizbarkeit und Depressionen... Der Einsatz von Neodopazin kann weitaus schlimmere Folgen nach sich ziehen als die traumatische Schädigung des Gehirns, die damit behandelt werden soll.‹« McCoy brach ab und sah den Captain an.

»Warum?« Kirk schüttelte enttäuscht den Kopf. »Warum hat sie Spock eine derart gefährliche Substanz verabreicht?«

Spocks Stimme klang ruhig und fest. »Meine Herren... Es sind mehrere Versuche unternommen worden, um mich daran zu hindern, Ihnen von meinem Erlebnis auf Aritani zu berichten. Ich möchte nur einige Beispiele nennen: mein angeblicher Selbstmordversuch an Bord der *Enterprise*, die Manipulation der Treibstoffanzeige des Shuttles, das Neodopazin, mit dem Dr. Saenz meine Amnesie verlängern und psychische Störungen bewirken wollte. Damit hätte sie den Angriff auf meinen Vater erklären können, der zu den wichtigsten Befürwortern von protektiven Maßnahmen gegenüber der aritanischen Bevölkerung gehört. Sareks Tod und meine attestierte Unzurechnungsfähigkeit lägen sicher im Interesse der Romulaner.«

»Die Roms hatten es nicht nur auf Sie und Ihren Vater abgesehen«, sagte Kirk grimmig.

McCoy war noch immer schockiert, und in seiner Stimme vibrierte ungläubiger Zorn. »Soll das heißen, Emma hat versucht, Sie umzubringen?«

»Sie gehört zweifellos zu den Hauptverdächtigen, Doktor.«

»Ausgeschlossen«, zischte McCoy. »Ich kenne Emma besser. Sie wäre überhaupt nicht fähig, einen Mord zu begehen. Und sie ist der Föderation treu ergeben. Nein, Emma Saenz würde sich niemals mit den Romulanern einlassen.«

McCoys leidenschaftliche Worte prallten an Spock ab. Völlig unbeeindruckt verschränkte er die Arme. »Es ist nicht immer möglich, individuelles Verhalten mit endgültiger Sicherheit einzuschätzen. Es könnten sich Situationen ergeben, in denen es Dr. Saenz für logisch hält, mit den Romulanern zusammenzuarbeiten. Wie dem auch sei: Ich erwarte nicht von Ihnen, daß Sie mir ohne einen konkreten Beweis glauben. Sie sollten die Neuropsychologin zur Rede stellen.«

»Genau das habe ich vor«, erwiderte McCoy hitzig. »Aber ich weiß schon jetzt, daß Emma keine Schuld trifft.«

»Was ist mit dem Artikel, Doktor? Interessiert es Sie nicht zu erfahren, warum mich Dr. Saenz mit Neodopazin behandelte?«

»Das schon. Aber ich bin sicher, daß sie nicht in den Diensten des Prätors steht.«

»Da hast du völlig recht«, sagte Kirk langsam. »Emma Saenz arbeitet für Admiral Komack.«

McCoy und Spock starrten ihn verblüfft an.

»Im Ernst«, fügte Jim hinzu. »Komack hat es mir bestätigt.«

Spock seufzte. »Dann sollten Sie den Admiral auf die Möglichkeit hinweisen, daß Dr. Saenz ein Doppelagent ist, Captain. Darüber hinaus schlage ich vor, Sie lokalisieren die Neuropsychologin und stellen sie unter Arrest, bevor sie Gelegenheit bekommt, zu fliehen und ›unterzutauchen‹.«

»Glauben Sie im Ernst...«, begann Kirk.

»Captain, wenn Emma Saenz ihre Anweisungen von den Romulanern erhält, so weiß sie sicher, daß ich seit einer Woche kein Neodopazin mehr nehme und mich wieder erinnern kann. Bestimmt hat sie alles versucht, um Sie daran zu hindern hierherzukommen. Dr. Saenz befürchtete sicher, daß ich vom wahren Wirkungspotential des Medikaments erfahre und diese Informationen mit Ihnen teile.«

»Emma meinte, sie müsse die *Enterprise* verlassen«, murmelte McCoy kaum hörbar.

»Was?« fragte Kirk.

»Sie meinte, sie sei nicht mehr an Bord, wenn ich zurückkehre. Angeblich wurde sie versetzt.« McCoy bedachte den Captain mit einem hilflosen Blick, und sein Ärger wich Enttäuschung und Betroffenheit. »Trotzdem kann ich mir nicht vorstellen, daß sie...«

»Captain«, warf Spock ein. »Wenn Doktor McCoy recht hat, ist Eile geboten. Vielleicht bereitet Dr. Saenz gerade ihre Flucht vor.«

»Überlassen Sie mir das«, sagte McCoy rasch. »Ich halte Emma auf.«

Spock wölbte skeptisch die Brauen. »Wenn die Neuropsychologin wirklich eine romulanische Agentin ist, Doktor, so dürfte Ihre Überzeugungskraft kaum genügen, um sie...«

»Na schön«, unterbrach Kirk den Vulkanier und wandte sich an den Arzt. »Mach dich auf den Weg, Pille. Ich gebe der Sicherheitsabteilung Bescheid.«

»Wenn Sie Lieutenant Tomson verständigen, besteht die Gefahr, daß Dr. Saenz Verdacht schöpft«, warnte Spock. »Vermutlich überwacht sie die Kommunikation zwischen der *Enterprise* und dem Planeten.«

Kirk nickte ernst. »Nimm einen Phaser mit, Pille. Das ist ein Befehl.«

»Ja, wie du meinst, Jim«, erwiderte McCoy, obwohl er keineswegs die Absicht hatte, sich zu bewaffnen. »Und falls Emma mithört... Ich nenne Scotty einen Vorwand, um mich an Bord zu beamen.«

»Du sollst Dr. Saenz nur einige Minuten lang ablenken, damit ich die Sicherheitsabteilung benachrichtigen kann, Pille. Nach deinem Transfer hast du zehn Minuten, um sie zu finden. Anschließend spreche ich mit Tomson.«

»In Ordnung, Jim.« McCoy drehte sich um und gab dem vulkanischen Wächter im Korridor ein Zeichen.

Als er gegangen war, richtete Spock einen durchdringenden Blick auf den Captain. »Ich hoffe, es ist kein Fehler, ausgerechnet McCoy zu schicken.«

»Halten Sie es etwa für möglich, daß er Dr. Saenz entkommen läßt?«

»Ich vertraue unserem Bordarzt, aber seine Beziehung zu der Neuropsychologin...«

»Er liebt sie.«

»Das habe ich befürchtet. Nun, an Dr. McCoys Loyalität besteht sicher kein Zweifel. Ganz anders sieht es mit der Neuropsychologin aus. Sie hat bereits mehrmals getötet, Captain, und vielleicht schreckt sie auch diesmal nicht davor zurück, einen Mord zu begehen.«

Emma wartete an der Transporterkonsole, als McCoy von der Plattform trat. *Lieber Himmel!* fuhr es dem Arzt durch den Sinn. *Es stimmt tatsächlich. Sie hat mitgehört, als ich darum bat, an Bord gebeamt zu werden.*

Doch Dr. Saenz sah ihn erstaunt an und runzelte die Stirn. »Was machst du denn hier?«

McCoy seufzte erleichtert. »Ich habe gehofft, dich zu erwischen – ich meine, bevor du das Schiff verläßt. Ich muß unbedingt mit dir reden...«

Er warf Lyle einen kurzen Blick zu. Der Transporteroffizier stand an den Kontrollen und gab taktvoll vor, nicht zuzuhören.

Emma schüttelte den Kopf. »Es hat keinen Sinn, Leonard. Du kannst mich nicht dazu bringen, an Bord zu bleiben. Ich muß mich beeilen, um rechtzeitig das Shuttle zu erreichen...«

»Bitte...«

Emma zögerte, als sie die Verzweiflung in McCoys Stimme hörte. Sie wandte sich an Lyle. »Es wird nicht lange dauern.«

McCoy führte seine Begleiterin durch den Korridor, und kurz darauf betraten sie ein nahes Konferenzzimmer.

»Nun gut, Leonard. Was hast du auf dem Herzen?«

»Emma, ich möchte dich etwas fragen... Bevor du das Schiff verläßt, muß ich in einem ganz bestimmten Punkt Gewißheit erlangen.« McCoy berührte die kleine Frau sanft an den Schultern.

»Das haben wir doch schon hinter uns, Leonard...«

»Nein, ich will dir nicht noch einmal einen Heiratsantrag machen. Diesmal geht es um etwas ganz anderes. Bitte gib' mir eine ehrliche Antwort.«

Emma kniff die Augen zusammen. »Rechnest du etwa damit, daß ich dich anlüge?«

McCoy holte tief Luft und musterte die Neuropsychologin eingehend. Emmas Augen blickten so offen und aufrichtig wie immer, und die Verwirrung in ihren Zügen schien echt zu sein. »Ja, vielleicht in diesem besonderen Fall. Nun, ich verspreche dir folgendes: Ganz gleich, wie die Antwort lautet – wenn du ehrlich bist, werde ich dich nicht daran hindern, die *Enterprise* zu verlassen. Das verspreche ich dir.«

»Einverstanden.« Dr. Saenz nickte. »Jetzt zu deiner Frage.«

»Das Neodopazin, Emma... Warum?«

»Das kann ich dir nicht sagen. Leonard. Frag mich irgend etwas anderes.« Sie wollte sich abwenden, aber McCoy hielt sie fest.

»Ich bin der Erste Medo-Offizier dieses Raumschiffs und damit dein Vorgesetzter. Ich habe dich etwas gefragt. Warum kannst du mir keine Antwort geben?«

»In diesem Zusammenhang bin ich dir nicht verantwortlich. Anders ausgedrückt: Ich brauche dir gegenüber keine Rechenschaft abzulegen.« Emma versuchte, sich aus dem Griff zu befreien.

Plötzlicher Zorn brannte in McCoy, und er schloß die Hände so fest um Emmas Arme, daß sie ein überraschtes ›Au!‹ von sich gab. »Man hat dich hierhergeschickt, um Spock zu töten, nicht wahr? Und du mußtest ein gutes Verhältnis zum Bordarzt schaffen, um ihn so zu manipulieren, daß er Spock mit einer fatalen Arznei behandelte. Das stimmt doch, oder?« Er schüttelte Emma.

»Oder?«

Dr. Saenz riß sich mit einem Ruck los und schnappte nach Luft. McCoy trat erneut auf sie zu und sah einen kleinen Phaser, der auf seine Brust zielte.

In Emmas Augen glühte Wut. »Du hast kein Recht, Erklärungen von mir zu verlangen, Leonard. Weder du noch jemand anders an Bord dieses Schiffes. Wer und was ich bin, spielt keine Rolle. Ich habe einen Auftrag, und niemand wird mich davon abhalten, ihn durchzuführen.«

»Du hast mich benutzt«, hauchte McCoy kummervoll.

»Eigentlich brauche ich dir gar nichts zu sagen, aber... nur soviel: Es entscheiden keine Anweisungen darüber, wen ich liebe. Verstehst du?«

»Nein«, zischte McCoy.

Er glaubte, so etwas wie Zuneigung und Sympathie in

Emmas Augen zu erkennen, doch der zärtliche Glanz verschwand sofort wieder.

»Narr«, murmelte die junge Frau. »Ich habe alles riskiert, um deinem Freund zu helfen. Weil er so wichtig für dich ist. Dadurch geriet meine Mission in Gefahr. Genügt dir das nicht?«

McCoy bekam keine Gelegenheit mehr, Emma zu antworten. Sie hob den Phaser und schoß.

KAPITEL 11

Emma Saenz kehrte in den Transporterraum zurück und wandte sich mit einem freundlichen Lächeln an Lyle. »Tut mir leid, daß Sie warten mußten. Im letzten Augenblick hat sich noch ein dringendes medizinisches Problem ergeben...«

Lyle erwiderte das Lächeln ein wenig unsicher. Er neigte nicht dazu, seine Nase in fremde Angelegenheiten zu stekken, und für gewöhnlich ignorierte er den Bordklatsch, soweit er die Senior-Offiziere betraf. Trotzdem wußte er natürlich, was man sich über die Liebesaffäre zwischen McCoy und der Neuropsychologin erzählte.

Offenbar steckte mehr dahinter, als er bisher angenommen hatte. »Kein Problem, Doktor.«

Emma trat auf die Plattform und stellte ihren kleinen Koffer ab. »Es kann losgehen, Mr. Lyle. Beamen Sie mich auf den Planeten.«

Die nächsten Ereignisse folgten so schnell aufeinander, daß sich Lyle später nicht an alle Einzelheiten erinnern konnte.

Das Schott glitt beiseite, und Lieutenant Reems auf der Sicherheitsabteilung kam mit gezogenem Phaser herein. Als er Dr. Saenz sah, richtete er seine Waffe auf sie und öffnete den Mund.

Er kam nicht mehr dazu, etwas zu sagen. Emma blieb völlig ruhig und gelassen, als sie ihren eigenen Phaser hervorholte, anlegte und den Auslöser betätigte. Der Lieutenant sank bewußtlos zu Boden. Lyle sprang erschrocken hinter der Konsole hervor, und Dr. Saenz betäubte ihn ebenfalls.

Sie eilte zu den Kontrollen, schob Lyles erschlafften Leib beiseite und streckte die Hand nach den Tasten aus.

»Jetzt ist Schluß. Bleiben Sie stehen.«

Emma erstarrte förmlich und blickte über die Schulter. Ingrit Tomson stand in der Tür, und die Mündung ihres Strahlers deutete auf den Rücken der Neuropsychologin. »Lassen Sie die Waffe fallen.«

Emma legte ihren Phaser auf die Konsole.

Tomson deutete zum Schott. »Bewegung.« Dr. Saenz gehorchte, näherte sich dem weiblichen Sicherheitsoffizier – und stolperte, als sie den ohnmächtigen Reems erreichte.

Tomson kam etwas näher, und Emma trat ihr die Waffe aus der Hand. Die Leiterin der Sicherheitsabteilung sah ihrem Phaser verblüfft nach.

»Wollen wir doch mal sehen, wer von uns beiden mehr auf dem Kasten hat«, sagte Emma.

Die beiden Frauen standen sich gegenüber, bereit zum Kampf: hier die hochgewachsene und blasse Ingrit Tomson, dort die kleine und dunkelhäutige Emma Saenz. »Ich bin fast doppelt so groß wie Sie«, spottete Tomson. »Sie haben nicht die geringste Chance gegen mich.«

»Vielleicht erwartet Sie eine Überraschung«, erwiderte Emma glatt.

Kirk wanderte unruhig im Krankenhausflur auf und ab, verfluchte seinen Kommunikator und ignorierte die mißbilligenden Blicke der Vulkanier, denen er begegnete.

»Zum Teufel auch, Mr. Scott – was ist bei Ihnen los?«

»Mr. Lyle war bewußtlos, Captain, aber jetzt befindet sich jemand anders im Transporterraum und ...«

»Bewußtlos? Wie lange? Nun, ist nicht weiter wichtig. Sorgen Sie dafür, daß Uhura *unverzüglich* die vulkanische Sicherheitszentrale verständigt. Emma Saenz dürfte inzwischen auf Vulkan sein. Es muß sofort eine Fahndung nach ihr eingeleitet werden.«

»Aye, Sir.«

»Haben Sie McCoy gefunden?«

»Noch nicht, Sir.«

»Geben Sie mir Tomson.«

Scott zögerte. »Ich fürchte, Sie können jetzt nicht mit ihr sprechen.«

»Und wieso nicht?«

»Wir fanden sie zusammen mit Reems und Lyle im Transporterraum. Betäubt. Sie müßte bald wieder zu sich kommen.«

»Na schön«, brummte Kirk. »Dann teilen Sie Tomsons Stellvertreter mit...«

»Das ist Reems, Sir.«

Der Captain knirschte mit den Zähnen. »Verdammt! Wenden Sie sich an jemanden aus der Sicherheitsabteilung, der *nicht* von Dr. Saenz außer Gefecht gesetzt wurde. Die Suche nach der Neuropsychologin kann eingestellt werden — sie ist bestimmt nicht mehr an Bord. Ich möchte wissen, wo McCoy steckt.«

»Sonst noch etwas, Captain?«

»Ja. Holen Sie mich zurück.«

Emma wäre sicher nicht in der Lage, Leonard zu erschießen, dachte Kirk, als sich die Konturen des Flurs verflüchtigten. *Und sie hat auch Tomson, Lyle und Reems geschont, sie nur betäubt.* Doch das Unbehagen ließ sich nicht aus ihm vertreiben. Er überlegte, ob er die Anweisung geben sollte, die Atmosphäre in der *Enterprise* nach organischen Molekülen untersuchen zu lassen...

Kirk trat von der Transporterplattform und musterte Tomson, Reems und Lyle, die auf dem Boden saßen und sich gerade von einem medizinischen Assistenten behandeln ließen. Der Captain maß sie mit einem finsteren Blick.

»Ich nehme an, Sie alle sind Emma Saenz begegnet — ohne sie aufhalten zu können.«

Lyle rieb sich die Schläfen und schnitt eine Grimasse. »Sie schoß auf mich und Reems, bevor wir begriffen, daß sie eine Waffe bei sich trug, Sir.«

Tomson schien es schlechter zu gehen als ihren beiden Leidensgenossen. Niedergeschlagen starrte sie zu Boden und brachte es nicht über sich, dem Blick des Captains zu begegnen. »Ich habe Sie entwaffnet, Sir, aber kurz darauf trat sie mir den Phaser aus der Hand.« Tomson versuchte, ihre linke Schulter zu berühren, ließ den rechten Arm jedoch wieder sinken und stöhnte leise. »Im Nahkampf ist sie außerordentlich geschickt. Ich glaube, sie hat mir die Schulter ausgerenkt.«

Ein dünnes Lächeln umspielte Kirks Lippen. Tomson glaubte zunächst, den Captain amüsiere die Vorstellung, daß sie einer so kleinen und zart gebauten Frau wie Emma unterlegen war, doch dann sagte er: »Glauben Sie mir, Lieutenant: Ich verstehe Sie. Ich habe ebenfalls entsprechende Erfahrungen mit Dr. Saenz gesammelt.«

Mit einem leisen Ächzen lehnte sich Tomson an die Wand. »Danke, Sir.«

Der Captain gab sich einen Ruck und trat ans Interkom heran. »Kirk an Sicherheitsabteilung.«

»Hier Kazan.«

»Irgendeine Spur von McCoy?«

»Nein, Sir. Wir suchen noch immer nach ihm.«

Enttäuscht und verärgert unterbrach Kirk die Verbindung. Er verließ den Transporterraum, um selbst nach dem Arzt Ausschau zu halten. Er war erst wenige Meter weit gekommen, als sich eine Tür öffnete und McCoy in den Korridor taumelte.

Kirk erreichte ihn, bevor er endgültig das Gleichgewicht verlor und zu Boden sank. Besorgt stützte er den Arzt. »Dem Himmel sei Dank, Pille... Wie geht es dir?«

McCoy brummte etwas Unverständliches und schlug die Hände vors Gesicht. »Sie ist fort, Jim. Meine Güte, was für Kopfschmerzen. Ich fühle mich so, als sei ich gerade nach einer sechstägigen Zechtour durch saurianische Kneipen aufgewacht.«

»Emma hat dich mit ihrem Phaser betäubt, nicht wahr?«

»Und mir mit ihrem Verhalten einen Schock versetzt. Spock hatte recht, Jim... Bei allen Raumgeistern, er hatte recht! Habt ihr sie erwischt?«

»Noch nicht. Wir glauben, sie ist auf Vulkan.« Kirk zögerte. »Tut mir leid, Pille.«

»Mir auch.« McCoy schloß die Augen und lehnte den Kopf an die Wand. »Aber das Komische an der Sache ist...«

»Ja?« Kirk beugte sich etwas näher.

»Eigentlich bedauere ich gar nicht, daß Emma entkommen ist.«

Mir ergeht es ähnlich. Kirk behielt diesen Gedanken für sich, schlang den Arm unter McCoys Achseln und brachte ihn zur Krankenstation.

Der Raum vereinte die besten Aspekte Vulkans und der Erde – ebenso wie das ernste, irgendwie einsam wirkende Kind, das vom Porträt über dem Klavier herabsah. Der vulkanische Einfluß war zweifellos stärker, fand seinen Ausdruck in den klaren, schlichten Konturen von Architektur und Einrichtung, spiegelte sich auch in den dekorativen Artefakten wider. Kirk betrachtete die verschiedenen Gegenstände an den Wänden: ein *Ahn-vahr,* Säbel, andere Waffen, die ihm seltsam und rätselhaft erschienen – substantielle Erinnerungen an längst vergessene Kriege. Die terranischen Aspekte waren zwar subtiler, aber gleichzeitig auf den ersten Blick als solche zu erkennen: das Klavier, ein Gemälde, das Mutter und Sohn zeigte, und vor allen Dingen die Bücher. Hunderte von Büchern in den Regalen im Flur und an der gegenüberliegenden Wand des Salons. Ihr Geruch erinnerte Kirk an seinen letzten Aufenthalt in der Buch-Abteilung einer Bibliothek.

Er gab dem Drängen in seinem Innern nach, näherte sich den Regalen und las die Autorennamen auf dem Rücken der Bände. Die Sammlung war bemerkenswert eklektisch: Roth, Twain, Zelazny, Dickens, Dostojewski, Wisen, McIntyre, Oates... Und es handelte sich nur um eine kleine Ecke mit Werken aus dem neunzehnten und zwanzigsten Jahrhundert. Kirks Fingerkuppen tasteten über die

Bücher, bis er einen ganz bestimmten Band entdeckte und ihn zur Hand nahm.

Hinter ihm räusperte sich McCoy demonstrativ.

Kirk warf einen kurzen Blick über die Schulter. Der Arzt war noch immer blaß – so blaß, daß die chronischen Ringe unter seinen Augen dunkler als sonst wirkten. McCoy litt nicht nur an den Nachwirkungen des Phaserstrahls.

»Sieh dir das hier an, Pille. Eine derart außergewöhnliche Sammlung seltener Bücher findet man sonst nur in literarischen Archiven.«

»Mhm«, machte McCoy geistesabwesend und gelangweilt. »Was für einen Band hast du ausgewählt?«

»Ein klassisches Werk, das ich als Kind genossen habe. Horatio Hornblower.«

McCoy runzelte die Stirn. »Wie bitte?«

Kirk stellte das Buch rasch ins Regal zurück, als Sarek hereinkam. »Ich erklär's dir später.«

Sarek schien den Mordanschlag problemlos überstanden zu haben; er sah wesentlich besser aus als McCoy. Spock stand neben ihm, trug nun wieder die blaue Uniform des wissenschaftlichen Offiziers. Die Ähnlichkeit zwischen Vater und Sohn fiel sofort auf. Spock war eine größere, schlankere Version Sareks. Doch in seinem Gesicht gab es auch noch etwas anderes, das er zweifellos Amanda verdankte – obgleich Kirk nicht feststellen konnte, worum es sich handelte.

Sarek bedeutete ihnen, Platz zu nehmen. »Captain Kirk, ich bin Ihnen dankbar dafür, daß Sie so schnell auf meine Einladung reagiert haben. Allerdings muß ich zugeben, daß es mir nicht nur darum geht, Ihnen meine Gastfreundschaft anzubieten.«

Kirk setzte sich neben McCoy aufs Sofa, und Spock wählte einen Sessel auf der anderen Seite des Zimmers. Kirk konnte sich kaum des Eindrucks erwehren, daß er an einer Konferenz des vulkanischen Rates teilnahm. »Gehe ich richtig in der Annahme, daß Sie das Problem Aritani mit uns erörtern möchten, Botschafter?«

»In der Tat. Wie Sie wissen, stimmen die Delegierten morgen ab. Die Romulaner haben versucht, Einfluß auf das Abstimmungsergebnis zu nehmen, aber ich nehme an, die Entscheidung fällt für einen Schutz des aritanischen Volkes aus. Wahrscheinlich wird beschlossen, eine Verhandlungsdelegation zu schicken.«

»Freut mich, das zu hören«, sagte Kirk. »Andererseits: Nach dem Anschlag auf Sie bin ich um die Sicherheit der übrigen Diplomaten besorgt. Vielleicht hat Spock Ihnen mitgeteilt, daß an Bord der *Enterprise* Attentate auf zwei Botschafter verübt wurden. Einer kam ums Leben.«

Sarek nickte. »Die vulkanische Sicherheitsabteilung ist unterrichtet worden und hat alle notwendigen Maßnahmen eingeleitet.«

»Aber bisher fehlt jede Spur von Dr. Saenz«, fügte Spock hinzu. »Offenbar ist es ihr gelungen, ShanaiKahr und vermutlich auch den Planeten zu verlassen.«

»Steht wirklich fest, daß die romulanische Regierung ihre Hand im Spiel hat?« fragte McCoy plötzlich. »Bisher wissen wir nur, daß die Angriffe von Piraten durchgeführt werden, die zufälligerweise Rihannsu sind.«

Sarek musterte den Arzt kühl. »Das stimmt. Aber normalerweise lassen sich Piraten nicht auf komplexe Intrigen und Verschwörungen ein. Die jüngsten Ermittlungen der Geheimdienste deuten auf eine Beteiligung des Prätoriats hin. Und der Attentäter, der es auf mich abgesehen hatte, war zweifellos ein Romulaner.«

»Könnte es kein Vulkanier gewesen sein?«

»Ganz abgesehen davon, daß Vulkanier keine Gewalt anwenden: Die Position der Stichwunde, die er mir beibrachte — einen Zentimeter über dem Herzen — beweist die romulanische Identität des Angreifers.«

»Das Herz eines Romulaners sitzt zwei Zentimeter höher in der Brust als bei einem Vulkanier«, erklärte Spock.

»Sie brauchen mir keinen anatomischen Nachhilfeunterricht zu geben«, sagte McCoy verdrießlich. »In solchen Dingen kenne ich mich aus.«

Spock ignorierte ihn und richtete seine Aufmerksamkeit auf den Captain. »Sie wissen bereits, daß dem Attentat auf meinen Vater eine Frau zum Opfer fiel, die als Gast in diesem Hause weilte. Kurz vor ihrem Tod sagte sie, die Romulaner seien an sie herangetreten, um ihr ›eine steile Karriere in den Diensten des Prätors‹ zu versprechen — wenn sie sich bereit erklärte, Sarek und mich zu töten.«

Kirk beugte sich vor. »Wie reagierte sie darauf?«

Spocks Blick glitt ins Leere. »Sie lehnte natürlich ab. Immerhin war sie Vulkanierin.«

»Um eine Ihrer Redewendungen zu benutzen, Captain...«, sagte Sarek. »Die Romulaner haben einen langen Arm. Die junge Frau, über die wir sprechen, studierte an der Akademie von ShanaiKahr und erhoffte sich Aufnahme in das diplomatische Korps Vulkans. Offenbar wünschten sich die Romulaner einen Informanten im DKV. Die Rihannsu haben eine viele Jahrhunderte alte Spionagetradition; ich fürchte, ihr Einfluß reicht sogar bis zum Föderationsrat.

Nun, kommen wir wieder zur Sache. Ich erwähnte eben eine Delegation, die man wahrscheinlich nach Aritani schickt. Sie wird aus dem terranischen Botschafter und mir bestehen. Doch unsere diplomatischen Fähigkeiten spielen in diesem Zusammenhang kaum eine Rolle: Es wäre absurd, die Aritanier unter den gegenwärtigen Umständen aufzufordern, der Föderation beizutreten — daraus ergäben sich überhaupt keine Vorteile für sie. Zuerst muß die Föderation beweisen, daß sie in der Lage ist, die Aritanier vor den Romulanern zu schützen. Dieser Beweis läßt sich nur auf Aritani selbst erbringen, und deshalb brauchen wir ein Raumschiff...«

»Die *Enterprise* steht Ihnen zur Verfügung«, sagte Kirk.

»Danke, Captain. Starfleet hat bereits bestätigt, daß Ihr Schiff die logische Wahl ist. Aber ich wollte nicht nur darüber mit Ihnen sprechen. Wir benötigen ein Raumschiff, um nach Aritani zu gelangen — und noch viel dringender brauchen wir einen Plan, um den Romulanern das Handwerk zu legen. Spock und ich haben einen entwickelt.«

Plötzliche Nervosität erfaßte Kirk. »Halten Sie es für klug, ihn hier zu diskutieren? Wenn die Romulaner imstande waren, in Ihr Haus einzudringen und Sie anzugreifen, so...«

»Keine Sorge, Captain: Es besteht nicht die geringste Gefahr, daß jemand unser Gespräch überwacht.«

»Im Heim eines Botschafters kommen häufig vertrauliche Dinge zur Sprache«, warf Spock ein. »Aus diesem Grund ist dieses Haus mit einem Signalverzerrer ausgestattet. Nur autorisierte Sendungen werden nicht gestört. Selbst wenn es den Romulanern gelungen ist, hier einen Sender zu verstecken – sie würden gewiß nicht verstehen, was er ihnen übermittelt.«

»Na schön«, brummte Kirk. »Wir können praktisch jederzeit nach Aritani fliegen. Erläutern Sie mir jetzt Ihren Plan.«

Sarek lächelte nicht, aber seine Augen glänzten etwas heller. »Wir brauchen dafür Ihre Hilfe, Captain. Und auch Ihre, Doktor...«

»Wie funktioniert die Tarnvorrichtung, Scotty?«

»Bestens, Sir. Aber das Ding zieht den ganzen Saft aus meinen armen Generatoren. Gott steh uns bei, wenn es plötzlich notwendig wird, auf Warpgeschwindigkeit zu gehen, Sir.«

»Sorgen Sie dafür, daß die Tarnvorrichtung weiterhin arbeitet, Scotty. Ich verspreche Ihnen, daß wir weder den Warpantrieb *noch* göttlichen Beistand benötigen. Kirk Ende.«

Der Captain sah auf den Wandschirm der Brücke und betrachtete Aritani: eine blau-purpurne Kugel, über der hier und dort faserige Wolkenfetzen schwebten. Einige Sekunden lang klebte Kirks Blick daran fest.

»Standardorbit, Captain?« fragte Sulu und brach den Bann.

»Ja, Lieutenant.« Kirk drehte den Kopf und musterte seinen Ersten Offizier.

Der Vulkanier beobachtete ebenfalls den Planeten.

»Wunderschön, nicht wahr?«

Spock sah Kirk an, nickte kurz und wandte sich dann dem Sichtschlitz des Scanners zu. »Erhebliche Piratenaktivität auf der Oberfläche, Captain.« Er richtete sich wieder auf. »Sie machen sich nicht mehr die Mühe, ihre Kampfgleiter mit Tarnfeldern abzuschirmen.«

»Die *Fidelity* hat den Orbit verlassen, und deshalb fühlen sich die Romulaner sicher.« Das Interkom summte, und Kirk betätigte eine Taste.

McCoys drängende Stimme klang aus dem Lautsprecher.

»Wir haben hier einen Notfall, Jim. Ich brauche dich in der Krankenstation.«

Uhura und Sulu drehten sich um und bedachten den Captain mit einem verwirrten Blick. Warum setzte sich der Bordarzt mit dem Kommandanten in Verbindung, wenn es um einen medizinischen Notfall ging? So etwas fiel doch in McCoys Zuständigkeitsbereich.

Kirk schien ihre Verwunderung nicht zu teilen. »Ich bin schon unterwegs, Pille.« Er nickte Spock zu, der daraufhin die wissenschaftliche Station verließ und im Sessel des Befehlsstandes Platz nahm.

Die Tür des Turbolifts öffnete sich, und Kirk wäre fast gegen Varth gestoßen, der die Transportkapsel verließ. Sulu sah, wie der Captain lächelte und dem Radu zuzwinkerte. Er starrte wieder auf die Anzeigen der Navigationskonsole herab und zwickte sich, um ganz sicher zu sein, daß er nicht träumte.

Es stand noch kein Schichtwechsel an, und Sulu wußte ganz genau, daß Kirk Varth nicht auf die Brücke bestellt hatte. Varth ging sofort zur wissenschaftlichen Station, und Sulu gewann den Eindruck, daß die drei Männer aufgrund einer telepathischen Übereinkunft handelten. Er hätte den Radu gern gefragt, woher er wußte, daß man ihn auf der Brücke benötigte, doch Spocks Gegenwart hielt ihn davon ab.

Es überraschte Sulu kaum, als McCoy eine knappe Stunde später auch Spock aufforderte, in die Krankenstation zu kommen.

»Darf ich daraus schließen, daß Sie es mit einem zweiten medizinischen Notfall zu tun haben, Doktor?« fragte der Vulkanier.

»Spock, bringen Sie Ihr vulkanisches Hinterteil *sofort* hierher.«

Spock hob ansatzweise die Brauen und desaktivierte das Interkom. »Mr. Varth, Sie haben das Kommando.«

Sulu wartete, bis der Vulkanier die Brücke verlassen und Varth im Befehlsstand Platz genommen hatte.

»Na schön – was ist los?« Varth musterte ihn kühl. »Gibt es irgendein Problem, Lieutenant Sulu?«

»Sie wissen, was ich meine, Sir.« Seit Varths noch immer rätselhaftem Aufenthalt in der Arrestzelle hatte Sulu nicht mehr mit ihm gesprochen. »Irgend etwas spielt sich ab, zwischen Ihnen, dem Captain und Mr. Spock.« Er wagte es nicht, den Radu zu fragen, warum er sich plötzlich so gut mit Kirk verstand – immerhin befanden sie sich auf der Brücke, und Varth war Senior-Offizier. Aber einen Hinweis auf die jüngsten Ereignisse hielt der Steuermann für angemessen. »Es ist sehr ungewöhnlich, daß Dr. McCoy sowohl den Captain als auch Mr. Spock in die Krankenstation ruft.«

»Da haben Sie recht«, pflichtete ihm Varth bei. »Sonst noch etwas, Lieutenant?«

»Nein, Sir.« Sulu seufzte und konzentrierte sich wieder auf seine Konsole. Varth gab ihm zu verstehen, daß er sich zuviel herausnahm. *Vielleicht erklärt er mir alles, wenn wir allein sind.*

Das breite Grinsen des Radu entging ihm.

Spock stand vor dem Zugang der Krankenstation. »Wie geht es ihm, Doktor?«

McCoy bedeutete dem Vulkanier, das Zimmer zu betreten. »Kommen Sie herein und machen Sie sich selbst ein Bild. Diesmal könnte Ihre Meinung durchaus nützlich sein.«

Kirk saß auf dem Bett und betrachtete sich in einem kleinen Spiegel. Als Spock eintrat, schwang er die Beine über den Rand der Liege und versuchte aufzustehen.

»Nicht so schnell«, sagte McCoy und drückte den Captain aufs Polster zurück. »Warte noch, bis die Wirkung des Betäubungsmittels nachläßt.« Er wich einen Schritt zurück und beobachtete sein Werk mit fast väterlichem Stolz. »Nun, Spock, was halten Sie davon?«

Der Vulkanier näherte sich dem Bett, hob die Hand zum Kinn und brummte leise. Langsam ging er um die Liege herum, beobachtete Kirk von allen Seiten. Nach einer Weile blieb er stehen und schwieg.

McCoy wartete, und schließlich konnte er es nicht mehr aushalten. *»Nun?«*

»Adäquat«, sagte Spock.

»Adäquat?« wiederholte McCoy. Es klang beleidigt. »Wollen Sie mich auf den Arm nehmen? Dies ist ein Meisterwerk.«

Kirk grinste, zuckte plötzlich zusammen und betastete vorsichtig die neuen Spitzen an seinen Ohren. »He, Pille, wenn ich lächele, habe ich das Gefühl, als ziehe mir jemand die Ohren lang. Vielleicht ist dir ein Fehler unterlaufen.«

»Ich bin sicher, daß du an deinem Einsatzort nicht zu lächeln brauchst«, erwiderte der Arzt schroff.

Kirk sah zu Spock auf und hätte fast noch einmal geschmunzelt. Er beherrschte sich gerade noch rechtzeitig. »Ist *das* der Grund, warum ihr Vulkanier nie lächelt? Weil ihr euch dadurch selbst die Ohren langzieht?«

Spocks Gelassenheit blieb unerschütterlich. »Darauf kann ich Ihnen leider keine Antwort geben, Captain.«

McCoy war noch immer verärgert. »Was veranlaßt Sie nur dazu, die Bezeichnung ›adäquat‹ zu verwenden? Beim letzten Mal genügte das Ergebnis meiner Bemühungen, um die Romulaner zu täuschen, und ich glaube, diesmal habe ich noch bessere Arbeit geleistet.«

»Es liegt mir fern zu behaupten, Sie seien nicht fähig, die Romulaner zu täuschen, Doktor. Ich wies nur darauf hin, daß die Tarnung dem Zweck gerecht wird. Das wollten Sie doch wissen, oder?«

»Ja, schon, aber...«

»Was die Ästhetik betrifft, sehe ich mich zu der Feststellung genötigt, daß irgendein Aspekt...« Spock legte eine kurze Pause ein. »Nun, der Captain ist nicht unbedingt der Typ, um...«

»Ich gebe einen lausigen Vulkanoiden ab.« Kirk schob den besorgten McCoy beiseite und stand auf. »Darauf wollten Sie doch hinaus, oder?«

»Ich würde es anders formulieren, aber im Prinzip haben Sie recht«, erwiderte Spock. »Vielleicht liegt es an der neuen Hautfarbe...«

McCoy schnaufte. »Das läßt sich mit ein wenig Makeup in Ordnung bringen. Aber auf die Ohren bin ich wirklich stolz.«

»Sie entsprechen den Erfordernissen«, bemerkte Spock. »Und deshalb sind sie adäquat.«

»Fangen Sie schon wieder an?« platzte es aus McCoy heraus.

Kirk kam einer neuerlichen verbalen Auseinandersetzung zuvor. »Immer mit der Ruhe. Nur eins ist wichtig: Mit den spitzen Ohren haben wir die Romulaner schon einmal hereingelegt, und das sollte uns auch diesmal gelingen.«

Scott und McCoy warteten, als Kirk im Transporterraum eintraf. Die beiden Männer wirkten nicht besonders zufrieden. McCoy stand mit verschränkten Armen da und schnitt eine finstere Miene. Der Captain rechnete mit einem mahnenden Vortrag, und um etwas Zeit zu gewinnen, fragte er: »Wo ist Spock?«

»Wahrscheinlich versucht er, ein Kostüm zu finden, das zu deinem paßt«, erwiderte McCoy. »Du siehst ziemlich... schneidig aus.«

»Was, in diesen komischen Sachen?« Kirk hob die Arme und blickte an sich herab. Der Computer hatte die Kleidung des romulanischen Gefangenen als Vorlage benutzt. »Die Weste erscheint mir ein bißchen zu bunt.«

»Sie ist perfekt«, entgegnete McCoy. »Betont deine grüne Gesichtsfarbe.«

Kirk ächzte leise und wandte sich an den Chefingenieur. »Varth gibt Ihnen gleich die Koordinaten.«

»Aye, Sir.« Scott seufzte und schüttelte den Kopf.

»Na schön, Scotty«, brummte Kirk. »Heraus damit.«

»Nun... ich wünschte, ich könnte mich endlich von meinen Bedenken befreien, Captain. Ich sehe noch immer den zweiten Romulaner vor mir, den wir aus seinem Kampfgleiter hierher beamten...«

»Friede seiner Seele.« McCoy nickte. »Ich habe die Autopsie vorgenommen, Jim.«

Kirk versuchte, den Kommandanten herauszukehren. »Meine Herren... Dieses Thema ist abgeschlossen. Der Pirat hat den ermittelten Kurs mit voller Absicht geändert. So etwas wird nicht noch einmal geschehen.«

»Mit anderen Worten – du *hoffst*, daß es sich nicht wiederholt«, brummte McCoy.

Auch Scott hielt an seinen Zweifeln fest. »Es ist sehr schwierig, zwei Männer in Kampfgleiter zu transferieren, die sich mit hoher Geschwindigkeit bewegen.«

Kirk gab sich zuversichtlich und klopfte dem Chefingenieur auf die Schulter. »Ich verlasse mich ganz auf Sie, Mr. Scott. Sie kennen sich mit solchen Dingen aus. Und damit wäre die Diskussion beendet.«

Das Schott glitt auf, und Spock kam in der Aufmachung eines Piraten herein.

»Sie sehen wirklich überzeugend aus.«

»Danke, Doktor McCoy.«

»Ich verstehe nur nicht, warum Sie sich weigerten, ein

Ohr von mir durchstechen zu lassen. Dann gäbe es nicht mehr den geringsten Zweifel an Ihrer Identität als Renegat.«

Spock blieb völlig ernst. »Es genügt, daß sich der Captain Ihrem Skalpell ausliefern mußte, Doktor.«

»Da fällt mir ein: Was hält Sarek von Jims neuen Ohren?«

»Mir gegenüber erwähnte er sie nicht.«

»Nein?« McCoy versuchte vergeblich, seine Enttäuschung zu verbergen.

Spocks Gesicht war noch immer ausdruckslos. »Mein Vater ist Diplomat, Doktor. Er vermeidet Bemerkungen, die andere Personen beleidigen könnten.«

McCoy setzte zu einer scharfen Antwort an, als von der Transporterkonsole her ein rhythmisches Summen erklang. »Sie sollten auf die Plattform treten«, sagte Scott und wandte sich den Kontrollen zu. »Hm, es kommt jetzt aufs richtige Timing an...«

Kirk spürte, wie seine Aufregung zunahm. »Alles klar, Spock?«

»Ich bin bereit, Captain.«

»Seid um Himmels willen vorsichtig«, sagte McCoy.

Kirk sah noch die Sorge in McCoys Gesicht, bevor er im Transporterstrahl entmaterialisierte.

Der Gleiter schien so leicht zu sein wie eine Feder, und auf die Kontrollen reagierte er so empfindlich wie ein Vollblüter auf seine Zügel. Varth hatte recht. Es handelte sich nicht um alte, zusammengeflickte Maschinen, wie sie normalerweise von Piratengruppen verwendet wurden, sondern um hochmoderne, mit High-Tech gefüllte Kampfgleiter, die zweifellos aus dem Arsenal des romulanischen Reichs stammten. Kirk saß im Kontursessel vor der Pilotenkonsole und konnte die Arme frei bewegen. Allerdings blieb nicht genug Platz, um die Beine zu strecken. Aufmerksam betrachtete er das Pult und fand das Funkgerät neben dem Tastenfeld, das dazu diente, die Brandphaser zu fokussieren und auszulösen.

»Empfangen Sie mich, Remus?«

»Bestätigung, Romulus. Wir sind nicht sehr weit vom Transferpunkt entfernt. Bitte folgen Sie mir.«

Sie flogen dicht hintereinander, und Spocks Gleiter übernahm die Führung. Kirk sah durch die transparente Bugkanzel nach draußen und beobachtete, schwarzes, verbranntes Land – das Werk der Romulaner. An einigen Stellen deuteten hohe Abraumhalden darauf hin, daß man bereits mit dem Abbau von Uritanium und Dilithium begonnen hatte.

Der Anblick erfüllte Kirk mit dumpfem Zorn, und er ballte unwillkürlich die Fäuste. Die Anordnung der einzelnen Plateaus erinnerte ihn daran, daß sich dort einst Natahias Felder erstreckt hatten. Die Schönheit der Landschaft war zerstört; das Paradies existierte nicht mehr.

Etwas anderes weckte seine Aufmerksamkeit.

Ein anderes Plateau, vor einem steilen Berghang. Und die nächste Terrassenformation mehr als hundert Meter weiter unten. Rote und blaue Sträucher wuchsen an der Böschung...

Dort haben wir Spock gefunden, dachte der Captain.

Dankbar richtete er seinen Blick auf den Mann im zweiten Gleiter.

Spocks Maschine schwebte einige Sekunden lang am Rand des Plateaus und setzte dann weich auf. Kirk landete neben ihr. Er wußte, daß der Vulkanier nun einen Kommunikationskanal zur unterirdischen Basis öffnete und in fehlerfreiem Romulanisch den von Varth übermittelten Transportercode durchgab. Es dauerte nicht lange, bis das Innere des Kampfgleiters zu schimmern begann; das Leuchten erfaßte auch Kirk, beamte ihn zum subplanetaren Stützpunkt der angeblichen Piraten.

Kirk öffnete die Augen und sah völlige Finsternis. Plötzliche Panik zitterte in ihm, als er befürchtete, in massivem Fels rematerialisiert zu sein. Bestürzt wartete er darauf, von dem enormen Druck vieler hundert Tonnen Gestein zermalmt zu werden...

Aber der Tod verschonte ihn. Kirk atmete dünne, wiederaufbereitete Luft, und allmählich gewöhnten sich seine Augen an die Dunkelheit. »Remus?«

»Hier.« Spock schwang sich so elegant aus der Luke, als sei er bereits seit vielen Jahren mit dem Bewegungsmuster vertraut. Als seine Füße den Boden berührten, flammte in der Höhle grelles, rosafarbenes Licht auf. Kirk stieg ebenfalls aus, weitaus unbeholfener als der Vulkanier.

Die Wände des Hangars bestanden aus unverkleidetem Fels, und in der großen Kaverne standen mindestens hundert silbrig glänzende Kampfgleiter. Kirk und Spock wanderten an ihnen vorbei, gingen über harten Granit. Das Geräusch ihrer Schritte hallte dumpf wider.

Sie durchquerten die Höhle, passierten eine Tür und betraten einen schmalen Korridor. Jetzt konnte überhaupt kein Zweifel mehr daran bestehen, daß sie es nicht nur mit einfachen Piraten zu tun hatten: An der einen Wand saß ein Wächter, und er trug die Uniform eines romulanischen Zenturio. Er blickte auf, musterte Kirk und Spock, runzelte kurz die Stirn und starrte dann wieder auf einen Bildschirm.

Der Captain und sein Erster Offizier gingen weiter.

»Das war zu einfach.« Kirk tastete nach dem Kommunikator unter seinem langen Umhang.

»Zumindest einfacher als erwartet«, sagte Spock. »Vielleicht genügt der Transportercode, um freien Zugang zur Basis zu erhalten. Oder die Föderation hat selbst an diesem Ort Freunde.«

»Vielleicht liegt es auch nur an der Nachlässigkeit des Zenturio. Wenn einer meiner Leute so pflichtvergessen wäre...«

»Jetzt sprechen Sie wie ein wahrer Zuchtmeister, Sir.«

Kirk warf Spock einen erstaunten Blick zu, verzichtete jedoch auf eine Antwort. Sie hatten gerade das Ende des

Korridors erreicht: Vor ihnen erzitterte eine steinerne Barriere und glitt nach oben.

Die Wände im Innern der eigentlichen Basis bestanden nicht aus nacktem Fels, sondern aus glattem, weißem Metall. Breite Passagen schienen sich kilometerweit zu erstrecken, und Kirk gab es schon nach kurzer Zeit auf, die vielen Türen zu zählen. Dutzende von Romulanern – manche in militärischen Uniformen, andere in der farbenfrohen Kleidung von Piraten – marschierten durch die Gänge.

Sie waren viel zu sehr auf ihre Pflichten konzentriert, um den beiden vorgeblichen Renegaten im Zugang Beachtung zu schenken.

»Erinnert Sie das an etwas?« hauchte Kirk beeindruckt.

»Ja. Ans Innere eines romulanischen Schlachtschiffes. Wenn Varth recht hat, müßten sich dort drüben die Offiziersquartiere befinden. Ich glaube, wir sollten uns in... diese Richtung wenden.« Spock hob kurz die Hand.

»Gehen Sie voraus, Remus. Sie haben die Karte im Kopf.«

Niemand stellte ihre romulanische Identität in Frage, als die beiden Männer durch den wesentlich breiteren Korridor schritten. *Pille kann mit Recht auf sein Werk stolz sein,* dachte Kirk zufrieden. Ein Turbolift trug sie zwei Etagen nach unten, und anschließend gingen sie durch eine Passage, von der Spock glaubte, sie führe zur Tarnvorrichtung. Kirk fühlte sich immer sicherer – bis der Vulkanier plötzlich stehenblieb.

Vor ihnen teilte sich der Gang.

»Und jetzt, Spock?«

»Ich habe mir den Plan der Basis eingeprägt, Sir, aber das dort scheint neu zu sein.« Er deutete in den linken Korridor. Kirk sah das Glühen eines energetischen Schildes, und davor hielt ein großer, muskulöser Zenturio Wache. »Die Skizze zeigte nur eine Passage zur Tarnvorrichtung – den unbewachten Gang.«

»Für welche Richtung sollen wir uns entscheiden?«

Spock drehte den Kopf und sah Kirk an. »Wo würden Sie die Tarnvorrichtung unterbringen, Sir?«

Der Captain seufzte. »Diese Antwort habe ich befürchtet.«

Sie näherten sich dem Kraftfeld. »Wenn uns der Zenturio irgendwelche Fragen stellt, Captain«, sagte Spock leise. »Ich wäre Ihnen dankbar, wenn Sie...«

»Wenn ich den Mund hielte?«

Der Vulkanier nickte.

»Diesen Wunsch erfülle ich Ihnen gern, Remus. Mein Romulanisch ist ein wenig eingerostet.«

Der athletisch gebaute Zenturio schob ein kantiges Kinn vor und beobachtete die beiden Männer aus kleinen, mißtrauisch blickenden Augen. Dieser Rihannsu nahm seine Aufgabe weitaus ernster als der andere Wächter. Spock salutierte auf die Art und Weise der Rihannsu: Er schlug sich mit der Faust auf die Brust und streckte den Arm aus.

Kirk hörte stumm zu. Er verstand kaum etwas: Spocks Stimme klang scharf, und offenbar gelang es ihm, den militärischen Stil der Romulaner nachzuahmen. »Lassen Sie uns passieren, Zenturio.«

Der Wächter schüttelte den Kopf und holte einen kleinen Scanner hervor. »Sie kennen die Vorschriften. Zuerst muß ich Sie kontrollieren.«

»Selbstverständlich.« Spock stand völlig reglos, als der Rihannsu das Instrument auf ihn richtete. Es piepte leise.

»Wie dumm von mir«, sagte Spock. »Mein Kommunikationsgerät.« Er reichte es dem Romulaner, der verblüfft die Augen aufriß.

»Woher haben Sie das?«

»Von einem Toten auf der Planetenoberfläche. Ein Souvenir. Ich zeige Ihnen, wie es funktioniert.« Spock beugte sich zum Zenturio vor, der versuchte, einen Kom-Kanal zu öffnen. »Hier stellt man die Frequenz ein.« Der Vulkanier griff über die Schulter des Wächters hinweg.

Er berührte ihn am Nacken, und der Romulaner erstarrte sofort, sank langsam zu Boden.

»Großartig, Spock«, lobte Kirk. »Womit haben Sie den Kommunikator erklärt?«

»Spielt das eine Rolle, Captain?«

»Nun, eigentlich nicht. Wichtig ist nur, daß der Romulaner keinen Alarm gegeben hat. Und ich dachte immer, Sie könnten gar nicht lügen. Gute Arbeit.«

Spock zog den Rihannsu zur Seite und lehnte ihn an die Wand, während Kirk nach den Kontrollen suchte, mit denen sich das Kraftfeld desaktivieren ließ. Er fand die entsprechende Taste und betätigte sie.

»Dies ist kaum der geeignete Zeitpunkt für derartige Bemerkungen, Captain. Ich schlage vor, wir besinnen uns wieder auf unsere Aufgaben.«

»Da bin ich ganz Ihrer Meinung.«

Spock las die Schrift auf einem Schott. »In diesem Bereich werden Waffen gelagert.«

»Aber Varth meinte doch, die Romulaner hätten ihren Stützpunkt noch nicht vollständig ausgebaut. Er wies extra darauf hin, daß noch kein Angriffspotential existiert.«

»Offenbar sind Varths Informationen ein wenig überholt«, sagte Spock und klang noch ernster als sonst. »Wenn die Romulaner tatsächlich leistungsstarke Waffen auf den Einsatz vorbereitet haben...«

»Dann müssen wir ihnen hier unten einen Strich durch die Rechnung machen«, beendete Kirk den Satz. »Wenn die *Enterprise* Photonentorpedos einsetzen muß, um die unterirdische Basis zu zerstören, so besteht die Gefahr, daß ein großer Teil des Planeten in Mitleidenschaft gezogen wird.«

»In der Tat, Sir. Deshalb ist es logisch, daß ich hierbleibe und...«

Kirk hob die Hand. »Wir sprechen darüber, wenn sich uns das Problem stellt, Spock. Wie dem auch sei: Sie kehren in jedem Fall zum Schiff zurück.«

»Sir...«

»Ich dulde keinen Widerspruch«, sagte der Captain scharf. Er sah in den Korridor und beobachtete die vielen

Türen. »Ich sehe mir die Räume auf der linken Seite an. Nehmen Sie sich die rechten Kammern vor. Wer die Tarnvorrichtung oder das zentrale Arsenal findet, gibt dem anderen Bescheid.«

»Ja, Sir.«

Die Tarnvorrichtung entdeckte Kirk nicht, aber als er die dritte Tür öffnete, sah er die Waffenzentrale. Varth hatte ganz offensichtlich recht: Die Romulaner wollten mehr als nur Aritani. An der einen Wand zeigten sich mehrere moderne Verteidigungscomputer, und von der Hauptkonsole aus konnte man Photonentorpedos und Phaser abfeuern. Sie waren leistungsstark genug, um ein Raumschiff in der Umlaufbahn zu vernichten.

Kirk griff nach seinem Kommunikator, als plötzlich ein Seitenschott aufglitt. Er ließ die Hand wieder sinken.

Als er die Uniform eines romulanischen Subcommanders erkannte, salutierte er rasch, doch die kleine Frau erwiderte seinen Gruß nicht. Neben ihr stand ein recht entschlossen wirkender Zenturio, der einen Phaser in der Hand hielt. Der Lauf zeigte zu Boden – noch. Das Unbehagen in Kirk verdichtete sich, und schuld daran war weder der Strahler noch die Tatsache, daß die Romulanerin nicht auf einen militärischen Gruß reagierte.

»Subcommander Tanirius«, sagte sie kalt, und in ihren obsidianschwarzen Augen blitzte es.

Gewölbte Brauen und schmale, spitz zulaufende Ohren fügten einem Gesicht, das Kirk einst für schlicht gehalten hatte, exotische Schönheit hinzu. Das neue Erscheinungsbild schien ihrer wahren Natur zu entsprechen. Der eisige Blick und die unnahbare Distanz verbargen ihre attraktivsten Wesensmerkmale: Offenheit und Wärme.

Kirks Lippen formulierten lautlos ihren Namen: *Emma.*

Sie ließ sich nichts anmerken. »Ein Zenturio wurde außerhalb des Sicherheitsbereichs verletzt. Ich möchte Ihre Befugniskarte sehen.«

»Leider habe ich sie nicht bei mir.«

Emma – Subcommander Tanirius – gab dem Mann an ihrer Seite ein Zeichen. Der Romulaner richtete seine Waffe auf Kirk. »Dann werden Sie mich zu einem Verhör begleiten.«

»Offenbar bleibt mir keine Wahl.«

»Nein«, bestätigte die Frau. Sie lächelte nicht.

KAPITEL 12

Tanirius betrat die Arrestzelle allein und hielt einen Phaser in Hüfthöhe. Als sich die Tür hinter ihr schloß, ließ sie den Arm sinken und hakte die Waffe an ihren Gürtel. Sie sah zu Kirk auf, und eine subtile Veränderung erfaßte sie. Sie streifte das kühle Gebaren wie einen Mantel ab, und darunter kam Emma Saenz zum Vorschein.

Sie deutete auf Kirks Ohren.

»Dr. McCoys Werk, nehme ich an.«

Der Captain versuchte nicht, den Zorn aus seiner Stimme zu verdrängen. »Und Ihre, Subcommander?«

Fast rechnete er mit der Aufforderung, sie Emma zu nennen, aber die Frau schwieg eine Zeitlang. In ihren Augen zeigte sich kontrollierte Erheiterung. »Sie sind echt. Richten Sie Leonard aus, daß er gute Arbeit geleistet hat.«

»Ich weiß nicht recht, wie ich das unter den gegenwärtigen Umständen bewerkstelligen soll, Subcommander.« In Kirks Wangen zuckte es. »Ich schätze, man wird mich bald hinrichten. So verfahren Romulaner doch mit Spionen, oder?«

Emmas Reaktion bestand darin, daß sie Kirk einen Gegenstand reichte – seinen Kommunikator. Aber der Captain wich zurück und versuchte, sich nicht von seiner Wut überwältigen zu lassen. Er ignorierte das kleine Gerät. »Die Situation ist nicht immer so, wie es zunächst den Anschein haben mag. Ich habe Ihnen doch gesagt, daß ich auf Ihrer Seite stehe.«

»Sie möchten, daß ich von hier aus eine Verbindung zur *Enterprise* herstelle, nicht wahr?« Kirk lächelte bitter. »Damit Sie das Schiff orten und es mit Ihren neuen Waffen zerstören können. Nun, ich war närrisch genug, mich von

Ihrem Charme täuschen zu lassen, aber noch einmal falle ich nicht auf Sie herein.«

Die Frau trat auf ihn zu, und ihr Gesicht zeigte nun eine gewisse Anspannung, einen Hauch Verzweiflung. Die vertraute Emma Saenz – und gleichzeitig eine Fremde. »Im Augenblick überwacht uns niemand. Ich will versuchen, Ihnen alles zu erklären, aber es bleibt uns nicht viel Zeit. Ich bitte Sie nur darum, mir zuzuhören.«

Kirk lehnte sich an die Metallwand und verschränkte die Arme. »Na schön. Je länger Sie sprechen, desto länger lebe ich. Aber erwarten Sie bloß nicht von mir, daß ich Ihnen glaube.«

»Wie Sie meinen.« Tanirius hob stolz den Kopf. »Ich bin Romulanerin, Captain, aber ich arbeite nicht für den Prätor.«

»Mit anderen Worten: Sie gehören zu den Piraten...«

»Lassen Sie mich ausreden!« Die Stimme der Rihannsu klang drängend, und Kirk preßte die Lippen aufeinander, gab keinen Ton mehr von sich. »Nein, ich bin kein Pirat. Ich kann Ihnen nicht verraten, wie wir uns nennen, denn der Prätor darf auf keinen Fall etwas erfahren. Unsere Gruppe besteht seit mehr als zweihundert Jahren, und wir verachten die Grausamkeiten der Piraten ebenso wie die Kriegstreiberei des Prätors. Wir hoffen, das romulanische Volk irgendwann vom Joch der militärischen Regierung zu befreien und das Reich zu einem friedlichen Nachbarn der Föderation zu machen. Wir teilen die Einstellung unserer vulkanischen Brüder und lehnen den Kampf ab; nur der Frieden sichert die Entwicklung unseres Volkes.

Viele von uns bekleiden inzwischen hohe Ränge in der militärischen Hierarchie. Einerseits schwören wir dem Prätor Treue, doch andererseits nutzen wir unsere Position, um der Bewegung zu helfen, ihren Einfluß zu vergrößern. Ich wurde als junges Mädchen ausgewählt, um für den Geheimdienst zu arbeiten. Man schickte mich mit dem Auftrag zur Erde, Medizin zu studieren und Informationen über die Nachrichtendienste von Starfleet zu gewinnen. Es fiel mir nicht weiter schwer, das Vertrauen wichtiger Offiziere zu erwerben, und inzwischen empfange ich meine Order direkt von Admiral Komack. Und natürlich vom Prätor.

In Wirklichkeit ging es mir von Anfang an darum, meinen Brüdern und Schwestern im Untergrund zu helfen — mit der Zerstörung dieser geheimen Basis. Captain, die romulanische Regierung treibt dieses Projekt schon seit Jahren voran. Der Stützpunkt stellt jetzt einen erheblichen Machtfaktor dar. Die hier stationierten Rihannsu können die *Enterprise* und jedes andere Starfleet-Schiff vernichten, das man Ihnen zu Hilfe schickt. Aber damit noch nicht genug: Aritani soll das Sprungbrett sein, um den Einfluß des Prätors auch auf andere gewohnte Welten in diesem Sektor auszudehnen. *Darum* geht es dem romulanischen Prätoriat.«

»Sie sprechen von Frieden«, erwiderte Kirk hitzig. »Aber Sie haben gleich mehrmals versucht, Spock umzubringen. Der Tod des gefangenen ›Piraten‹, der cygnusianischen Botschafterin und eines saurianischen Assistenten geht ebenfalls auf Ihr Konto. Wie können Sie von Frieden reden, obwohl Sie morden, um Ihre Ziele zu erreichen?«

Der Captain unterbrach sich, als er den Schmerz in Tanirius' Gesicht sah.

»Gelegentlich ist man zu... Kompromissen gezwungen«, erwiderte sie zerknirscht. »Glauben Sie etwa, mir gefallen die Aufträge des Prätors? Aber wenn ich sie nicht ausführe, riskiere ich meine Position und laufe Gefahr, meinem Volk nicht mehr helfen zu können. Ich bin gezwungen, Entscheidungen zu treffen, die ich verabscheue.«

»Sie sorgten dafür, daß Spock Neodopazin bekam. Sie haben McCoy belogen, ihn davon überzeugt, die neue Medizin würde den Zustand meines Ersten Offiziers verbessern...«

»Ja, das stimmt. Auf diese Weise gewährte ich Spock eine zusätzliche Frist. Meine Vorgesetzten im Reich wollten seinen sofortigen Tod. Ich befand mich hier in der Basis, als Leonard einen Neurologen anforderte. Man schickte mich sofort zur *Enterprise*. Es wäre mir weitaus lieber gewesen, im Stützpunkt zu bleiben und zu versuchen, seine Fertigstellung zu verhindern, aber ich hatte die erforderliche medizinische Ausbildung, brachte alle notwendigen Voraussetzungen mit. Als ich begriff, was Spock für Leonard und Sie bedeutet...« Tanirius senkte den Kopf. »Ich gab mir alle Mühe. Im Neodopazin sah ich die einzige Möglichkeit, meine Auftraggeber im Reich zufriedenzustellen. Wenn Spock an Amnesie und sogar geistiger Umnachtung litt, wenn er sich an nichts erinnern konnte – im Sinne meiner Mission kam das praktisch seinem Tod gleich.« Sie sah wieder auf. »Eine schreckliche Sache, ja. Aber ich hatte keine andere Wahl.«

»›Manchmal bleibt einem nichts anderes übrig, als sich mit den Mächten des Bösen zu verbünden, um Gutes zu bewirken‹«, sagte Kirk langsam. Er schüttelte den Kopf. »Aber wenn das wirklich stimmt... Warum blieben Sie nicht an Bord der *Enterprise*, um alles zu erklären?«

»Nein. Niemand durfte Bescheid wissen. Die Romulaner sollten glauben, daß ich aus Furcht vor einer Entlarvung zurückkehrte. Wenn sie Verdacht geschöpft und auch nur geahnt hätten, daß es mir um den Stützpunkt ging... In dem Fall wäre es mir unmöglich gewesen, etwas gegen die Basis zu unternehmen.«

»Also verdanken wir die Informationen Ihnen.« Kirk verstand plötzlich. »Sie nannten Varth den Transportercode...«

»Ich habe ihm auch die Navigationssysteme der Kampfgleiter erklärt und die Struktur der Basis beschrieben. Den Codierer ließ ich in seiner Kabine zurück, damit die Romulaner glaubten, ich hätte einen Starfleet-Offizier hereingelegt. Nach der Abstimmung auf Vulkan sollte Varth Sie auf den militärischen Stützpunkt hinweisen. Allerdings fand Spock sein Gedächtnis früher als erwartet wieder...«

»Der Radu wies uns nicht darauf hin, daß Sie hier sind.«

»Die Romulaner haben einen langen Arm«, erwiderte Tanirius. Sie lächelte, doch ihr Gesicht verdüsterte sich, als sie fortfuhr: »Wenn Sie gefangengenommen und verhört worden wären... Ich müßte mit der sofortigen Exekution rechnen, wenn die Rihannsu eine Verbindung zwischen mir und Starfleet vermuteten. Wir konnten kein Risiko eingehen.«

»Und McCoy?« fragte Kirk leise. »Haben Sie nur Ihre Anweisungen befolgt, soweit es ihn betrifft?«

Tanirius' Lippen zitterten kurz, und sie wandte sich ab. »Würden Sie mir glauben, wenn ich darauf mit ›Nein‹ antworte, Captain? Ich hielt mich auch nicht an irgendwelche Befehle, als ich versuchte, Sie zu verführen.«

Kirk schwieg.

Tanirius griff nach ihrem Phaser und deutete zur Tür. »Das genügt jetzt. Ob Sie mir glauben oder nicht — ich werde Ihnen helfen.«

»Wohin bringen Sie mich?«

»Zur Tarnvorrichtung.«

»Offenbar bleibt mir keine andere Wahl, als Sie zu begleiten.«

Tanirius schmunzelte und gewann eine solche Ähnlichkeit mit Emma Saenz, daß Kirk der Atem stockte. »Da haben Sie völlig recht«, bestätigte sie.

Spock stand neben der Tarnvorrichtung und bereitete sich darauf vor, einen Kontakt mit der *Enterprise* herzustellen, als sich die Tür öffnete. Er erstarrte, sah den Phaser, mit dem Tanirius auf Kirk zielte. Das Gesicht der Romulanerin blieb dem Captain verborgen, aber in den Zügen des Vulkaniers sah er kühles Erkennen.

Tanirius legte ihren Strahler auf die Konsole und trat an Kirks Seite. Spock rührte sich nicht von der Stelle.

»Ich habe gerade eine interessante Geschichte gehört, Mr. Spock. Sie behauptet noch immer, auf unserer Seite zu stehen«, sagte Kirk.

Der Vulkanier blieb skeptisch. »Captain, ich möchte respektvoll darauf hinweisen, daß wir dieser Frau nicht vertrauen dürfen. Ihr bisheriges Verhalten ...«

»Meine Herren ...«, sagte Tanirius. »Die Zeit für Erklärungen ist vorbei. Seien Sie auf der Hut, Mr. Spock: Wenn Sie die Tarnvorrichtung von der Konsole lösen, erfolgt ein automatischer Alarm.«

»Ich verstehe. Was schlagen Sie jetzt vor?«

Noch nie zuvor hatte Kirk soviel Sarkasmus in der Stimme seines Ersten Offiziers gehört.

Kirk drehte sich ruckartig um und griff nach Tanirius' Arm. Die Romulanerin war so überrascht, daß sie aus einem Reflex heraus in Verteidigungsstellung ging. Spock hielt bereits ihren Phaser in der Hand, als sie sich ihm zuwandte.

»Erschießen Sie mich ruhig«, sagte sie ruhig. »Dann müssen entweder Sie oder der Captain hierbleiben, um die Basis zu zerstören. Wer von Ihnen weiß, wie sich das bewerkstelligen läßt?«

Spock gab keinen Ton von sich.

»Die von Ihnen verwendete Tarnvorrichtung ist nicht annähernd so leistungsfähig wie diese Apparatur«, fügte Tanirius hinzu. »Die müssen das Schirmfeld desaktivieren, um sich an Bord zu beamen. Im gleichen Augenblick werden die Sensoren der Basis auf das Schiff reagieren und die Phaserkanonen justieren. Ein Fächermuster mit hochenergetischen Strahlen ... Eine manuelle Kontrolle ist nicht möglich. Das Feuer wird erst eingestellt, wenn die Scanner ein Wrack registrieren.«

Sie reichte Kirk den Kommunikator. »Nur zu.«

Er berührte Tanirius am Arm. »Sie könnten uns begleiten ...«

Die Romulanerin schüttelte den Kopf. »Wie ich schon sagte: Jemand muß im Stützpunkt bleiben und etwas gegen die Phaser unternehmen, bevor die *Enterprise* zerstört wird. Für mich ist jetzt die Zeit gekommen, meine Mission zu beenden und die Basis zu vernichten.«

Kirk versuchte, die Besorgnis aus seiner Stimme zu verbannen. »Wollen Sie sich opfern?«

Ein dünnes Lächeln zitterte in Tanirius' Mundwinkeln. »Das liegt mir fern.« Sie ging zur Tür und verharrte dort. »Da wäre noch etwas...«

Kirk sah sie an.

Tanirius biß sich auf die Lippe. »Sagen Sie Leonard, daß ich ihn liebe.«

Sie verschwand im Korridor.

»Captain«, ließ sich Spock vernehmen, als Kirk seinen Kommunikator aufklappte. »Ich bin nicht sicher, ob es klug ist, ihr zu vertrauen.«

Kirk starrte auf die Tarnvorrichtung herab und musterte dann seinen Ersten Offizier. »Wäre es Ihnen lieber, wenn ich in die Arrestzelle zurückkehre, Mr. Spock?«

Sie materialisierten auf der Transporterplattform, und nur wenige Sekunden später kam es zum ersten Treffer. Eine heftige Erschütterung raubte Kirk und Spock das Gleichgewicht, schleuderte die beiden Männer von den Transferfeldern.

Tanirius hatte also die Wahrheit gesagt – zumindest in Hinsicht auf die Phaserkanonen.

Kirk stemmte sich in die Höhe, wankte an den nächsten Interkom-Anschluß heran und stellte eine Verbindung zum Maschinenraum her. »Scotty, die Deflektoren! Fahren Sie die Schilde hoch...«

»Ich versuch's, Captain, aber sie werden nicht lange halten«, ertönte die kummervolle Stimme des Chefingenieurs. »Die verdammte Tarnvorrichtung beansprucht den größten Teil unserer Energie. Es bleibt kaum was für den Schutzschirm übrig.«

»Wie wär's, wenn wir von hier verschwinden?«

»Uns bleibt nur ein erbärmlicher Rest Impulskraft, Sir. Der Schub reicht aus, um aus der Umlaufbahn zu steuern, aber den Wirkungsbereich der gegnerischen Phaser können wir nicht schnell genug verlassen.«

»Ich verstehe, Scotty. Offenbar habe ich mich geirrt, als ich meinte, wir brauchten weder den Warpantrieb noch göttlichen Beistand. Sorgen Sie dafür, daß die Deflektoren stabil bleiben. Kirk Ende.«

Als Spock und der Captain die Brücke erreichten, trugen sie noch immer ihre bunte Piratenkleidung, und hinzu kamen Kirks spitze Ohren. Doch die anwesenden Offiziere drehten sich nicht einmal um. Es herrschte Alarmstufe Rot, und unter solchen Bedingungen bekam niemand Gelegenheit, überrascht zu sein. McCoy trat an den Befehlsstand heran.

»Ich nehme an, die Romulaner sind darauf reingefallen«, sagte er. »Auf die Ohren, meine ich.«

Kirk verlor keine Zeit mit höflicher Konversation. »Ich habe sie gesehen, Pille.«

»Wen?«

»Emma. Sie hat uns zur Flucht verholfen. Vielleicht steht sie auf unserer Seite. Mr. Varth!«

Der Radu stand an der wissenschaftlichen Station und half Spock dabei, Daten über den romulanischen Stützpunkt zu gewinnen, der nun nicht mehr in ein Tarnfeld gehüllt war. »Sir...«, begann Varth aufgeregt. »In der Kruste des Hauptkontinents gibt es Hunderte von Bergbautunneln und...« Er legte eine kurze Pause ein, blickte auf die Anzeigen und schnappte nach Luft. »Die Lebensindikatoren deuten darauf hin, daß die Besatzung der Basis aus mehr als fünfhundert Personen besteht.«

»Was ist mit *ihr*, Varth?«

Der Radu wandte sich von dem Scanner ab. »Tanirius?«

»Hat sie es wirklich ehrlich gemeint?«

»Nun, Sir, ich bin ziemlich sicher, daß wir ihr vertrauen können.«

»Sie sind *ziemlich* sicher?«

»Endgültige Sicherheit gibt es erst, wenn die Phaserkanonen nicht mehr auf uns feuern, Captain.«

Damit schien Varth das Stichwort gegeben zu haben. Irgend etwas donnerte, und die *Enterprise* neigte sich abrupt zur Seite. Einige Brückenoffiziere verloren den Halt und stürzten. Kirk fiel aus dem Befehlsstand und prallte an die

Rückenlehne von Sulus Sessel. Mit einem lauten Pochen stieß die Stirn des Steuermanns ans Navigationspult.

Nach einigen Sekunden entschieden sich Oben und Unten, wieder ihren üblichen Platz einzunehmen. Uhura saß noch immer an der Kommunikationskonsole und nahm diverse Schadensmeldungen entgegen. Die düstere, unheilvolle Stimme des Chefingenieurs drang aus dem Interkom des Kommandosessels.

»Die Schilde sind hin, Captain. Ein weiterer direkter Treffer, und es geht uns an den Kragen.«

Kirk ahnte die Antwort bereits, bevor er seine Frage stellte. »Können Sie uns von hier wegbringen, Scotty?«

»Wir haben nur Impulskraft, Sir. Und die Reichweite der Phaser ist zu groß.«

Kirk schnitt eine grimmige Miene. »Mit anderen Worten: Wir sind eine kaum zu verfehlende Zielscheibe.«

Spock sah von seinen Instrumenten auf. »Wenn ich mich nicht sehr irre, sind ›Zielscheiben‹ für gewöhnlich anorganischer Natur und...«

»Himmel, halten Sie die Klappe«, brummte McCoy.

Spock hob überrascht eine Braue und wandte sich wieder den Kontrollen zu.

Kirk schenkte dem kurzen Wortwechsel keine Beachtung. »Volle Energie auf die Deflektoren, Mr. Scott.«

»Soll unsere Tarnvorrichtung desaktiviert werden?«

»Wenn es nötig ist — ja. Außerdem brauchen wir die gesamte Impulskraft.«

»Sir.« Die Vorstellung, sein geliebtes Triebwerk stillzulegen, entsetzte Scott.

»Sie haben mich verstanden, Scotty. Führen Sie den Befehl aus. *Sofort.*«

»Die Salven erfolgen in Abständen von jeweils rund einer Minute«, meldete Spock. »Ich schätze, mit der nächsten können wir in zwanzig Sekunden rechnen.«

»Emma greift bestimmt rechtzeitig ein, Jim«, brachte McCoy hervor. »Sie wird alles versuchen, uns vor der Vernichtung zu bewahren.«

»Hoffen wir, daß du recht hast, Pille.«

»Fünfzehn Sekunden«, sagte Spock.

»Sie ist eine echte Romulanerin«, brummte Kirk.

»Da soll mich doch der Schlag treffen.« McCoy schüttelte den Kopf. »Es erklärt eine Menge. Zum Beispiel das Levirol.«

»Wie bitte?«

»Elf Sekunden«, ertönte die Stimme des Vulkaniers.

»Levirol«, wiederholte McCoy. »Ein Medikament, das den Blutdruck erhöht und den Pulsschlag verlangsamt. Emma nahm die Arznei... Kein Wunder, daß uns die internen Sensoren nie auf die Präsenz einer Rihannsu hinwiesen.«

»Sie gab mir eine Botschaft für dich.« Kirk sprach so leise, daß ihn nur der Arzt hörte. »Sie läßt dir mitteilen, daß sie dich liebt.«

»Sechs Sekunden.«

»Verdammt, Spock!« entfuhr es McCoy. »Wenn wir schon ins Gras beißen müssen, möchte ich während der letzten Sekunden meines Lebens darauf verzichten, Ihren Countdown zu hören.«

»Was hat Gras damit zu tun, Doktor?«

Kirk rollte mit den Augen, und sein Blick galt einem imaginären Zeiger, der sich viel zu schnell einer fatalen Nullmarke näherte. Noch vier Sekunden.

Scott meldete sich noch einmal. »Tut mir leid, Captain... Wir haben nicht mehr genug Energie für die Schilde.«

Es hatte keinen Sinn, irgendwelche Vorbereitungen zu treffen. Ein direkter Treffer mußte den größten Teil der *Enterprise* in radioaktiven Staub verwandeln. Kirk stellte sich vor, wie stählerne Verschalungen barsten, wie das Diskussegment auseinanderplatzte. Explosive Dekompression — ein rascher, fast schmerzloser Tod. Vierhundert Besatzungsmitglieder an Bord. Blieb irgend jemandem eine Chance?

Er spannte unwillkürlich die Muskeln und klammerte

sich an der Hoffnung fest, daß Tanirius doch noch den Bereich des Arsenals erreichte, daß es ihr irgendwie gelang, die Phaserkanonen außer Gefecht zu setzen...

Spock starrte durch den Sichtschlitz des Scanners — und richtete sich so plötzlich auf, daß Kirk zusammenzuckte. »Eine Explosion unter der Planetenoberfläche, Captain.« Der Vulkanier sah erneut auf die Anzeigen. »In unmittelbarer Nähe des Arsenals, soweit sich das feststellen läßt. Die romulanische Basis hat kein Angriffspotential mehr.«

McCoy klopfte Kirk auf die Schulter, grinste von einem Ohr zum anderen. »Emma hat es geschafft, Jim! Sie hat es tatsächlich geschafft!«

Kirk ließ langsam den angehaltenen Atem entweichen, lächelte unsicher und aktivierte das Interkom in der Armlehne des Sessels. »Scotty?«

»Aye, Captain.«

»Vergessen Sie die Deflektoren. Geben Sie uns genug Impulskraft, um das Schiff in eine stabile Umlaufbahn zurückzusteuern.«

»Mit Vergnügen, Sir.«

»Standardorbit, Mr. Sulu. Uhura, öffnen Sie die Grußfrequenzen. Ich möchte mit dem Kommandanten des romulanischen Stützpunktes sprechen.«

»Captain...«, warf Spock ein. »Sechs Kampfgleiter beamen sich aus dem Hangar auf die Oberfläche.«

»Kümmern Sie sich nicht weiter darum.«

Uhura drehte sich um. »Kom-Kontakt mit einem Subcommander, Captain.«

Kirk dachte an Tanirius und holte tief Luft. »Audiovisuelle Verbindung, Lieutenant.«

Die Darstellung auf dem Wandschirm veränderte sich, zeigte nicht mehr den Planeten Aritani, sondern einen Raum in der unterirdischen Basis. Kirk hatte erwartet, eine kleine, zart gebaute Frau zu sehen, aber statt dessen fiel sein Blick auf einen bemerkenswert jungen Mann, dessen Rang mit dem eines Raumschiffkommandanten der Föderation verglichen werden konnte. Die Wangen des Subcommanders waren rußgeschwärzt, und ätzender Rauch trieb ihm Tränen in die Augen. Im Hintergrund erklangen die schmerzerfüllten Stimmen der Verletzten und Sterbenden.

Der Romulaner starrte Kirk mit unverhohlenem Haß an.

»Captain«, sagte Spock.

»Nicht jetzt.«

»Eine zweite Explosion, Sir«, beharrte der Vulkanier. »Im Hangar. Die übrigen Kampfgleiter sind zerstört.«

Kirk musterte das Gesicht auf dem Wandschirm einige Sekunden lang und räusperte sich dann. »Hier ist Captain James T. Kirk vom Raumschiff *Enterprise.* Sind Sie der Kommandant des Stützpunkts?«

»Subcommander Tardus. Meine Vorgesetzten sind tot, und ich bin der ranghöchste Offizier.«

»Subcommander, wir wissen, daß Sie Ihre Tarnvorrichtung, die Waffen und praktisch alle Kampfgleiter verloren haben. Ich schlage vor, Sie bieten uns Ihre Kooperation an.«

In den dunklen Pupillen des jungen Romulaners glühte ein seltsames Feuer. »Wie meinen Sie das, Captain?«

»Wir helfen Ihnen dabei, die Überlebenden zu evakuieren.«

»Um sie zu Ihren Gefangenen zu machen«, stieß Tardus verächtlich hervor.

»Man wird ein Verfahren gegen sie einleiten, und anschließend dürfen Sie und Ihre Leute ins romulanische Reich zurückkehren.«

Tardus hustete krampfhaft. »Sie wollen uns als Geiseln benutzen, um mit dem Prätor zu verhandeln. So etwas können wir nicht zulassen, Captain. Ihnen dürfte klar sein, daß Rihannsu niemals kapitulieren.« Der Subcommander erlitt einen neuerlichen Hustenanfall und keuchte. Der Glanz in seinen Augen trübte sich, als er Kirk ansah. »Dies ist das Werk von Föderationsspionen, und wir nehmen sie mit uns ins Jenseits. Sie werden nicht mehr über unsere Basis erfahren.«

»Wir wissen bereits alles darüber«, antwortete Kirk rasch. »Ihr Tod hätte nicht den geringsten Sinn...«

»Ich empfange keine Signale mehr, Captain«, sagte Uhura leise.

Grelles Licht flutete vom Wandschirm, und die Filterautomatik reagierte zu spät. Uhura betätigte einige Tasten, und daraufhin zeigte das Projektionsfeld wieder den Planeten.

»Die gesamte Basis ist explodiert«, sagte Spock und blickte einmal mehr in den Sichtschlitz des Scanners. »Es sind nur einige Bergbaustollen verschont geblieben. Die Druckwelle hat seismische Aktivität zur Folge, Stärke sechs Komma drei auf der Richter-Skala.« Der Vulkanier wandte sich Kirk zu. »Keine Überlebenden unter der Oberfläche, Captain.«

Kirk blieb stumm und beobachtete, wie sich Aritani langsam um die eigene Achse drehte. Er vermied es, dem entsetzten Blick McCoys zu begegnen.

Das Gras reichte Kirk nicht mehr bis zur Hüfte. An vielen Stellen hatten die Brandphaser Narben im Leib der Welt zurückgelassen: schwarzen Boden, leblos, steril. Es gab keine goldenen Weinreben mehr, doch hier und dort sproß neues Gras. Es erwies sich als besonders zäh und erhob wieder Anspruch auf die verheerte Landschaft.

Kirk rief einen Namen.

In der Nähe des Berghangs raschelte etwas, und kurz darauf erklangen Schritte. Natahia trat hinter dem verkohlten Stumpf eines ehemals großen Baums hervor. Drei Pflanzer folgten ihr und hielten primitive Speere bereit.

»Die Piraten stellen keine Gefahr mehr da«, sagte Kirk. »Ihre Kampfgleiter und Waffen wurden vernichtet, und dadurch kam es zu einem Erdbeben.«

Natahia und ihre Begleiter blieben einige Meter vor Kirk stehen. Das elegante blaue Gewand der Repräsentantin war zerrissen und schmutzig, und ihr glänzendes Haar reichte in zerzausten Strähnen herab. Doch die alte Frau gab sich noch immer würdevoll.

Sie musterte Kirk argwöhnisch. »Bei dem Beben starben sechs Pflanzer.«

»Das tut mir leid«, erwiderte der Captain sanft. »Es wird sich nicht wiederholen. Und Sie brauchen jetzt keine Angriffe mehr zu fürchten. Unsere Feinde errichteten eine militärische Basis auf diesem Planeten, und ihre Waffen verbargen sich in einem unterirdischen Stützpunkt. Sie wollten Aritani erobern, um die natürlichen Ressourcen zu nutzen und andere Welten in diesem Raumsektor unter Kontrolle zu bringen. Als wir sie entdeckten, begingen sie Selbstmord, um nicht in Gefangenschaft zu geraten. Sie vernichteten die subplanetare Anlage.«

Natahia senkte den Kopf. »Also stehen wir endlich auf den Knochen unserer Feinde. Wie wird sich jetzt die Föderation verhalten?«

»Wir möchten Ihnen dabei helfen, das wiederaufzubauen, was die Piraten zerstörten.«

»Wir brauchen keine Hilfe, um neue Hütten zu errichten...«

»Ich meine das Land, Natahia. Es soll wieder so werden, wie es einst gewesen ist.«

Natahia sah ruckartig auf. Die Pflanzer neben ihr flüsterten aufgeregt miteinander, und die alte Frau brachte sie mit einem abrupten Wink zum Schweigen. »Sind Sie dazu in der Lage?«

»Ja. Wir können dafür sorgen, daß Ihr Land wieder fruchtbar wird. Und wir sind imstande, das Korn schneller wachsen zu lassen, so daß Ihrem Volk keine Hungersnot droht.«

Natahias Stimme vibrierte plötzlich und klang sehr traurig. »Wir haben uns von kleinen Tieren und Vögeln ernährt. Abscheulich. Aber notwendig, um zu überleben.«

»Wir stellen keine Bedingungen«, sagte Kirk. »Und wir bieten Ihnen nach wie vor an, der Föderation beizutreten.«

Natahia schloß kurz die Augen, und als sie die Lider wieder hob, funkelten ihre Pupillen nicht mehr so stolz. »Seit uns die Piraten zwangen, in Berghöhlen Zuflucht zu suchen, mußte ich mich vielen neuen Erkenntnissen stellen. Wenn wir uns nicht zusammengeschlossen hätten, wären wir sicher verhungert. Wir haben gelernt, abhängig zu sein.«

»Ist das so schlimm?« fragte Kirk leise.

»Schlimm? Nein, eigentlich nicht. Aber es ergeben sich auch Nachteile daraus. Oftmals ist man dadurch gezwungen, die eigenen Überzeugungen und Grundsätze zurückzustellen, Kompromisse zu schließen. Ich sehe ein notwendiges Übel darin.«

Kirk starrte auf den verbrannten Boden herab und dachte an diejenigen, die darunter begraben lagen. »Manchmal müssen wir uns auf eine Art und Weise verhalten, die wir verachten – um Gutes zu bewirken.«

»Dem stimme ich zu, Captain Kirk«, entgegnete Natahia. »Ich spreche nun für alle überlebenden Pflanzer. Wir halten nichts von Technik und modernen Waffen, doch unsere Kultur ist uns wichtig genug, um sie vor weiteren Angriffen zu schützen. Wir sind zu einem Kompromiß in bezug auf unsere Prinzipien bereit – um sie zu bewahren.« Die alte Frau holte tief Luft. »Wir nehmen Ihre Hilfe gern an und stellen hiermit den Antrag, in die Föderation aufgenommen zu werden.«

CAPTAINS LOGBUCH: STERNZEIT 7008.4

Die *Enterprise* verläßt Aritani mit zwei zusätzlichen Passagieren. Es handelt sich um Repräsentanten, die von den Pflanzern beauftragt sind, mit dem Föderationsrat zu verhandeln. Nachdem wir alle Diplomaten zu ihrem Reiseziel gebracht haben, fliegen wir Starbase Zwei an, um der Crew einen längst überfälligen Landurlaub zu gönnen.

Kirk schaltete das Aufzeichnungsgerät aus und drehte sich zu McCoy um. Der Arzt stand neben dem Kommandosessel, sah auf den Wandschirm und beobachtete, wie Aritani kleiner wurde.

»In der Krankenstation ist wohl nicht viel los, oder?«

»Es finden nur Routineuntersuchungen statt, um die sich meine Assistenten kümmern«, erwiderte McCoy, und seine Aufmerksamkeit galt weiterhin dem Projektionsfeld.

»Eine wunderschöne Welt, nicht wahr?« murmelte Kirk.

»Wie? Oh, ja. Da hast du sicher recht.«

Kirk gab seinen Versuch auf, mit dem Bordarzt zu plaudern. Diesmal war Pille nicht auf die Brücke gekommen, um sich mit ihm zu unterhalten ... *Sie* befand sich auf Aritani, irgendwo tief unter der Planetenoberfläche. Und McCoy verabschiedete sich mit einem stummen Blick.

Kurze Zeit später trat Spock aus dem Turbolift, aber Kirk und der Doktor waren viel zu sehr auf den Wandschirm konzentriert, um ihn zu bemerken. Der Vulkanier verharrte neben dem Befehlsstand und räusperte sich demonstrativ.

Kirk sah auf. »Was ist los, Spock?«

»Die aritanische Delegation wurde angemessen empfangen und in ihrem Quartier untergebracht, Captain.«

»Gut.« Kirk lehnte sich zurück. »Ich hoffe, diesmal ist der Rückflug nicht ganz so ereignisreich.«

»Dem schließe ich mich gern an, Captain.« Spock wandte sich an McCoy, der noch immer ins Leere starrte. »Seit einer Weile sind Sie ungewöhnlich schweigsam, Doktor.«

Kirk verzog das Gesicht. Spock wußte um McCoys Gefühle für Emma, und doch mangelte es ihm an Takt.

Der Arzt seufzte leise und wandte den Blick vom Wandschirm ab. »Ja, da haben Sie sicher recht«, sagte er erstaunlich ernst.

»Wahrscheinlich vermißt Spock seinen täglichen Streit mit dir«, warf Kirk humorvoll ein, um die Stimmung ein wenig zu verbessern.

Der Vulkanier ignorierte die Bemerkung des Captains. »Ich glaube, ich kenne den Grund für Ihre Niedergeschlagenheit, Doktor. Nun, ich stehe Ihren diesbezüglichen Empfindungen keineswegs gleichgültig gegenüber, aber es scheint mir noch ein wenig verfrüht zu sein, Ihnen mein Beileid auszusprechen.«

McCoy runzelte die Stirn. »Was soll das heißen, Spock?«

»Sechs Kampfgleiter verließen den Stützpunkt vor der Explosion. Ich vermute, daß Tanirius – beziehungsweise Dr. Saenz – in einer der Maschinen saß.«

»Woher wollen Sie das wissen?« Neue Hoffnung keimte in McCoy, und gleichzeitig befürchtete er eine weitere Enttäuschung.

»Es ist eine völlig logische Annahme, Doktor. Ganz gleich, wer sich an die Planetenoberfläche beamen ließ – die betreffenden Personen sind zweifellos über die drohende Zerstörung der Basis informiert gewesen.«

McCoy vollführte eine vage Geste. »Oder es waren schlicht und einfach Ratten, die nach der Explosion im Arsenal das sinkende Schiff verließen.« Es klang bitter. »Glauben Sie etwa, diese Möglichkeit käme mir erst jetzt in den Sinn, Spock? Wenn sich Emma rechtzeitig absetzen konnte... Sie hätte mir bestimmt eine Nachricht zukommen lassen.«

Der Vulkanier überlegte kurz. »Ich bezweifle, ob es sich um ›Ratten‹ handelte, wie Sie meinen. Bevor Mr. Varth einen neuen Auftrag erhielt und die *Enterprise* verließ, gab er mir folgende Informationen: Außer Tanirius befanden sich noch fünf andere Sympathisanten der Föderation im Stützpunkt der Rihannsu.«

Allmählich wich der Kummer aus McCoys Zügen. »Ist das wirklich wahr?«

Spock nickte nur.

»Aber warum hat mir Emma nichts gesagt? Warum sollte sie mich in dem Glauben lassen, sie sei bei der Explosion ums Leben gekommen?«

»Vielleicht erleichtert es ihre Arbeit, für tot gehalten zu werden. Auf diese Weise entgeht sie dem Zorn des Prätors.«

McCoys Gesicht verdüsterte sich wieder. »Ich verstehe. Selbst *wenn* sie noch lebt — sie kann es nicht riskieren, mir noch einmal zu begegnen.«

»Zumindest nicht als Tanirius oder Emma Saenz«, bestätigte Spock. »Aber vielleicht wählt sie eine andere Identität.«

McCoy musterte den Vulkanier und rang sich ein Lächeln ab. »Eine angenehme Vorstellung, Spock, aber ... Es wäre zu schön, um wahr zu sein.« Er straffte die Schultern. »Nun, ich kehre jetzt besser in die Krankenstation zurück.«

»Ich dachte, dort fänden nur Routineuntersuchungen statt, um die sich deine Assistenten kümmern«, sagte Kirk.

»Wenn ich den Leuten zuviel Verantwortung überlasse, könnte jemand auf den Gedanken kommen, meinen Posten zu beanspruchen.« McCoy wirkte lebhafter und energischer, als er zum Turbolift ging und die Transportkapsel betrat, ohne noch einmal auf den Wandschirm zu sehen.

Kirk wartete, bis sich die Doppeltür hinter dem Arzt geschlossen hatte, wandte sich dann an seinen Ersten Offizier. »Danke.«

Spock runzelte verwirrt die Stirn. »Wofür, Captain?«

»McCoy nimmt jetzt an, daß Emma noch lebt. Um eine terranische Redensart zu verwenden: Sie haben Mitgefühl gezeigt.«

»Sie können es nennen, wie Sie wollen, Sir«, erwiderte der Vulkanier steif. »Der Doktor war einer starken emotionalen Belastung ausgesetzt, und deshalb hielt ich es für erforderlich, ihn auf die Möglichkeit hinzuweisen, daß ...«

Kirk unterbrach seinen Ersten Offizier. »Was Sie von Varth und den sechs angeblichen Sympathisanten der Föderation erzählten — entspricht es *tatsächlich* der Wahrheit?«

Spocks Gesicht blieb steinern, obgleich Kirks Worte

Zweifel an seiner Aufrichtigkeit zum Ausdruck brachten. »Ich würde es mir nie erlauben, Doktor McCoy bewußt in die Irre zu führen.«

Kirk nickte langsam. »Wenn er jetzt eine Frau trifft, die er nicht kennt... Bestimmt vergleicht er sie mit Emma und sucht nach vertrauten Wesensmerkmalen. Das gibt seinen seelischen Wunden Zeit, vollständig zu heilen. Wissen Sie, Spock: Dr. Saenz hatte die Anweisung, Sie zu töten. Aber die Romulanerin brachte es nicht über sich, ihre Anweisungen zu befolgen – weil sie begriff, wie sehr McCoy an Ihnen hängt. Und wenn man berücksichtigt, was Sie gerade für unseren Arzt getan haben... Man könnte meinen, daß Sie seine Gefühle erwidern.«

Spock richtete sich zu seiner vollen Größe auf. »Captain, die Brücke ist sicher nicht der geeignete Ort, um derart beleidigende und absurde Vorwürfe an mich zu richten.« Mit kühler Würde kehrte er zur wissenschaftlichen Station zurück.

Kirk lächelte, beugte sich vor und sah den Steuermann an. »Leiten Sie den Warptransfer ein, Mr. Sulu.«

Aritani schrumpfte plötzlich zu einem winzigen Fleck, und aus den Sternen wurden bunte Streifen, als die *Enterprise* mit einem Vielfachen der Lichtgeschwindigkeit durchs All raste.